LA MAIN ̄ ̄ ̄ ̄

Patrick Grainville est né en 1947 en Normandie. Agrégé de lettres, il enseigne dans un lycée de la banlieue parisienne. En 1976, il a obtenu le prix Goncourt pour *Les Flamboyants*. Il est l'auteur de nombreux romans.

Patrick Grainville

LA MAIN BLESSÉE

ROMAN

Éditions du Seuil

TEXTE INTÉGRAL

ISBN 978-2-7578-0708-8
(ISBN 2-02-082739-5, 1ʳᵉ publication)

© Éditions du Seuil, janvier 2006

Ma douleur, donne-moi la main...

Baudelaire, « Recueillement »,
Les Fleurs du mal

Soudain, la foudre. Foudroyé. Ma main... Longue, fine, souple, apte à l'écriture fluide. Main conductrice de tous les mouvements intérieurs. Ma main vivante. Main cavalière. Main vive d'où l'encre jaillit, subtile, modelant le galop des mots... Saisie, tout à coup, là, sous mes yeux, attaquée de lents spasmes, de contorsions sournoises. Main tordue, défigurée. Je n'ai plus de figure. Les muscles se braquent et combattent : le pouce et l'index arqués, rigides, crochus. Main de monstre, de sorcière griffue. J'ai mal. Je suis mal. Cela est venu d'un coup. Hier encore, j'écrivais sans douleur. Mes doigts n'étaient que le relais de ma pensée qui passait, sans entrave, coulait sur le papier. Et c'était ainsi depuis la tendre enfance. Depuis les premiers mots. Ces personnages que j'avais appris à dessiner, à reconnaître, lettres. Magie. Belles consonnes altières et tranchantes dans le miroitement des voyelles. Plus tard, à vingt-quatre ans, en entrant dans la vie, dans l'angoisse d'affronter le temps banal et la durée commune, j'avais écrit mon premier roman : *La Toison*. Comme une promesse sensuelle de Jason, un élan vers l'or, comme le désir de courir hors des limites, de m'affranchir d'ici-bas. Pendant plus de trente ans les mots étaient venus, vivants, réchauffant, et les livres m'avaient construit une façon de barque, d'arche, des manières de Noé toujours sauvé, rescapé, entouré de tous les animaux de la Terre. Je n'étais plus jamais seul. L'immense présence montait, m'enveloppait. J'étais porté par toutes les puissances du langage et de mes rêves. Et ce 27 décembre 2000, alors qu'un nouveau millénaire allait commencer, ma main se révulsait, se convulsait, toute contractée, comme envoûtée, oui, hantée par quels fantômes, goules, gueules ? Là, possédée par quelle misérable transe ? Clouée, se traînant comme un crabe, retournée, détraquée. Main d'agonie. Je ne pouvais plus écrire. J'avais perdu l'écriture : mon Isis.

Des mois de consultations commencèrent. Un étrange sursis me permit d'écrire encore un roman, d'une main maladive, béquillarde, cramponnée au stylo. Alors, j'ai cru que c'était un mieux, le signe d'une convalescence, d'une résurrection. Je travaillais de nouveau, avec diffi-culté, mais ma main me répondait, vaillante, ma sœur me guidait, ma petite Antigone, oui, mon Isis retrouvée. Puis je perdis du terrain. Il n'y eut plus de progrès, de sursis. Les doigts se recroquevillèrent avec une crispa-tion accrue, grimace, reptation laide. Que serraient-ils ainsi désespérément ? Accrochés à quel bastingage, bouée, au cours de quel naufrage ? Ils ne lâchaient plus prise. Voulaient-ils vivre ou mourir ? Doigts de paraly-tique, appendices noueux, doigts de vieillard faible. Ma main funèbre. Quel deuil me dévorait ? Quelle angoisse ? Ma main terrassée.

Et puis la peur d'écrire même un mot, un tout petit mot, le moindre mot. Car la main dérapait. Et le stylo tombait. Net. Comme un fruit blet. J'assistais à cela, d'abord avec un sentiment d'horreur. Atterré. Désarmé de mon seul pouvoir, de mon unique blason, ces armoiries de mes phrases. Dépossédé de mon seul nom. Par la suite, quand le mot s'écrasait, dénaturé, mutilé, amputé de plusieurs lettres, vermine méconnaissable, sorte d'avorton de mot, alors un sarcasme éclatait en moi, un ricanement sec, une dérision. Cette histoire de ma catastrophe devenait un pied de nez de l'Enfer, une diabolique moquerie. Et j'étais bien obligé de reconnaître qu'il était fort, le diable. Que c'était lui le plus fort, lui le maître. Je restais, là, sans mots, devant le désastre. Anéanti.

Dans mon lit, je les attendais... L'aube perçait. Au loin, la secrète rumeur naquit. Sous les arbres invisibles du parc. Le long des allées verdoyantes. Le martèlement devenait plus net, plus nourri. Je les entendais approcher. Avec toujours le même sentiment de sécurité. Comme si quelque chose, au réveil, me manquait, une angoisse me menaçait. Alors le concert de leurs sabots envahissait tout le champ du vide. Et la cavalcade crépitait. Je me levai d'un bond, ouvris mes volets. Me dérobant un peu derrière le rideau pour voir passer la troupe, la longue tresse de chevaux matinaux. Ils avançaient au petit trot. Une bande hétéroclite de montures et de lads. Ces derniers portaient des tenues disparates et grossières. Pulls ou vestes, vieilles casaques ternies, têtes nues ou coiffées de toques décolorées. Et leurs chevaux n'exhibaient nul apprêt, une simple couverture pouvait protéger leurs reins et leurs flancs. Ou rien. La horde ne se donnait pas en spectacle comme sur un hippodrome. Elle n'effectuait que la rituelle promenade dont les animaux avaient besoin. Chaque jour et très tôt. Les maîtres ainsi débraillés changeaient de rythme, ralentissaient pour se laisser rejoindre par un collègue avec lequel ils se mettaient à bavarder. Tout semblait capricieux, spontané. L'éclat des voix se mêlait aux percussions des sabots. Et les robes rousses, brunes, toutes les nuances fauves et blondes ou d'une noirceur gluante d'anguille, le dandinement des croupes, le jeu des encolures secouées me remplissaient d'un plaisir étrangement plus profond que celui éprouvé à la vue des vraies courses. Pourtant, j'adorais le peloton, sa fulgurante joaillerie, les peaux convulsées, moirées de sueur et d'écume blanchâtre, ce flot fumant, bariolé de luxueuses casaques et piqueté de toques aux couleurs criardes. Tout ce chatoiement m'excitait, ces ellipses dans les virages où la troupe semblait se resserrer en un grouillement orgiaque. Rien n'était plus propre à exalter mes plus vifs désirs de prouesse, d'épopée. Telle une écriture, une phrase bigarrée, impulsive et baroque qui représentait mon idéal, le modèle esthétique s'accordant le mieux à mes goûts, mes passions. Mais la cohue plus nonchalante du matin évoluait sans cesse du trot au pas. Ses écarts, ses sursauts, son patchwork de panoplies profanes, de demi-teintes portées par un courant de toisons animales et soyeuses, m'inspiraient un sentiment de joie plus sûre, de plénitude. Il me fallait cette vision pour affronter les aléas de la journée. Surtout cette crampe de l'écrivain, si bien nommée, qui me torturait. Ce matin, je fus d'autant plus comblé qu'en un éclair je reconnus, au milieu de la horde, la jument de Nur. Une alezane dorée que la jeune femme chevauchait sans façon, comme les hommes, parée d'un ensemble en jean : courte veste et pantalon. La tête coiffée d'une toque usée, brunâtre. Elle ne se tenait pas bien droite sur sa monture, mais le buste légèrement creusé, presque enroulée vers la crinière rousse et nattée de Melody Centauresse. Nur était mon amante depuis trois ans. Tout à l'heure, elle viendrait dans mon immeuble prendre son poste auprès du vieux colonel dont elle s'occupait, partageant son emploi avec une Polonaise prénommée Malina et Tara, un Indien qui assurait la surveillance de nuit.

Je vis Melody Centauresse s'éloigner, engloutie par la masse des chevaux. Mais je suivis des yeux sa cavalière. Nur, qui s'était redressée, comme à dessein, dans le fourmillement des torses cadencés. Un cheval broncha, fit un saut de côté, agitant sa crinière. Et, dans l'accroc soudain, mon amante m'apparut tout entière, cambrée, maintenant. Son derrière rond et menu épousait le mouvement coulissant de son alezane, le ventre happé en avant, puis les fesses souplement rejetées, à chaque pas du cheval qui, lui-même, remuait rythmiquement sa croupe géante. Et le cul de mon amante se superposait, dans la danse, au fessier foisonnant de Centauresse pour offrir une figure monstrueuse, gourmande et gémellaire, dont la redondance culminait, là-bas, dans les rayons de l'aurore. Longuement, je convoitais l'image du fantastique amalgame de la chair de Nur conjuguée à celle de la jument d'or.

Après avoir pansé sa jument avec cette méticulosité amoureuse dont j'avais déjà été le témoin presque jaloux, Nur revint prendre le relais de Tara qui avait passé la nuit auprès du colonel. Je la vis entrer dans mon immeuble d'un pas rapide, les mains dans les poches, l'air un peu bravache. Nur avait des allures garçonnières qui tranchaient avec son aspect général délié et gracieux. Un visage délicat, olivâtre et doré, d'Égyptienne de trente ans. Cheveux courts, bouclés, très noirs. De longs cils sur de grands yeux sombres. Un petit nez, des pommettes lisses et saillantes. Une extraordinaire pureté de traits. Menue, de taille moyenne. On la regardait, subjugué par une beauté contre laquelle elle semblait se cabrer, affichant des manières brusques, marchant en roulant les épaules, les jambes un peu arquées. L'air voyou, ruminant sa fondamentale colère. Je savais que son père, un militaire égyptien beau et macho, avait divorcé d'avec sa mère quand Nur était une très jeune adolescente. Et le guerrier avait dit à sa fille que, si elle avait été un garçon, il l'aurait emmenée avec lui. Originelle blessure... Nur adorait sa mère mais elle ne s'était pas remise du mépris de son sexe que son père

15

avait brandi comme argument décisif. Depuis, paradoxalement, j'avais découvert qu'au lieu de s'identifier à sa mère abandonnée comme elle Nur avait calqué, sans se l'avouer, son comportement sur celui du bourreau. Elle refusait sa féminité, ne portait jamais de jupes, ne se fardait pas, affrontait le monde de pied ferme, ne tolérait aucune familiarité de la part des hommes, encore moins une marque de dédain. Cela provoquait, quand elle conduisait sa voiture, des conflits incessants. Dès qu'un automobiliste lui faisait une queue de poisson, elle le dépassait, s'arrangeait pour coincer son véhicule. Et le type ravalait immédiatement sa colère, médusé, en voyant débouler l'amazone en jean, l'œil noir d'une fureur qui ne faisait qu'exaspérer sa beauté singulière. Son visage ravissant de petite Isis du Nil en proie à la rage. Mais ce qui achevait de vous mettre à sa merci, c'était sa voix extraordinaire, très gutturale, un timbre de cuivre ténébreux, qui lui faisait rouler les *r* dans les profondeurs de sa gorge. Chaque mot semblait forgé dans une fulgurance grondante, très troublante. Je crois que je suis tombé amoureux de sa voix, que j'ai désiré immédiatement cette voix, ce cou si joli, cette bouche fine et charnue dont elle émanait. Mon prénom prononcé se métamorphosait. Il devenait un bijou rare, inconnu. J'étais autre. Investi par cette voix qui faisait de moi le partenaire d'un Orient sensuel et rigoureux.

Nur avait dû quitter l'Égypte dans des circonstances dramatiques. Elle y menait une vie indépendante, tournée vers le sport, la littérature et la culture françaises. Sa mère était professeur de français. Ce qui expliquait la maîtrise de notre langue par mon amante. Nur travaillait dans une librairie française, au Caire. Et c'est là qu'elle rencontra Balkis, une jeune fille grande et belle dont elle tomba immédiatement amoureuse. Elle me raconta cette idylle assez désincarnée. Les deux amantes échangeaient surtout des serments. Ce romantisme désuet me fascinait complètement; je ne me lassais pas de l'histoire de Nur et de Balkis. Élevées toutes deux dans la religion musulmane, sans être mystiques, elles étaient très croyantes et n'en vinrent aux premiers baisers qu'avec pudeur. Nur avait beau revendiquer une liberté d'homme, elle n'en souscrivait pas moins aux exigences d'une foi qui soumettait si facilement les femmes. Ce n'était pas la moindre de ses contradictions. Je l'avais vu refuser de manger un sandwich parce qu'elle y subodorait un zeste de porc. Et surtout, je crois qu'elle avait promis plus ou moins implicitement à sa mère de rester vierge jusqu'au mariage. Mais le mariage en question lui paraissait une incongruité, une énormité, contraire en tout à sa nature. Alors, elle vit Balkis. Son cœur se serra. Balkis lui rendit sa passion. Elles s'écrivaient en cachette des lettres enflammées, se serraient dans les bras l'une de l'autre dans les vestiaires d'un club de tennis dirigé par des Français. Elles faisaient leur jogging dans les allées du même lieu. C'étaient deux musulmanes en quasi-rupture de Coran, mais qui n'avaient pas vraiment conscience de l'être. Nur ne me permettait pas de plaisanter sur sa religion. En cela, elle était proche de nombre de mes élèves musulmanes qui pouvaient exhiber des tenues à la mode, nombril à l'air, mais se récriaient à la moindre suggestion sacrilège.

Un jour, Nur et Balkis s'enhardirent. Elles se déshabillèrent, intimidées, maladroites. Et c'est Nur qui baisa de ses lèvres pures le sexe de son amante. Juste un baiser. Les deux jeunes filles étaient dans la chambre de Balkis, persuadées que les parents étaient absents. La porte s'ouvrit brutalement. Le père de Balkis apparut. Il insulta Nur et la chassa. Ce que Nur disait de l'épisode ne laissait pas de m'étonner. Je me serais attendu à une réaction de honte. Mais Nur déclarait qu'elle avait assisté à la colère du père de son amante sans sourciller, avec un sentiment de distance, voire de neutralité. Cet homme lui était étranger. Il avait beau se réclamer à grands cris de la morale religieuse, Nur n'avait senti nul tourment, nul scrupule. Ce miracle m'émerveillait, me réjouissait. Car le remords eût été la pire régression, une capitulation mortelle. Cependant Nur et Balkis eurent toutes les peines du monde à se revoir. Balkis n'était pas animée par cette colère originelle qui rendait Nur si tenace. Ses parents finirent par la marier à un militaire. Et lorsqu'une campagne, orchestrée par les Frères musulmans, conduisit à des rafles d'homosexuels, Nur, séparée de Balkis, blessée, déçue par son pays, décida de partir. Elle s'installa à Chatou, chez une tante. Elle travaillait, le samedi, dans une librairie, s'occupait du colonel et faisait la comptabilité du club équestre où Melody Centauresse était pensionnaire. Nur avait toujours rêvé de posséder un cheval. Elle acheta la pouliche, quelques mois après son arrivée, grâce à une avance que sa mère lui avait accordée. Elle partageait les frais d'entretien de Centauresse avec la Polonaise qu'elle avait rencontrée chez le colonel, elle aussi passionnée de chevaux. Nur lui prêtait donc la jument. Elles avaient leurs jours, mais parfois, c'était plus émouvant, l'une après l'autre, elles montaient l'alezane dorée. Certains dimanches, par exemple, on les voyait sillonner les allées du parc. Nur partait au galop. Malina l'attendait assise sur un talus. Nur revenait, son visage éclatait de plaisir. Et elle livrait la belle jument en sueur à Malina qui la montait à son tour. Toutefois, cet accord n'allait pas sans petites frustrations, imperceptibles jalousies, que j'appris à deviner peu à peu. Nur adorait Melody, elle était sans doute la plus possessive.

J'entendis Tara quitter le colonel et le vit s'éloigner dans les allées. C'était un Indien d'une trentaine d'années, furtif et suave. Il portait ce prénom de déesse suivi de Sankhar et d'un troisième nom plus difficilement prononçable. Sa peau brune et profonde nous troublait, Nur, Malina et moi. Parfois, elle semblait rougeoyer ou se nuançait d'un bronze plus sombre.

Anny, qui est la femme avec laquelle je vis presque depuis l'origine, était, elle aussi, attirée par le charme, par la chair de Tara. Il nous fuyait, il s'éclipsait tôt le matin. Il avait trouvé cette garde nocturne chez le colonel par l'intermédiaire d'un parent qui connaissait le vieillard. Malina, qui savait s'y prendre avec lui, nous avait révélé qu'il s'adonnait à la danse dans un cours privé. Une danse de l'Inde dont nous n'avions qu'une idée schématique. Anny et Malina rêvaient de voir danser Tara. De contempler le jeu, l'élan de ses longues jambes inconnues et brunes.

Oui, j'étais divisé entre Anny et Nur. C'était un piège banal et dévorant. La situation avait entraîné, à la longue, un remodelage complet des relations que j'entretenais avec elles. Quand Anny mesura mon attachement, elle prit ses distances. Découragée par des expériences passées du même type. Car nous avions vieilli, franchi le cap de la cinquantaine, nous retrouvant plus fragiles au lieu d'être aguerris par la vie. Anny ne supportait plus d'être trahie. Je ne supportais plus de la trahir, mais je ne parvenais pas à rompre définitivement avec Nur. Malgré des semaines et quelquefois des mois sans la voir. Mon amante n'était pas amoureuse de moi. Elle ne souffrait donc pas de la jalousie qui blessait, qui humiliait Anny. Même si l'existence de ma compagne finissait par l'encombrer. Car elle était consciente de mes affres qui créaient entre nous une tension parfois trop pesante. Nur m'admirait. C'est ce qu'elle disait. Elle ne m'aimait pas. Elle désirait ma langue et mes doigts. Mon sexe était l'objet d'une indifférence courtoise. Elle le considérait avec une réserve polie. Quand elle avait fini par accepter de coucher avec moi, violant le vieux serment religieux de ne se donner que dans le mariage – mais on sait que sa passion pour Balkis avait rendu cette perspective bien improbable –, elle ne s'était livrée qu'après de longues séances de caresses et de baisers intimes et répétés. Un jour, je pris sa main et la posai sur mon sexe. Elle ne recula pas. Resta parfaitement neutre. L'organe érigé ne provoqua aucune curiosité ou surprise. Et par chance, nulle peur. Mais elle n'alla pas jusqu'à me rendre les caresses que je lui prodiguais depuis des mois. Quand je lui fis signe d'esquisser quelque chose, de faire un essai, elle me regarda et me dit cette phrase ineffable : « Pour moi, le sexe, c'est de l'eskimo. » Le mot prenait dans sa bouche une tonalité ronde, incongrue et polaire, assez drolatique, n'étaient les circonstances. Devais-je entreprendre de lui enseigner ce langage insolite et glacé. Ce soupçon d'inuit. Un sursaut de révolte faillit m'arracher une protestation : Et ma langue, ce n'est pas de l'eskimo, alors ! J'eus la sagesse de me taire. Car d'évidence ma langue ne faisait pas le même office que ma queue. Je laissais passer encore quelques jours. Commençais de lui administrer sa caresse favorite, non plus avec ma langue mais avec mon gland délicatement profilé, pressé, soutenu dans la manœuvre par un doigt glissé. Ainsi ne se retrouvait-elle pas en terrain complètement étranger. Elle apprit l'eskimo sans ferveur ni rejet rédhibitoire. Et le jour où nous passâmes à l'acte, par bonheur, elle n'eut pas mal. C'était un langage quelconque qui ne lui procurait pas l'enchantement majeur. Je racontais cela à Anny pour diminuer sa jalousie. Mais elle s'étonnait que je persiste dans une relation où l'essentiel de ma personne était à ce point dévalué. En fait, Anny comprenait... Elle connaissait Nur. Elle la croisait dans le hall de l'immeuble, elle la voyait passer sur sa jument dorée. Elle pouvait deviner l'émotion que j'avais éprouvée en découvrant pour la première fois la nudité de Nur. La finesse, les souplesses de son corps menu et fort. Tendu, tenace. Les pointes de ses seins plus gros que je ne les avais pressentis. Son étroit pubis noir et pointu comme un poignard. Ses fesses délicieusement rondes et compactes dont la cambrure de Nur renforçait la protubérance. Musclées par les chevauchées mais soyeuses. À peine si deux orbes de chair imperceptiblement plus brunis ou tannés ornaient les dessous de la croupe. C'étaient à mes yeux des sigles, des tatouages, d'infimes meurtrissures totémiques liées à l'amour immodéré des chevaux. Mais le coup de grâce était cette voix, son blason véritable. Je ne sais quel

21

timbre d'orgue rauque qui montait du corps dévoilé. Glorieux, oui, attestant quelle gloire ténébreuse qui s'emparait de moi, me vrillait, me faisait frissonner. Alors, qu'importait le prestige de mon sexe! J'en faisais volontiers le sacrifice tandis que je serrais cette chair mince et dorée du Nil, rayée de jais, avec ces grands yeux noirs, ces longs cils inclinés vers moi.

Donc, Anny prit quelque distance. Souvent, elle rejoignait la maison de son amie Laurence qui habitait aux confins du parc, à la lisière de la forêt, au milieu des grandes écuries précieuses où était élevée, entraînée, la fleur des chevaux de race, des champions qui gagnaient à Longchamp ou Auteuil. J'adorais cette maison où elle ne m'interdisait pas toujours de la retrouver. Ainsi, Nur s'installait chez le colonel, juste au-dessus de mon appartement, presque chez moi, tandis que j'émigrais chez Laurence pour ne pas perdre Anny que j'aimais depuis l'adolescence et dont je partageais la souffrance. Il aurait suffi de rompre, d'arrêter tout ce drame, ce cinéma! Mais j'étais aux prises avec une angoisse primordiale et contradictoire qui empoisonnait ma vie tout en lui donnant un relief exalté, une tournure lyrique et désespérée. C'était une joie clandestine, liée aux rituels érotiques avec Nur, assortie d'un sentiment de perte, de mélancolie, où l'amour que j'inspirais peut-être encore à Anny était perpétuellement menacé. Comme si j'avais besoin de vivre, de revivre ce péril, au bord du néant. Tel était le traquenard de ma vie. Ce qui ne cessait, à la fois, de la rendre possible et impossible. Tout cela venait sans doute de très loin, de ce théâtre originel où tout s'était joué, le pli pris. Notre maison natale... À cor et à cri! Je ne manquais pas de remuer, de triturer de fond en comble les scènes qui remontaient de ces pénombres et de ces clartés aveuglantes. Elles avaient sculpté mes angoisses et mes désirs secrets.

Il me fallait donc comprendre le sens caché de cette crampe qui m'empêchait d'écrire et parfois raidissait quelque peu mon index au cours des longues séances avec Nur, m'obligeant à changer de doigt, le petit qui la surprenait, la relançait illico, ou le majeur plus épais qui provoquait un afflux dont je sentais ma pulpe trempée, comme avivée, épanouie. Surprise, Nur m'étonnait à son tour. Ce sexe qui restait rétif au mien me comblait de cette averse généreuse. Dont le choc parfumé déclenchait de ma part un élan plus ardent, et ma propre effusion contre le ventre satiné de Nur. Nos deux cris se suivaient et se ressemblaient. Du fond du plaisir, nous nous regardions, toujours un peu en coulisse et comme par en dessous. Souriant, nous nous reconnaissions. Nous habitions enfin un commun royaume.

Nur, en cognant le pied d'une chaise contre le parquet, m'avertit que je pouvais monter. J'aimais ses signaux dont elle variait la gamme. Elle pouvait me téléphoner. Ou bien, et c'était plus intime, dès son entrée dans l'appartement du colonel, elle allait pisser. Dans le silence champêtre du parc et de la résidence paisible, il me suffisait de m'approcher de mes propres toilettes situées juste en dessous pour entendre les sonorités chantantes du jet. La mélodie de Nur s'éteignait, reprise souvent à la volée par une nouvelle averse, brève et nourrie, plus claironnante. C'était bien dans le style bravache de mon amante. Alors, me devinant aux aguets, elle m'appelait. La tuyauterie me communiquait le message en imprimant à sa voix un timbre moins guttural, plus tonique, plus français. C'étaient l'une de nos alchimies.

Elle m'accueillit dans l'appartement. Je tentai de la serrer dans mes bras, mais elle se dégagea et n'accepta qu'un rapide baiser sur ses lèvres. En fait, elle voulait partager l'émoi où la plongeait la lettre de Balkis qu'elle avait reçue, la veille. Son inaccessible amante lui parlait toujours de sa vie un peu monotone. Certes, elle ne

24

détestait pas son mari mais elle pensait à Nur de plus en plus fort. La distance, la séparation imposées par la famille et les convenances n'avaient fait que fortifier des sentiments que l'imagination et la nostalgie exaltaient. Nur était émue par cette frustration passionnée. La belle Balkis exaltée la comblait de visions dont je voyais le reflet traverser son visage. Elles le transfiguraient sans que je puisse y démêler la part de l'amour idéal de celle de souvenirs sensuels plus aigus. Je savais à quel point leur relation avait été brève et peu incarnée. Mais savais-je tout ? En outre, mon amante avait un peu progressé avec moi. Nos caresses avaient approfondi sa pratique amoureuse. Désormais plus concrète et parfois plus luxuriante. Même si ses préférences n'allaient pas jusqu'à l'étreinte complète qu'elle finissait par me concéder au terme de subtils détours. De nouvelles images devaient sans doute épicer l'amour de Nur pour Balkis. Peut-être s'en était-elle ouverte à sa chérie perdue, qui à son tour n'avait pas manqué d'imaginer et de mûrir en secret. Nur avait relu la lettre plusieurs fois. Un fait nouveau la bouleversait, c'était le désir de Balkis de trouver un moyen pour venir à Paris la revoir. Jusqu'ici, l'interdit et le naturel assez docile de Balkis, mariée, entourée de sa famille, avaient empêché de si troublants projets. Mais un pas venait d'être franchi, favorisé par la correspondance assidue des deux amantes. Balkis espérait pouvoir profiter d'une absence de son mari à l'occasion de manœuvres militaires. Elle semblait résolue, presque disposée à la ruse. Et cette suggestion de malice dans un tempérament si posé allumait les prunelles noires de Nur. Tout à coup, le colonel surgit devant nous, entièrement nu. Ce comportement ne nous étonnait plus. Il ne procédait pas de la sénilité, mais d'une habitude du personnage. Il avait vécu quelques années en Inde, dans le cadre d'une mission diplomatique et militaire, et prétendait avoir pris là-bas ce pli de naturisme. La rencontre et la fréquentation de jaïns et de sadhus exhibés dans le plus simple appareil l'avaient conquis. Il conservait, bien sûr, ses vêtements en public, mais se déshabillait chez lui, dès qu'il le pouvait. Nur, Malina et Tara avaient dû rapidement se résigner à cette impudeur souriante. Car le colonel nous regardait avec son plus charmant sourire. Il n'avait pas perdu complètement la tête mais souffrait de trous de mémoire et de manques, de vertiges qui risquaient d'occasionner des chutes. Toutefois ce qui avait déterminé vraiment ses enfants à le faire assister, ce furent les cris qu'il s'était mis à pousser, trois ans plus tôt, la nuit, fenêtre ouverte. Il réveillait soudain toute la résidence. Ses appels retentissaient avec un accent d'effroi qui nous glaçait. Le colonel était saisi par l'angoisse de la solitude et le pressentiment de la mort. J'étais moi-même contaminé par cette explosion de terreur. Un sentiment de dénuement mortel m'envahissait. Ma peur de perdre l'amour d'Anny et mes connivences avec Nur ne comptaient pas pour rien dans ma déréliction. Ainsi, je me sentais secrètement le frère du soldat hurlant dans la nuit. Un trait mystérieux marquait certains cris du vieillard. On y distinguait un mot bizarre, déformé, quelque chose en « ra... bra!... ». Et cela faisait l'effet d'un râle dans les ténèbres. C'était pour moi la cristallisation sonore de l'horreur, de l'abandon et de la mort. Pour vaincre le monstre qui hantait leur père, ses enfants mirent en place le dispositif de protection, cet exorcisme composé de deux jeunes étrangères et d'un gardien nocturne et beau. Le colonel avait d'abord refusé une série d'accompagnatrices honnêtes mais sans grâce...

En réalité, entre nous, nous l'appelions tantôt « le colonel » tantôt par son prénom : Roland. Souvent, on disait aussi : le héros ! Il ne s'agissait pas d'une manière de surnom ironique, car le colonel était un authentique héros. C'était un cavalier hors pair qui avait fait le Cadre noir de Saumur. Il avait été un des premiers à rejoindre, en 40, le général de Gaulle et s'était illustré dans tous les combats de la Résistance et de la reconquête du sol français. Nur avait vu dans un placard son uniforme, et toutes ses décorations brillaient au fond d'un coffret précieux, revêtu de velours violet. Tel était le héros qui avait brutalement troublé notre sommeil, le guerrier épouvanté qui appelait, sous l'emprise d'un ennemi enfin plus fort que lui.

Nur, en vue d'une promenade matinale, aida le héros à se rhabiller. Son pubis neigeux disparut sous un slip ainsi que son sexe d'une coloration claire et fragile, le prépuce veiné, presque translucide dont dépassait une demi-noix de gland mauve. Le héros était grand. Il se tenait encore raide et droit, dressé sur ses jambes arquées. Il marchait avec lenteur, à petits pas. Parfois, quand il était en forme, il accélérait. Son état connaissait des variations brutales. Il avait gardé quelques cheveux blancs ramenés sur le front en une mèche clairsemée. Son visage couperosé était mince, avec des yeux très bleus, d'un azur soutenu et prenant que le temps avait épargné. On ne savait pas toujours bien lire dans ce regard animé d'un sourire pointé sur vous ou perplexe et plus vague, mué en un nuage de gentillesse diaphane... Cependant, il lui arrivait de fixer sur Nur mais surtout sur Malina, la Polonaise, des yeux attentifs, pénétrés de vigilance et de réelle curiosité. Alors, il sortait de son silence et leur adressait une petite plaisanterie, un compliment assorti d'une tape amicale sur la joue, d'une caresse qui effleurait leurs bras nus ou venait enserrer doucement leur cou. Il émettait un rire enjoué. Et Nur me révéla l'avoir surpris en proie à une sensation de bonheur plus nette encore, un jour qu'il était tout nu, dans son bain. Malina s'occupait de sa toilette avec cette alacrité qui lui était propre, grande, très blonde, remuante, les fesses assez charnues, fredonnant des chansons ou les entonnant à tue-tête. Aussitôt traversé par le doute et l'ombre de la jalousie, je demandai à Nur s'il avait manifesté en sa compagnie le même symptôme vigoureux. Elle protesta que c'était Malina la responsable de la grande toilette qu'elle effectuait trois fois par semaine. Nur ne s'acquittait que de la petite toilette, c'est-à-dire de soins mineurs. Elle débarbouillait le colonel au besoin, après un repas. Ou venait l'aider à se rhabiller quand il s'empêtrait dans les cabinets. Mais ces circonstances étaient rares puisqu'il préférait, le plus clair de son temps, se balader nu comme les grands saints de l'Inde.

Nur m'invita à les accompagner, elle et le héros, dans leur promenade. Je n'avais pas de cours au lycée avant le lendemain, et j'acceptai de bon cœur. Car cette marche lente et sinueuse dans les allées du parc en compagnie du vieillard et de la jeune femme me donnait un plaisir profond. Nous contemplions toujours, sans nous lasser, les mêmes grosses villas blanches et variées, campées comme de véritables personnages, avec leurs corps de bâtiments plus ou moins compliqués d'ailes et de bras, de balcons, de perrons majestueux, de marquises, de terrasses à balustres, leurs jardins d'hiver aux verrières ouvragées, leurs charmilles et leurs gloriettes entourées d'un gazon minutieux où trônaient des statues représentant Cupidon ou Vénus voluptueusement déhanchés. À cette heure, on en voyait rarement les propriétaires. Les maisons émergeaient des rangées d'arbres qui bordaient les chemins. Des branches ou des taillis en échancraient les masses. Parfois, l'une d'elles se dressait à la croisée de ces pistes de terre meuble réservées aux chevaux et dont le réseau inextricable et secret sillonnait le parc. Alors, les hauts murs immaculés ressemblaient à des étraves de paquebots au-dessus des vagues de terre brune où passait soudain la robe d'un pur-sang au galop. J'avais toujours envie de suivre l'animal et son cavalier dans ce labyrinthe plus rustique, au sol retourné, tout labouré d'une anarchie de marques de sabots. Où conduisait ce lacis, quels angles inconnus révélait-il ? Clairières, demeures enfouies et quasi clandestines, fragments de la forêt voisine, îlots de la Seine, terrains d'entraînement réservés aux champions et tenus loin des regards...

Nur engageait souvent Melody Centauresse dans le dédale, mais ce qu'elle m'en disait restait un peu abstrait. Il me fallait voir les choses, les saisir dans ma perception avide, les sentir, les parcourir, m'en pénétrer par tous les pores. C'est lorsque j'étais pour de bon hanté par mes découvertes que l'envie d'écrire me prenait. Nur et Malina s'interrogeaient surtout sur les habitants des luxueuses villas ainsi disséminées, presque cachées dans les profondeurs du parc, de ses taillis, de ses bois, de ses pelouses, de ses avenues napoléoniennes – car toutes portaient le nom d'un général ou d'une bataille de l'Empereur. Ce qui donnait à l'ensemble un caractère martial et grandiloquent contrebalancé par l'intimité plus capricieuse des allées où se nichaient les maisons blanches et belles comme des fées ou pareilles à des Salomé assagies. Malina plus que Nur rêvait aux fortunes que chaque villa abritait. J'étais incapable de lui livrer des noms de famille, de lui décrire des destins précis, des aventures prestigieuses. Je savais que des actrices célèbres avaient vécu là. En particulier, une Slave blonde, comme elle, dont la beauté si éthérée avait ébloui dans la version cinématographique de *La Princesse de Clèves* mise en scène par Jean Delannoy. Un grand historien spécialiste de la mort avait été des nôtres, mais il ne devait pas être très riche… Non, les lieux étaient occupés par des financiers, des hommes d'affaires, des grands patrons, des propriétaires de chevaux, des héritiers qui ne tenaient pas à ce que cela s'ébruite. C'est pourquoi les villas énormes, immaculées, aux rotondes ventrues, aux amples façades, étaient devenues des personnages à part entière, comme si elles avaient fini par absorber la substance des vies secrètes qu'elles contenaient. Elles nous en diffusaient l'arôme sans préciser rien de plus. Malina qui avait toujours été pauvre scrutait les portails, les entrées dérobées derrière de hautes haies de thuyas ou d'amandiers. Et la convoitise blessée qui envahissait ses traits la rendait d'une beauté contradictoire et plus charnelle. L'envie, la jalousie, l'émerveillement divisaient son visage en proie à on ne savait quelles tentations. Elle, si saine et si franche, paraissait plus corruptible. On était troublé par sa grimace, la brillance de son désir.

Nur, elle, n'enviait personne. Elle prit le bras du héros et notre promenade se poursuivit d'un pas ralenti. Le colonel, au torse bien droit sur ses jambes très arquées de cavalier, dépassait la silhouette plus petite et garçonnière de Nur. Un angelot semblait conduire un antique guerrier. Mais c'était un ange aux cheveux de jais. Son visage enfantin aux traits purs, sa peau lisse et ambrée, ses prunelles brûlantes leurraient celui qui la découvrait. Car sa nature rebelle, ses froideurs, son goût de l'emprise, son indépendance farouche disparaissaient sous cet aspect lustral. J'étais tombé amoureux de l'ange dès que je l'eus surpris dans la cage de l'ascenseur, en la suivant des yeux quand elle quittait la résidence après son travail. En somme, il me fallait une âme sœur, une petite Isis assidue et sentimentale dont j'aurais été l'Osiris blessé. Tout cela était bien pratique et mythologique. Mais Nur me révéla l'envers de son visage précieux. Farouche, elle m'attendait en embuscade sous ses sourcils purs. Alors, le sentiment amoureux et automatique que j'avais d'abord éprouvé parce qu'elle était une jeune femme très belle, au maintien ambigu, se changea en un feu plus sourd, plus frustré, plus douloureux. Anny, ma compagne, le comprit très vite. J'étais atteint, tracassé, tenaillé… J'avais perdu mon père quelques années plus tôt et j'avais cru, à la longue, avoir guéri de cette disparition. Mais je dus m'aviser, à retardement, qu'il n'en était rien. Je n'oubliais jamais la mort. La

31

blessure restait ouverte. Le vieillissement de ma mère, ses problèmes articulaires lourds me remplissaient d'effroi. Pourtant c'était une femme gaie, d'un caractère fort, résolue à vivre malgré le temps qui semblait s'accélérer avec le grand âge, nous précipiter... J'étais épouvanté à l'idée de l'avenir. Sans cesse, je comptais combien il nous restait d'années. J'évaluais, je calculais. La télévision m'annonçait régulièrement de nouveaux morts, souvent de mon âge ou à peine plus âgés que moi, sans oublier mes amis qui commençaient d'être frappés. Et ce cri de terreur que j'avais entendu le colonel pousser, la nuit, fenêtre ouverte, sous l'assaut d'une évidence sauvage, ce hurlement monté du tréfonds de l'être livré à la mort aurait pu être le mien. C'était ma carcasse qui grinçait, criait, mes cervicales coincées, mes nerfs pincés, broyés, mes muscles galvanisés. Les médecins persistaient à penser que ma fameuse crampe d'écrivain n'était que la conséquence de contractures cervicales savamment entretenues par mes transes. Il faut dire que personne, jusqu'à ce jour, n'avait su me définir exactement le moment où on avait affaire à une crampe authentique. On préférait parler de crispation. Car la crampe restait une maladie inconnue, maudite, réputée incurable, relevant davantage du psychiatre que du rhumatologue. Contorsion du Pandémonium, avatar de l'hystérie, certains musiciens en souffraient... Mais on prétendait que c'était une question de mauvaises positions dans le travail, on hésitait jusqu'au bout à assener le verdict fatal. La crampe était taboue. C'était l'impossible. Quelle danse macabre ?

Marcher au pas lent du héros guidé par Nur m'apaisait. Nur ne manifestait nulle impatience. Son naturel indocile s'effaçait pendant son travail. Comme si ce vieux militaire représentait pour elle, en secret, un avatar de son père, le soldat égyptien qui l'avait abandonnée à sa mère. Une version paternelle enfin viable, sans rancœur. Un père revenu au bercail, après bien des campagnes perdues, blanchi et tolérant, auquel on pouvait pardonner. Et sur lequel enfin on avait prise...

Des cavaliers parfois nous croisaient et nous reconnaissaient. Certains avaient parcouru le parc en compagnie de Nur. Ils demandaient des nouvelles de Melody Centauresse, de ses dernières coliques ou de ses antérieurs fragiles, de ses tendons délicats. Ils souriaient au héros dont ils connaissaient la renommée. Et lui regardait les chevaux, immobile, les narines un peu dilatées. Il respirait leur parfum virulent, ce musc incomparable dont la trace m'enchantait sur le corps de Nur. Parfois, la main du vieillard, fine, amaigrie, vrillée de veines violettes, s'allongeait vers l'encolure du cheval qu'il tapotait avec un rire doux. Il murmurait des mots incompréhensibles, plutôt une ritournelle que des phrases, la musique des souvenirs. On lui répétait le nom du cheval. C'étaient tantôt Lion du Coteau, ou Atys, Paradis des Orages, Pathétique Soleil, Odalisque, Fou du Rivage, Frais Nuage, Orion, Roman, Belle Canaille, Idéal de Duras, Orchidée de Bali, Faucon du Désir, Diabolique Malice, Rayon Violet, Oméga, Rituel du Secret, Ma Dernière Amante, Impossible Soir, Paradis Permis, Implacable Juillet, Lumière d'Août, Princesse des Soupirs, Allal Bleu, Noir Cobra, Carnaval de Cordoue, Aigle Coupable... Le héros reconnaissait souvent les chevaux mais se trompait dans les noms, il mélangeait les vocables et cela donnait : Impossible Cobra, Soupir d'Orion, Roman Noir, Odalisque Permise, Ma Première Amante, Malicieux Rituel, Oméga Violet, Faucon de l'Orage, Orchidée de Duras, Soleil Coupable... Parfois il nous adressait un petit regard ingénu. Et on le soupçonnait d'avoir commis l'erreur exprès, par ruse.

Puis les chevaux s'envolaient dans le fracas épique et précieux des sabots. Et Roland, tout haussé au bras de Nur, restait suspendu à leur effluve. Le visage de mon amante, sa nuque, ses mèches courtes et noires, son corps, sa croupe, ses cuisses fines et musclées semblaient avoir recueilli quelque chose du passage, de l'allure, de l'essence des chevaux. Le fantôme de Melody Centauresse l'enveloppait, son halo la pénétrait. Elle était tout inondée des moires de sa jument. Je regardais sa cambrure animale, les mouvements de son cou. Et la douleur du désir me poignait. J'aurais aimé moi-même être à demi cheval pour mieux l'approcher, la flairer, entrer profondément dans ses toisons plus sombres, les sueurs de sa robe, les replis de sa chair, oui, la sentir du dedans avec cette puissance et cette subtilité olfactives dont sont dotés les chevaux. Ils n'ignorent rien des émotions de leur cavalière, des désirs, des colères qu'elle couve et qu'ils déchiffrent dans une langue d'odeurs. J'enviais ce Verbe sauvage qui montait d'un corps plus fondamental, primitif, envoûtant. Corps d'une incroyable impudeur, oui, obscène. J'en entrevoyais parfois les délices quand Nur avait couru – elle pratiquait, en effet, un jogging régulier – ou mieux, quand elle avait chevauché Centauresse un jour d'été et d'orage. Véloce, il fallait que je m'interpose, avant qu'elle ne prenne sa douche. Car elle était d'une propreté redoutable, non sans rapport avec des connotations religieuses d'ablutions, de pureté. Mais elle savait lire mon vice dans mes regards. Certaines fois, une humeur transgressive l'inclinait à me laisser faire. En paraissant garder toujours cette intime, cette terrible distance. Elle me voyait agir et je me demande si ce qui la fascinait n'était pas justement mes affinités avec l'interdit, mon plaisir sacrilège. S'en était-elle, elle-même, tout à fait extraite et totalement lavé les mains pour me laisser m'y compromettre seul, m'y fourrer à foison ? Je la humais partout et surtout là où s'embusquait son relent de petit pur-sang, sous les cheveux, entre les cuisses et dans l'étroit fourreau des fesses suantes, encore marbrées par le galop. Peut-être qu'elle-même, sans se l'avouer, retrouvait, dans un effet de miroir, les sensations qui la traversaient quand elle montait Centauresse, pansait sa toison embuée, passait une éponge douce sur son sexe et s'enfonçait tout au long de son entrefesson géant, tapissé de noirceurs brillantes. Ainsi, au cours de la toilette, elle soulevait la queue, assaillie, alors, sans trop s'y livrer, par de monstrueuses visions, nuances de basane et de bronze, somptueuse forge bourrée de remugles capiteux. La jument déployait une image colossale et femelle qui devait subjuguer Nur. Elle avait refusé cette féminité étroite et humaine que son père avait méprisée. Et c'était le garçon qu'elle mimait pour ne plus tomber dans le rôle de la victime. Elle montait Melody, ce qui renforçait son fantasme masculin. Mais la beauté hyperbolique de la jument rousse excédait son désir. À ce degré, le cheval immense n'était plus tout à fait féminin. Il débordait la sphère de son sexe. C'était justement un cheval générique transcendant ses particularités. Sorte d'hybride fantastique combinant le mâle et la femelle, par sa taille, sa force, sa musculature, son parfum. Alors, Nur pouvait se réconcilier avec une féminité si formidable, voisine de la masculinité. Lorsque je m'ébattais au plus près de son sexe, de son musc et de sa croupe béante, elle reconnaissait là le trouble dont elle jouissait inconsciemment, au cours de ses chevauchées baignées d'odeurs, suivies des longues séances de pansage dans l'intimité du corps de l'animal vertigineux.

C'est ainsi que je me rassurais et que j'essayais de me persuader que Nur et moi n'étions pas à ce point étrangers l'un à l'autre. Dans nos jeux érotiques, nous imprégnait, nous envoûtait cette langue commune, clandestine et cavalière, née sous la crinière et comme sous le rideau mystérieux et touffu, chaque jour si amoureusement peigné, de la queue des chevaux.

Au milieu de notre promenade nous vîmes avancer vers nous celle que tout le monde surnommait « la folle ». Par facilité, sans y mettre un mépris particulier. Mélissa, la folle… Elle s'adressa directement au héros : « Bonjour, Roland ! » Il la regarda avec un petit air guilleret. Il aimait bien Mélissa. Pour exprimer les sentiments singuliers qu'elle lui inspirait, il esquissait parfois, en riant, un geste bref qui dessinait dans les airs une sorte de vrille facétieuse. N'était-ce pas l'équivalent de l'esprit de Mélissa aux contours aléatoires ? Elle nous contempla tous les trois avec malice. Cette mimique était éternellement fixée sur son visage, accentuée par son menton, tout rond, projeté en avant. Ce qui donnait l'impression qu'elle savourait quelque chose de connu d'elle seule, son secret... Une sorte de farce intime et métaphysique sur laquelle elle en savait long, et qui suggérait des implications, comme des prolongements autour d'elle, dans les allées... Elle était grande, maigre, saine, le teint bis, les cheveux blancs et frisés. Vêtue d'une robe à fleurs roses ou bleues. Quand cela n'allait pas, elle formulait tout haut des propos incohérents, mais où persistait, quoique effiloché, le même thème drolatique et mystérieux. Les jours fastes, elle pouvait tenir une conversation pertinente sur le beau ou le mauvais temps, ou s'enquérir de la santé de Roland qui ne lui répondait jamais, mais se contentait d'émettre un rire léger. Elle prit la tête de notre groupe, très droite, marchant à grands pas. Avec de petits hochements de satisfaction. Les bras un peu écartés de son corps. Alors, elle se retourna, nous attendit, posa son regard sur Nur, en exagérant son expression malicieuse. Puis s'exclama : «L'Égyptienne!» C'était pour elle tout un programme, elle semblait en connaître un bout sur le chapitre. «J'aime les pharaons...» Cette vision des temps immémoriaux remplissait son regard d'un ravissement profond. Mais il fallait toujours un peu se méfier du regard de Mélissa qui comportait, sous le jeu de ses expressions plus ou moins imprégnées d'ironie, une plage indéfinissable, un fond plus neutre, plus fixe, plus gris. Il ne fallait pas s'y arrêter, mais revenir bien vite en surface, là où régnaient l'azur et les pétillements de l'espièglerie. Car ce sédiment radical et caché recelait quelque chose d'immobile et de terrible. Comme une animalité embusquée, une peur furtive, un effroi figé. Parfois, c'était plus minéral. Une pierre d'un gris très clair habitait l'arrière-plan de ses prunelles. Et cette pierre vous eût fait mourir d'une tristesse sans fond. La vie semblait y avoir été définitivement sacrifiée. Quand je me livrais à ses analyses, Nur trouvait que j'exagérais. Elle ne distinguait pas ma fameuse pierre du désespoir illimité.

De nouveaux chevaux passèrent non loin de nous. Mélissa les suivit des yeux, en plissant le regard, la bouche étirée, un peu sardonique, comme si elle retenait des révélations. Roland s'arrêta devant un banc, son banc préféré, sous un dais de feuillage ocellé de halos et de rayons. En face, une grande écurie déployait le quadrilatère de ses longs bâtiments méticuleux. L'entrée s'ouvrait devant nous, et on apercevait des mouvements dorés de chevaux, des bruits, des cliquetis, des bronchements, des claquements de sabots. Dans la cour centrale, il y avait un va-et-vient de lads. S'épanouissait l'odeur de musc, de paille, de cuir et de crottin. Nous nous sommes alignés tous les quatre sur le banc de Roland. Nous étions un peu serrés et je sentais la cuisse de Nur collée contre la mienne. J'allongeais la main pour la caresser discrètement. Mais Nur écarta cette main qui remontait, par-derrière, vers l'arrondi de ses fesses si cambrées et si prégnantes sur le bois raide du banc. J'avais envie d'elle, dans le remue-ménage familier des écuries. Alors Mélissa se leva. On la sentait comme inspirée soudain. Elle émit une sorte de souffle… Elle s'avança au milieu de l'allée, entre le banc et l'écurie. Elle s'arrêta dans la lumière. Le soleil, déjà haut, baignait, de dos, son grand corps mince et ses cheveux blancs. Tout à coup, elle fit volte-face et, dans l'azur éclatant, elle s'écria : « Noir Titus ! »

38

Ce Noir Titus fulgura avec un formidable impact. Une expression d'extase se peignait sur le visage hallucité de Mélissa. Elle restait suspendue à son cri dont l'écho répercutait en nous son éclair de noirceur, la splendeur dont on ne savait quels antiques menaces ou sortilèges... Car Mélissa, en levant la tête vers le soleil, avait fait ressortir, en les haussant démesurément, les dentales du nom, l'étau terrible de Titus sur les deux voyelles dont la première s'aiguisait en un *i* paroxystique et la seconde, le *u*, se prolongeait entre ses lèvres, sifflait, susurrait... Noir TI-TUSSS... Le totem s'érigeait en plein soleil. L'œil de Mélissa s'arrondissait en proférant ce puissant mystère qui nous dominait soudain de son mythe. Tel un auspice de Mycènes... Une réminiscence d'Homère.

Pourtant, nous savions que Noir Titus était le cheval qui avait tué son mari, il y avait une dizaine d'années. L'animal appartenait à Jeff, un Anglais, avec lequel Roland s'était lié d'amitié lors de sa mission diplomatique en Inde, vingt ans plus tôt. Roland et Jeff étaient revenus ensemble de l'Inde, dans des circonstances assez mystérieuses. À l'époque où le colonel n'avait pas encore basculé dans ses absences, il était très difficile de le faire parler de l'Inde. Il restait évasif. Se fermait. La seule chose qu'on savait, c'est qu'il avait, en effet, connu Jeff, là-bas, et qu'ils étaient rentrés brusquement. Jeff décidant d'habiter à Saint-Germain-en-Laye, non loin de son ami. Pendant des années, j'avais vu l'Anglais venir rendre visite au colonel. Ils partaient en promenade dans les allées, souvent à cheval. Jeff montait Noir Titus et Roland, sa jument Emma. Un jour, le mari de Mélissa, un cavalier lui aussi, voulut enfourcher

Noir Titus. Jeff lui prêta l'animal pour une chevauchée. Un peu plus tard, les témoins entendirent un galop frénétique dans les avenues qui longeaient les bois. Ils virent surgir le grand pur-sang noir, la selle vidée, les étriers voltigeant contre ses flancs. Le fracas du cheval nu éclatait, ses sabots claquaient sur le macadam. Personne n'arriva à calmer l'animal qui s'engouffra dans la ville. Crinière échevelée, naseaux écumants, l'œil blanc dans la transe. Il finit par s'arrêter enfin, épuisé, sur le pont qui franchissait la Seine, au milieu des coups de freins, des automobiles de travers, des visages stupéfaits. On retrouva, dans les bois, le cavalier terrassé, affalé contre une souche, le sang lui coulait des oreilles... Mélissa, bouche bée, marmonna : « Noir Titus... » et sombra dans le délire.

Quelle faute avait commise le mari de Mélissa pour que Noir Titus l'éjecte si brutalement de sa selle ? Jeff ne prêtait pas son cheval à un novice. Mais Mélissa était belle. Par complaisance, il avait offert sa monture. Se retrouvant seul avec la grande femme à la peau dorée, aux cheveux noirs et aux yeux bleus si vifs, déjà au bord du vertige. Il aimait cette douce folie, cette promesse d'égarement.

Les années avaient passé. Le colonel renonça à l'équitation. Noir Titus était sans doute mort de vieillesse. Mais on vit encore Jeff marcher en compagnie de Roland qu'il soutenait de son bras dans les allées du parc. Les deux vieillards se parlaient doucement. Quelle place occupait l'Inde dans leurs conversations ?... Roland devenait de plus en plus taciturne, en proie aux premiers symptômes de son détachement... Jeff continuait de lui parler. Puis il se tut à son tour. Les deux cavaliers marchaient lentement, en silence. De l'Inde, en tout cas, il n'était plus question. Jeff mourut et ne vint plus. C'est alors que s'organisa le carrousel des demoiselles de compagnie, les nuits étant réservées à **Tara Sankhar**.

Mélissa, depuis la mort de son mari, avait donc perdu la raison. Elle se mit à arpenter les allées du bois et du parc en cherchant Noir Titus. Elle l'appelait «le cheval caché». Elle s'arrêtait au détour d'une écurie, aux aguets, l'air espion. Elle faisait celle qui n'était pas dupe… attendait, puis reprenait son errance. Quand un cheval martelait le macadam d'une avenue, ce claquement sonore l'attisait. On la voyait dressée, à l'écoute de quel revenant, de quelle révélation? Entre ses dents, elle murmurait: «Noir Titus…» On avait pensé, au début, qu'elle nourrissait à son égard des intentions vengeresses. Jeff se garda bien de lui en donner des nouvelles et de lui dire dans quelle écurie il l'avait mis à l'abri. Puis, petit à petit, on découvrit que Mélissa, en réalité, admirait, vénérait le meurtrier. Elle en avait oublié qu'elle avait aimé son mari! L'image de Titus l'habitait, la hantait. Elle adorait les deux syllabes de ce nom irradiant et sombre. C'était devenu son royaume. Le cheval était là, sous les arbres, au fond des allées. Elle savait bien que lui aussi la voyait et reconnaissait de très loin son odeur. Ils aimaient à se humer à distance tandis que des forces hostiles les séparaient, les cachaient l'un à l'autre… Vous la croisiez au long des avenues. Elle prenait son petit air entendu et religieux, chuchotait: «Je cherche le cheval caché, Noir Titusss…» Et la finale du mot susurrait, comme la flamme d'un cierge qu'on a soufflée et dont la mèche noircit, dans une longue fusée de fumée.

Au bout de quelques années, Mélissa évoqua de moins en moins sa quête du cheval meurtrier. Elle prenait toujours ses mimiques secrètes, allongeait des clins d'œil le long des allées, mais se gardait de prononcer ce nom qui l'avait prodigieusement commotionnée. Son regard s'imprégna d'une malice plus sereine, réconciliée avec le monde.

Et le tonnerre éclatait de nouveau, avec une énergie terrible. D'avoir été si longtemps tu, Noir Titus avait accumulé, dans le cerveau de Mélissa, des forces énormes. L'animal ne s'était caché au fond d'elle-même que pour mieux œuvrer et jaillir dans cette crise et ce cri qui le ressuscitaient d'un coup. Le désir de Mélissa ressaisie par son Dieu resplendissait. Frappée par l'extase, la folle semblait écouter toujours l'écho du nom qu'elle avait proféré. Et nous étions, nous-mêmes, pris dans l'aura de ce Titus intact.

En entendant le cri, Roland avait relevé la tête. Son visage béait, dans une expression de stupeur... douce et douloureuse, comme envahi par le cataclysme du nom qu'il n'avait pas oublié, lui non plus.

Puis Mélissa s'apaisa. Elle revint vers nous. La crise était passée. Mais son regard avait retrouvé les lueurs de la quête qui l'avait hantée. Cet éternel secret dont le sens s'était dissipé à la longue se retrempait de nouveau à un foyer intérieur et précis. Le démon du cheval caché. Cette robe noire de Titus, tueur sacré.

En les quittant et en voyant le colonel boiter un peu sur le palier, je fus ramené à ma propre infirmité. Je parlai à Nur de ma crampe qui s'aggravait. Je craignais de ne plus pouvoir écrire du tout. Et l'idée d'un face-à-face avec un ordinateur me paralysait. Elle savait combien j'aimais l'écriture concrète et cursive, son galop vivant, volubile. Alors, elle me proposa soudain de lui dicter mes écrits. Je lui répondis que je ne m'imaginais pas en train de concocter des phrases, dans ma tête, pour les lui restituer au fur et à mesure, afin qu'elle les inscrive. L'inspiration ne déboulait pas à volonté. Il y avait un long temps d'attente, le stylo en suspens, puis cela démarrait. Mais des pauses avaient lieu, des intermittences imprévisibles. Des trous, des stupeurs, des rêveries... Ce n'était pas uni et mécanique. La présence de quelqu'un qui attendrait ma dictée risquait de me gêner encore plus qu'un ordinateur. En même temps, j'entrevis l'avantage que je pourrais tirer de la présence régulière de Nur, de l'intimité qui découlerait de notre activité commune. Elle me voyait hésiter et elle me déclara :

– Tu sais, je suis tout à fait capable d'être patiente et de t'attendre. Ce sera un véritable travail. Dans ces cas-là, je ne suis plus la même. Je suis comme avec le colonel. Je m'adapte. Je fais abstraction de ma vie personnelle.

Cela m'embêtait un peu qu'elle se métamorphose dans sa tâche, au point d'oublier que nous étions encore des amants. Mais je comprenais que les caprices du désir seraient incompatibles avec la discipline de l'écriture. Ainsi, elle serait auprès de moi, presque ma prisonnière, mais distante et professionnelle. Devais-je accepter sa proposition ? Je mesurais combien il me serait difficile de demander à Anny de m'aider. Ce n'était pas le moment. Blessée, jalouse et lasse, elle vivait de plus en plus chez Laurence, son amie. Je devinais le piège dans lequel je risquais de tomber. Mais me tentait la perspective d'avoir Nur auprès de moi, à ma disposition, en quelque sorte, même pour une tout autre occupation que l'amour. Le cri de Mélissa m'avait remué. J'avais ressenti un mélange d'effroi et d'excitation. Les robes des chevaux nus avaient tressailli dans la cour de l'écurie quand avait retenti le nom du cheval noir. Je revoyais le frisson d'une encolure fauve, d'une crinière soudain agitée. Le concert d'une volée de sabots. Cet émoi me portait vers Nur, vers plus de présence. Je lui annonçai que nous pourrions essayer. On verrait si, à défaut de guérir, je parviendrais, d'une autre façon, à continuer d'écrire. Elle me regardait avec un sourire net et joli. Dès qu'il s'agissait de littérature, je récupérais un certain prestige aux yeux de Nur. Son visage devenait tout lisse. Une passion pour l'écrivain envahissait ses yeux noirs. Pas pour l'homme ! Au début, cet enthousiasme m'avait trompé, et je pensais vraiment qu'elle m'aimait. Non, c'était l'écriture qui l'excitait, c'est pourquoi elle m'avait proposé sa collaboration, son zèle exact. Sinon, je ne retrouvais la beauté de son visage exalté par l'idéal que lorsqu'elle me parlait de Balkis. Depuis un certain temps, j'avais envie de me venger, d'insinuer un doute en elle. Après tout, Balkis d'un naturel si souple et si docile – si l'on en croyait Nur – prenait peut-être beaucoup de plaisir avec son mari, dans l'amour pour de bon et jusqu'au bout ! Et si Balkis aimait Nur mais trouvait une volupté plus complète dans les bras de son militaire ! Découvrant la jouissance profonde des femmes… Et pas seulement cette pâmoison impulsive et pointue de Nur sous ma

44

langue. Balkis n'annonçait son désir de venir à Paris que parce que son amante l'y incitait. Balkis si malléable et si belle pouvait se mentir ? Une beauté aveugle.

Je n'allais pas au lycée sans une appréhension nouvelle. Quelques semaines plus tôt, peu après la rentrée,
j'avais été en proie à une crise, un vertige brutal. J'arrivai dans la cour bourrée d'élèves, de ces adolescents
avec lesquels je m'étais toujours senti bien. Content.
Euphorique même. Leur présence me requinquait dans
les moments de déprime. Leur attente. Leurs visages.
Je réussissais encore à les happer dans la passion des
mots, des textes, de leurs secrets. Les bons jours, des
énergies me soulevaient, des éclats, des tourbillons, des
foudres. Et c'était contagieux. Les ondes les réveillaient,
les excitaient et rejaillissaient sur nous, sur la page
qu'on étudiait. Alors, les phrases révélaient leur sens
insoupçonné, plus radical qu'il n'apparaissait d'abord,
plus troublant. J'aimais les surprendre, les provoquer,
leur faire découvrir soudain qu'un texte c'était une vie
intense et fourmillante, là, devant nous, un désir, une
angoisse. Tout se jouait violemment. Littérature véhémente, vitale, oui... Quelle pulsion avait engendré le
texte ? Pourquoi y avait-il des mots plutôt que rien ?
Quelles forces étaient en jeu dans les formes ?... Quel
feu nous brûlait !

Mais la crise avait éclaté. J'étais donc arrivé, un matin comme les autres. En sortant de ma voiture, je surplombais un peu la cour et ses courants d'élèves, tous ces agglutinements, ces puzzles, ces masses… Une multitude d'adolescents. Tout à coup, je vacillai, je basculai : je ne reconnaissais plus rien.

Une foule inconnue de mutants pullulait devant moi. Dans leurs panoplies étrangères. Vastes pantalons de vinyle, presque gonflés, vestes d'extraterrestres du même tissu synthétique. Casquettes ou cheveux rasés. Baskets énormes, boudinées, cabossées, multicolores, renforcées d'ailerons, de caparaçons. Les garçons et les filles me semblaient d'une jeunesse inconnue. Plus jeunes que tous ceux que j'avais fréquentés jusque-là. D'une jeunesse anormale et monstrueuse qui n'avait plus aucun rapport avec moi. En une nuit, on avait tout changé, tout remplacé, et substitué aux adolescents familiers avec lesquels je travaillais depuis plus de trente ans une autre espèce. Elle grouillait, occupant le terrain avec autorité, y déployant ses emblèmes et ses couleurs. Avec une incroyable assurance. Ils avaient tous bizarrement la même taille, le même air de famille. Ils appartenaient à la même colonie. En fait, ils étaient sans doute là depuis longtemps, mais je ne m'en étais pas aperçu. Je n'avais rien vu. J'avais continué de voir les autres. D'en voir d'autres. Dans l'illusion que rien n'avait changé, aveugle. Continuant de commenter Rimbaud et Rousseau comme si de rien n'était. Avec mes élans, mes ébriétés, cette espèce de griserie qui s'emparait de moi quand j'enseignais et grâce à laquelle je sautais le pas, je m'affranchissais de ma condition quotidienne pour vraiment me lancer, plonger dans ce grand bain de mots et d'adolescents. Alors, je ne souffrais plus de mes petits bobos du jour ou de mes misères plus tenaces. J'oubliais ma vie. J'étais sauvé. Je les aimais et je crois pouvoir dire qu'ils m'aimaient eux aussi.

Puis c'était arrivé. Le charme soudain rompu. Ce choc d'un monde radicalement autre que je ne reconnaissais pas. Des meutes de petits automates vaquant à leurs affaires, sur une nouvelle planète qui n'était plus la mienne, qui n'était plus ma terre, mon lycée. J'avais perdu mon royaume. Et j'avançais au milieu des inconnus qui allaient me regarder, m'exclure. J'aperçus bientôt une collègue vers laquelle je me précipitai, lui avouant mon malaise, sans lui dire de quoi il retournait. C'était une jeune femme qui m'adressa des mots rassurants... Oui, elle me comprenait, cela arrivait, on n'était pas toujours en forme, c'était dur, c'était vrai... Banalités qui me réconfortaient, car j'y retrouvais le discours commun des hommes, leur habituel visage.

J'entrai dans ma classe, avec un regain d'effroi. Je regardais les élèves. C'étaient bien mes élèves. Je les reconnaissais, je pouvais les nommer. Mais la terreur absurde qu'ils repèrent en moi quelque chose de nouveau, de différent, d'étranger, me tenaillait. Et si c'étaient eux qui n'allaient plus me reconnaître ? Me sentant autre, altéré, morbide... Mais ils me souriaient avec gentillesse. Normalement, comme d'habitude. Ils n'avaient rien perçu d'insolite, d'inquiétant. Je me suis mis à leur parler, à commencer le cours, machinalement. Et, peu à peu, mon angoisse se dissipa devant leurs visages, leurs tentatives habituelles de bavardage, leur agitation qu'ils contrôlaient tant bien que mal. Je les regardais en cachant l'intensité de mon besoin de les voir, de les retrouver **pareils** à eux-mêmes. J'en aurais presque éclaté en sanglots de gratitude.

La crise ne se renouvela pas. Depuis, le lycée avait recouvré son aspect sempiternel. Ces petits êtres étranges, actifs, déguisés en mutants avaient disparu derrière la bonne vieille marée d'élèves bruyants mais merveilleusement rassurants. Certes, ils portaient des vêtements de vinyle et des baskets difformes mais cela n'avait plus rien d'étonnant !... Ma classe m'offrait une cuvée de choc. Une addition de caractères extrêmes et de cas. J'avais eu un peu de mal à la rentrée. Il m'avait fallu séparer une brigade de Beurettes coriaces qui avaient tout de même accepté de se disséminer aux quatre coins de la salle. J'avais désarmé de redoutables duettistes, inattentives, turbulentes ou avachies, déliquescentes, selon les jours. Elles me bombardaient soudain de questions. Je devais justifier mes choix d'auteurs. « Pourquoi avez-vous choisi ce poème de Rimbaud ? » La question en soi n'était pas illégitime, mais cela tournait à la manie. Mes jeunes filles provenaient d'un collège où, selon les règles d'une pédagogie d'avant-garde, l'élève devait être au centre du système. Là encore, cette disposition aurait pu sembler évidente et salubre, mais mes gaillardes en exploitaient l'avantage, sans lésiner. Au centre, elles avaient régné jusque-là, mitraillant leurs profs d'interpellations tous azimuts, contestant tous leurs choix, négociant à l'envi. Désavouant telle ou telle interprétation d'un texte que la plus élémentaire lucidité aurait dû imposer sans discussion. Elles pinaillaient, elles mégotaient, elles coupaient les cheveux en mille. Arrogantes et royales, dédaigneuses... maîtresses du jeu. Mes collègues plus jeunes redoutaient leurs soupçons, leurs moues, leurs coups de force. Elles récusaient des cours entiers, des devoirs, des notations. La moindre explication un peu longue les lassait. Et l'une d'elles, Salima, excellait, dès que l'ennui l'envahissait, à pousser un : « Ça me saoule ! » aigu, rédhibitoire. Le prof impressionné par ces sifflantes de locomotive surmenée – « me saouuullleee ! ! !... » – s'arrêtait, interloqué, culpabilisé, sommé de passer à autre chose. Salima était une grande fille qui ne savait que faire de ses jambes immenses, de son corps immense. Elle trépignait tout le temps d'impatience, martelant le sol d'un pied, puis de l'autre, quand on lui demandait d'arrêter. Une frénésie, un chaos de fille. Nombril et reins nus, pantalon taille basse. Elle s'étirait tout à coup, exhibait la totalité de son ventre d'un beau doré foncé, décoré d'un petit diamant, soufflait, n'en pouvait plus, frappait derechef le sol de ses pieds. Ses longues cuisses trépidaient sous mes yeux. Car je l'avais placée juste devant moi, croyant modérer ainsi ses débordements. J'avais appris à la prendre en douceur. Il fallait tout simplement être gentil avec elle, lui adresser de temps en temps un compliment sur une réponse qu'elle avait faite ou un vêtement nouveau qu'elle portait. Alors son visage s'épanouissait d'un sourire presque puéril, un frais sourire qui révélait, derrière ses impatiences et ses transes, un fonds absolument délicieux. Je mis quelques semaines à comprendre que Salima était la fille la plus tendre du monde. Dès que cette conviction m'anima, je cessai de me braquer à sa moindre incartade. Il me suffisait maintenant de la gourmander des yeux. Elle m'adressait son sourire de petite fille idyllique et retrouvait son calme.

Il y avait aussi Naïma, moins tapageuse, le plus

souvent affalée sur sa table, le teint terreux, sous une énorme crinière noire. Elle me regardait d'un œil morne ou dormait. La belle Naïma naufragée me tourmentait beaucoup plus que Salima. Nous savions qu'elle avait tendance à fumer, à s'engloutir dans ses vapeurs. Si un prof la brusquait, elle pouvait soudain se réveiller, allumer deux prunelles d'un admirable marron-vert, d'une braise lourde, profonde qui fulminait d'un coup. Son beau visage, aux pommettes charnues, grimaçait de rage et elle ripostait avec une virulence rare qui me subjuguait secrètement. Oui, elle était apathique ou foudroyante. Alors, elle se déchaînait, superbe d'énergie et de haine... Dès les premiers cours, je souffris de voir Naïma indifférente, effondrée sur sa table, noyée dans le brouillard... Je l'aurais préférée en colère, mais ses foudres ne m'étaient jamais adressées. Elles visaient une autre élève ou un collègue dont elle parlait avec fureur.

Maintenant Naïma était plus vigilante. Son cas avait été pris en main. Elle était suivie, comme on dit. Rien n'était encore réglé. Mais Naïma se tenait droite, ne dormait plus dans mon cours, écoutait, participait. Même s'il y avait de mauvais jours et des rechutes dans les fumées et les ténèbres. J'avais découvert sa passion du vocabulaire, des mots nouveaux. Dès qu'elle en entendait un qu'elle ignorait, aussitôt, elle me demandait de le lui expliquer. Elle voulait le sens exact, les nuances, des exemples concrets de son emploi. J'avais conseillé à la classe d'acheter un petit carnet pour consigner justement le vocabulaire qui lui manquait. Seule Naïma acheta le carnet. Avide. Il ne s'agissait pas forcément de mots rares, mais de vocables dont elle et

ses camarades avaient une vision assez confuse, inca-
pables de leur assigner un sens pertinent. Des mots
comme insolite, acuité, outrecuidance, saugrenu, désinvolte, voluptueux, flegmatique, fallacieux, libidineux,
allègre, félicité, impudence, ostentation, ineffable... Des
termes délicats et variés, toutes ces moirures du plumage de la langue dont Naïma raffolait. Elle emmaga-
sinait le mot avec une sorte de voracité comme s'il
s'était agi d'un trésor, fric ou shit. Naïma était peut-être
mon élève préférée. Car j'avais désespéré de l'extirper
de ses torpeurs. À la rentrée, je la trouvais effroyable-
ment terne et triste, revêche... Et la voilà qui s'animait,
s'aiguisait, ses grands yeux brillaient, brûlaient, au
milieu de son visage ambré, profond. Elle avait une
profondeur de chair et de cheveux extraordinaires. J'aurais pu lui parler de mon vertige, de la crise qui s'était
emparée de moi, quelques semaines plus tôt, en débar-
quant au lycée. Elle m'aurait compris, mais je n'avais
pas à ajouter mes affres aux siennes.

Kahina, elle, vivait dans sa sphère, haute, mince et
nonchalante, longs cheveux noirs, teint d'ivoire, prunelles écarquillées de grands cils peints et de khôl, plus
rêveuse que ses camarades, elle lisait des mangas, se
gavait d'aventures sentimentales. Elle aurait voulu être
mannequin ou actrice. Un jour, je lui avais raconté le
destin d'une de mes anciennes élèves qui était devenue
mannequin international, comédienne, et peintre à
Manhattan. Elle avait adoré cette féerie rigoureuse-
ment réelle. Kahina écrivait avec aisance. N'aimait pas
analyser les textes, mais préférait s'exprimer, elle, et
composer des phrases dont elle soignait la musicalité.
Elle me faisait penser à Balkis dont Nur m'avait montré

des photos. Kahina aurait pu séduire Nur, lui plaire vraiment. Elle était assez souple et je la sentais assez ambivalente pour répondre aux avances d'une autre femme un peu plus âgée qu'elle. Narcissique, Kahina se serait volontiers coulée dans une relation en miroir avec une fille belle comme elle. Je m'étais aperçu que, sur le chapitre amoureux, elle avait des penchants rares et précieux. Les textes où l'amante dérapait dans une passion taboue lui plaisaient. En les découvrant, elle s'inclinait, comme épanchée vers sa table, et me coulait un regard coquin de satisfaction. Elle se sentait la sœur secrète de l'héroïne d'*Hiroshima, mon amour* qui s'était éprise d'un Allemand pendant l'Occupation. Kahina avait un faible pour l'ennemi héréditaire. La trahison était pour elle un piment érotique majeur. Elle pouvait finir dans les bras du plus beau général d'Israël. Non par haine des siens mais par une sorte d'envoûtement, de curiosité naturelle.

C'était une année terrible. Un baroud de guerrières somptueuses. Un hasard les avait réunies. Le sort. Ma crampe existait déjà depuis des mois. Et mes premiers conflits avec les belliqueuses ne firent que me tordre davantage. Mes cervicales mordaient mes nerfs et ma main remplissait à grand-peine la feuille d'absences ou le cahier de textes. Sans parler des copies qui me mettaient au supplice. Salima, qui était devant moi, me regardait écrire comme un crabe. Elle ne faisait aucun commentaire. Je ne sais si elle mesurait mon incapacité. Elle trouvait peut-être seulement que j'écrivais mal, avec des crispations, des à-coups. N'empêche qu'elle ne me lâchait pas des yeux, comme fascinée par quelque chose, un signe. Son instinct la mettait sur la piste de mes failles, d'une tare secrète et rebelle bien plus coriace que sa propre tension nerveuse. Et j'avais honte. Je n'acceptais pas mon échec devant mes élèves. Il me semblait que j'allais perdre la face, encourir leur compassion, leur déception. Alors, au terme de mes reptations douloureuses sur le cahier de textes, je levais les yeux sur Salima, mon juge. Elle m'adressait son joli sourire de trêve et d'enfance. Soulagé, je la remerciais en secret.

Mais j'ai tu jusqu'ici le clou, le bouquet, le pompon, le pavillon du Radeau! Depuis la rentrée, j'étais gratifié d'une autre Beurette, hors catégorie celle-là. Elle n'affichait aucune rébellion verbale, ne s'affalait jamais sur sa table, ne me cherchait pas des noises. Non, elle était! Elle se contentait d'être. Mais superlativement, hyperboliquement. Tranchant sur ses copines au nombril nu et aux étirements fastueux, elle éclatait, raflait la mise, écrasait toutes les mesures et tous les parallèles. Houria trônait dans sa différence d'icône. Dès sa sortie du lycée, elle revêtait un voile qui lui cachait les cheveux, le cou et les épaules. Ainsi parée, elle déployait une sorte de majesté calme et lucide qui fascinait et gênait à la fois. En classe, pour respecter le règlement, elle dissimulait une partie de sa chevelure sous un bandeau et refoulait un énorme chignon dans une résille de velours presque opaque. On ne distinguait plus grand-chose de sa crinière, hormis l'amorce des cheveux tout lissés à partir du front. Cet assemblage hybride ne parvenait guère à l'enlaidir, tant les traits de son visage étaient harmonieux, son air noble, son audace tranquille. Une collègue et moi avions interrogé Houria sur ce port du voile dès qu'elle quittait l'enceinte du lycée. Ses arguments étaient fourbis comme des armes imparables.

Non, elle ne subissait aucune intoxication. Nul imam sournois et délétère ne la manipulait en secret. Ses parents condamnaient son comportement. Elle avait inventé ça toute seule. Du moins, c'était ce qu'elle prétendait. Libre et entière. Formidablement distincte. Les lionnes ne se rebiffaient pas contre elle. Mais arguaient avec hauteur de l'esprit de tolérance pour soutenir leur camarade si religieuse. Majestueuse, Houria arborait dans la rue son voile imprenable qui lui dessinait un ovale d'une pureté rare. De porcelaine un peu pâle. Je sentais, à certains regards de la belle Kahina, qu'elle aurait bien, elle aussi, certains jours, porté le voile, afin de rehausser son front d'ivoire... Je m'étais aperçu, à la longue, que Houria n'était pas vraiment mystique. Peu sujette aux visions et aux extases. Je le regrettais. Car, tant qu'à faire, une sainte Thérèse d'Avila pâmée, zébrée d'illuminations, eût justifié le voile, la marque de sa distinction. Houria était blanche, nette et frontale. Assez satisfaite de son cas, de son choix, de sa situation singulière. Narcissique, sans se l'avouer, avide d'être reconnue, zélée à se sortir du lot. C'était le ressort principal de son comportement. Un voile pour être vue. Pour qu'on ne voie qu'elle. Sublime ruse d'adolescente en mal d'identité puissante. Le voile consacrait cette puissance. Houria était comme solidifiée par lui, condensée, cristallisée. Tous ses atomes se raffermissaient, rayonnaient de ce voile enchanteur... Il va sans dire que cet attirail du bandeau et de la résille affiché sous mon nez, dès le début de l'année, ne fit qu'attiser la crise provoquée par le chœur des lionnes. Il me sembla que cette religiosité me visait personnellement, moi dont certains livres pouvaient choquer l'esprit de bigoterie. Je fis mes cours

55

sur Voltaire l'impie et sur certains textes sensuels de
Baudelaire comme d'habitude. Et quand j'étudiai « La
Chevelure », pour en expliquer bien le sens, comme toujours, je ne manquai pas de le comparer à un autre
poème des *Fleurs du mal*, intitulé « Les Promesses d'un
visage ». Le texte, un portrait d'amante, s'achevait ainsi :

> Et sous un ventre uni, doux comme du velours,
> Bistré comme la peau d'un bonze,
>
> Une riche toison qui, vraiment, est la sœur
> De cette énorme chevelure,
> Souple et frisée, et qui t'égale en épaisseur,
> Nuit sans étoiles, Nuit obscure !

Non seulement j'avais chanté le charme obsédant de
la crinière mais la rigueur de mon étude m'obligeait à
révéler, preuves en mains, que cette dernière, dans l'esprit de Baudelaire, était encore une métaphore plus
intime et plus vaste. La fameuse « forêt aromatique »
s'ouvrait sur des luxuriances capiteuses. Alors, Naïma
me demanda de répéter l'adjectif, de l'expliquer. Elle
nota « capiteux » dans son carnet. Houria encaissa
l'hymne à cette chevelure qu'elle s'évertuait à proscrire.
Ce que Baudelaire en suggérait ne pouvait que la fortifier dans son souci de distraire de la vue un blason si
tentaculaire. J'avais voulu ne rien retrancher de mon
cours et peut-être la défier secrètement. Mais c'était
raté. J'espérais toutefois que l'effet de ce poème profond se glisse en secret dans ses rêves... La littérature
finit toujours par tracer son chemin au plus vif de l'âme
et de la chair. Baudelaire n'ajoutait-il pas : « Je plonge-

rai ma tête amoureuse d'ivresse/Dans ce noir océan... »
Salima, Kahina, Naïma ne dissimulaient pas, quant à
elles, leur plaisir de découvrir le grand frisson de la
poésie. Elles n'étaient pas bégueules mais n'avaient pu
s'empêcher de jeter, en coulisse, un coup d'œil à leur
amie qui souriait avec un petit air mat. Je pouvais dis-
courir librement, elle ne protesterait pas. Il faudrait
trouver un autre angle pour dévoiler Houria. Kahina
me révéla plus tard que son amie possédait une prodigieuse crinière noire, ourlée, touffue, ce dont la bosse
gonflée du chignon gainé dans sa résille témoignait
malgré tout.

Ces filles dévoraient le reste de la classe. C'étaient de
grandes prédatrices qui ne toléraient pas qu'on les
éclipse. Je les avais baptisées « mes lionnes », sans le
leur dire. Et j'avais toutes les peines du monde à rééqui-
librer notre communauté sous leur magnétique emprise.
Une petite Judith, assez timide, aux yeux violets, subissait le joug des souveraines. Elle était juive. Et les
grandes musulmanes, sans la mépriser, se comportaient
un peu froidement avec elle. J'aimais Judith, émerveillée
par le spectacle que donnaient les lionnes. J'aimais sa
soif d'amour et de reconnaissance. Je comprenais son
aliénation d'adolescente encline à idéaliser celles qui ne
la regardaient pas. J'attendais une occasion propice à
la réparation. Je m'attachais à interroger Judith, à lui
adresser de petits sourires de connivence. C'était entre
nous quelque chose d'un peu mélancolique et de subtil.
Une sorte de lien des coulisses, un filigrane tendre. Une
indulgence. Comme si elle avait fini par comprendre le
mal que j'avais à maîtriser ma meute superbe. Ce qui
ne signifiait pas que je les avais oubliés, elle et les

autres. Le groupe ne comportait que deux garçons qui faisaient corps, en serrant les fesses. C'étaient les derniers de la classe. Et cela constituait un problème supplémentaire.

Nous nous connaissions bien maintenant, mes lionnes et mon élève nimbée. La confiance était née. En cours, mes cervicales m'étranglaient un peu moins. Mais l'écriture, malgré cette atmosphère devenue propice, ne s'améliorait guère. Je gardais aussi toujours en mémoire le souvenir et la peur de mon vertige. De ce brutal sentiment d'étrangeté qui m'avait assailli et comme coupé de ma vie. Pour exorciser le maléfice, je regardais Salima trépigner, s'étirer, exhiber son nombril piqueté d'un diamant, Naïma inscrire un nouveau mot dans son carnet, Kahina poser dans son nouveau jean pailleté, couturé, constellé de pièces mollassonnes, sur les joues des fesses, gribouillé de graffiti au stylo-bille et de diverses maximes le long des cuisses. Ou bien j'échangeais avec la prunelle violâtre de Judith un clin d'œil de connivence furtive. Et si cela ne suffisait pas, mes yeux allaient se reposer dans les blancheurs paisibles et tenaces du visage de Houria.

En revenant du lycée, sur le pont qui sépare la ville où j'enseigne de celle où j'habite, on domine l'hippodrome. Longue bande de gazon vert qui longe la Seine. À deux pas de la banlieue pavillonnaire et chaotique, dans son pêle-mêle d'immeubles monotones, de stations-service, d'hypermarchés, de maisonnettes coincées dans leur jardin étroit. Soudain, on sort du brouillon urbain, de ses disparates, pour enjamber le fleuve et contempler le paysage très vert des pistes interminables, à la belle courbure, où les chevaux s'élancent les jours de compétition.

Juste à la sortie du pont, on tombe sur le château construit par Mansart. Il barre la vue. Incongru et surréel. La route pourrait s'arrêter là. Il est posé tel un objet de synthèse, quelque simulacre parfait du Grand Siècle. Improbable dans ses proportions harmonieuses, ses deux ailes équidistantes, ses corniches et son fronton classique. Il semble regarder la banlieue et l'Histoire, survivant d'un âge mort. Sorte de grande coquille vide et factice, belle archive surannée, sculptée, face à la plaine urbaine infinie, confuse, où s'agrègent Sartrouville, Bezons, Colombes. Ferrailles, verre, béton, enseignes et panneaux publicitaires géants. Tout le champ de cette grande banlieue organique qui prolifère au gré de ses pulsions, de ses projets contradictoires, sans cesse repris, abandonnés. Bretelles d'autoroutes, nouveaux HLM plus petits, avec leurs matériaux plus divers, céramiques de couleur, leurs façades moins plates, leurs décrochements, bow-windows approximatifs qui donnent sur des placettes ou des parvis dallés, ornés d'une fontaine, imitant le décor traditionnel des vrais villages ou des villes authentiques... D'un côté du pont, malgré les tentatives d'amélioration, les corrections, les travaux de restauration ou de transformation, c'est toujours la banlieue de Céline et le *Voyage au bout de la nuit*, de l'autre, c'est Proust, *À la recherche du temps perdu*, les grands jardins, les allées fleuries, les magnolias, les villas blanches. Oui, mes deux côtés. Le lycée de banlieue où je travaille, quadrilatère de béton toc et rajouts sans grâce, puis l'hippodrome, le château, le vaste parc verdoyant et paisible, les innombrables écuries sous les arbres. Face-à-face schizophrène. Sans transition.

Pendant plus de trente ans, souvent, j'ai franchi le pont, la nuit. Je revenais de voir une amante, du côté de la banlieue désordonnée. Dans l'immeuble d'une simple cité ou dans un pavillon plus coquet. Là, j'avais vécu les idylles et les éternels tiraillements de ma vie. M'attachant au décor médiocre, banal, mais transfiguré par la passion qui m'habitait. Je me nichais avec bonheur dans de petites chambres entourées de rues ou de voies rapides. Non loin des gares du RER dont j'entendais la pulsation sourde, ainsi que le fracas plus métallique, trépidant et continu des trains de grandes lignes.

Et il m'arrivait, au retour, au cœur de la nuit plus calme, quand la circulation avait presque cessé sur le pont, de désirer m'arrêter. Oui, arrêter tout, là. Sur le pont de mes divisions entre Anny et mes successives amantes, entre la compagne des origines et les autres femmes avec lesquelles je ne savais jamais rompre. Sur le pont de mes contradictions, de mes impasses répétitives, décourageantes. L'illumination, les complicités érotiques, les beaux élans lyriques alternaient avec la mélancolie d'une trahison toujours double et finalement déprimante. Entre la féerie et le gâchis, sans pouvoir rien renier, aucune de ces femmes aimées. Sans pouvoir trancher, assumer l'un ou l'autre parti, partagé entre la certitude de vivre le seul visage possible de ma vie et la lassitude, le dégoût de moi-même. Tantôt, j'éprouvais, juste au milieu du pont, une joie soudaine, libératrice, un sentiment de sereine fraîcheur. Parce que j'étais exactement entre mes deux vies. À égale distance. Affranchi de leur tutelle, de la culpabilité qu'elles finissaient par faire peser sur moi. Tranquille donc. Coupé de tout, dans un nulle part respirable. Il n'y avait plus que le ciel et le fleuve, l'odeur d'herbe qui montait de l'hippodrome. Et je connaissais un moment de bonheur intense et bref. Un sentiment d'espace et de dilatation dans ce seul territoire d'eau et de brise nocturne. Tantôt, c'était l'inverse, ou peut-être la même chose, l'idée de mourir me traversait en un éclair. J'imaginais, avec une précision extraordinaire, ma voiture arrêtée au milieu du pont. Et j'allais me jeter dans la Seine, ses lents tourbillons noirs. Mais était-ce moi, ce fantôme jailli de la voiture immobilisée dans le grand vide silencieux ? Cette Seine qui conduisait précisément à l'estuaire normand de ma naissance, presque dans la gueule ou le ventre de mon village. Était-ce cela, l'accomplissement de ma vie, cette chute, ce retour, cette régression dans mon berceau létal et ma tombe natale ? Déjà, j'y entrevoyais le caveau de famille, dominant la mer, dans une pénombre triste, désespérée. M'arrêter donc, là, entre fleuve et tombe, flux des eaux noires et lugubre cimetière marin. C'était l'angoisse de ces ténèbres désolées qui me poussait de l'autre côté.

Je venais donc, une nouvelle fois, de traverser le pont, mais en plein jour. Et sur l'esplanade qui part du château, je reconnus celui que Nur, Anny et moi avions baptisé « l'homme qui marche ». Il marchait ainsi depuis des années. Hiver comme été. Chaque jour, longtemps. Avec patience. Les bras le long du corps en enjambées lentes, amples, étranges. L'homme était malade. Teint pâle, blanchâtre. Très maigre. Il savait qu'il ne devait pas s'arrêter au milieu du fleuve. Il ne franchissait jamais le pont. Il était sans amante, sans amour. Jamais je ne l'avais vu accompagné. Je ne savais rien de lui. J'avais interrogé quelques commerçants qui étaient restés dans le vague. Il habitait dans la ville, peut-être chez sa mère, ou seul. Il marchait. À une certaine époque, son pas s'était ralenti, fragilisé à l'extrême. Il posait de plus en plus lentement le pied en avant. Sa grande silhouette semblait à tout moment sur le point de vaciller, de tomber, de s'éteindre. Et cela avait duré de longs mois, peut-être des années, de cette marche entêtée, implacablement minée du dedans, affaiblie, naufragée. Puis un mieux s'était produit, les pas avaient retrouvé une cadence plus ferme, ils s'étaient un peu accélérés, mais en laissant toujours cette étrange impression de lenteur pesante, intime. Ils ne s'étaient pas allongés davantage, car au plus bas de son état, l'homme, qui marchait avec une si surnaturelle et précautionneuse lenteur, n'avait pas raccourci l'ampleur de ces pas. Jamais. Toujours de grandes enjambées. Incroyablement étirées dans le vide. Ensuite, le pied atterrissait pesamment. C'était cela de gagné, ce jalon, ce gain. À chaque pas. Sur son visage flottait toujours le même sourire indéfinissable. Adressé à personne. Il ne saluait pas les gens qu'il croisait, il ne les regardait jamais. Il ne suivait que la ligne de sa marche. Son sourire était doux, d'une ironie épuisée. Comme un sourire de gêne aussi, au cas où on l'aurait regardé. Ou d'excuse. Je ne sais. Le sourire, surtout, que l'on esquisse au cours de certains efforts, quand nous ne sommes pas sûrs d'y arriver. Un sourire délicat de douleur.

Le mieux avait duré plusieurs années. L'homme marchait avec la même patience, cette douce ténacité. Il marchait par les allées où Nur, chevauchant Melody Centauresse, le voyait. Ou bien le colonel flanqué de Malina. Ou Mélissa, la folle qui ne le regardait pas, plongée dans ses conciliabules secrets, facétieux ou plus véhéments, quand Noir Titus revenait la hanter. De toute façon, il n'aurait jamais levé les yeux sur nous. Mais depuis quelque temps, son mal l'avait repris. Sa marche avait freiné, peiné de nouveau. Et ce cycle semblait plus dur que les autres. Plus redoutable, plus épuisant. Même s'il continuait d'avancer et de sourire, fragilement. Ses longs pas d'automate et de fantôme semblaient presque sur le point de s'arrêter, suspendus dans les airs. Il allait sombrer dans sa marche, s'effacer dans son sourire, son combat douloureux, éperdu. Mais, quels que soient ses hauts et ses bas, il reprenait sa route si lente, sa pérégrination, les bras toujours le long du corps. Car il marchait droit, à peine un peu plus penché en avant quand vraiment c'était trop difficile. Le torse très légèrement creusé comme aujourd'hui, tout le corps efflanqué, le visage enduit d'une sueur grise. Ses enjambées le portant dans une sorte d'agrandissement, de ralentissement aérien. Il aurait pu ainsi gravir des marches célestes, entrer chez les anges. À nos yeux, il appartenait à la race des saints, auréolé de son silence timide et souffrant.

Alors, des chevaux parurent. Une longue file de pur-sang balancés, menés à la longe par des lads, torse nu. Car il faisait encore chaud, en ce début d'automne. Sans selle ni cavalier, les corps des animaux paraissaient plus grands, plus longs, les échines étirées, doucement incurvées, lissées entre le cou et l'opulence jumelée des reins. On jouissait de cette ligne ondulante et nue. Les ventres comme des chaloupes de chair qui oscillent jusqu'à la proue. Ils marchaient lentement sur leurs sabots tintant. Le cou un peu incliné. Sans regarder de côté. Avec cette expression énigmatique des têtes de chevaux. Hormis lorsqu'un élément impromptu surgit et les effraie, leur rendant tout à coup leur batterie de mouvements nerveux du cou et leurs écarts de jambes rétives ou cabrées. Ils passaient, géants, lustrés, presque nuptiaux. Oui, à quelle noce les conduisait-on, vers quel sultan ou sybarite voluptueux? Bien sûr, j'ai reconnu, entre deux bais rougeoyants, à la crinière et à la queue amples et noires, la robe alezane de Melody Centauresse que son lad menait en l'absence de Nur. Centauresse absolument dorée, luisante, sur ses longues cuisses et ses hanches charnues où jouaient les sangles des muscles. Le feu, la flamme de Centauresse nue, nubile que le lad exhibait comme sa promise. Elle suivait les autres chevaux, dans un coulissement de ses galbes gracieux. La tête fine, les oreilles droites, oscillant du cou. L'ombre des feuillages la teignait d'un cuivre plus sombre, d'une flamboyance plus sensuelle, tandis que les deux bais rouges qui l'encadraient prenaient des nuances brunes, mulâtres. La vitre de ma voiture était ouverte. Je pris le risque de dépasser les chevaux, en roulant lentement. Ils se serrèrent un peu, presque immobilisés sur le côté par les lads. Et il me sembla frôler leurs falaises vivantes et leurs trésors d'odeurs. En gros plan, je voyais les faisceaux de leurs nerfs frémissant dans l'incendie du pelage ras. On les eût cru tisonnés par leurs secrètes énergies, leurs pulsions contenues, les vastes émois de leurs entrailles. Les croupes hautes et fuselées se succédaient, en proie à de légers tremblements, parfois à de petits sursauts qui ballottaient leurs belles bosselures lisses. Tout à coup, la queue de Melody Centauresse se dressa dans une torsion nerveuse des crins, elle montra son anus protubérant, dont la gangue formait un anneau argenté et parfait, sorte de paupière lourde, cornée, ambrée qui s'écarquilla pour projeter des chignons de crottin jaune paille et lubrifiés dans le soleil. Centauresse chiait, en s'agitant un peu, me réservant le spectacle de ses jambes plus raides, convulsées, de la reculade d'une hanche oblique et rousse, tel un bouclier rayonnant, tandis que les sabots martelaient le sol avec éclat. Les deux bais déployaient leur toison de fournaise noire, commençaient à renâcler, eux aussi, devant la belle intempestive qui lâchait sa semaille sur le macadam. J'avais fait mine de caler afin d'entraver davantage la cavalerie, cette cohorte dont l'ordre continuait de se détraquer. De courts hennissements retentissaient, des chevaux faisaient volte-face, imprimant aux lads des tractions brusques et musculeuses. Leurs torses et leurs bras plus clairs venaient se coller aux flancs et aux longs cous pour les juguler. Dans cette friction des hommes et des animaux, les têtes de ces derniers se redressaient, effrayées par ma voiture. J'admirais les prunelles marron, moirées, écarquillées, sous les longs cils. Les chevaux n'ont pas vraiment un regard. Ce ne sont pas des chiens calqués sur nos affects. C'est plutôt tout leur corps qui nous regarde, exorbité, oscillant, juché au sommet des cuisses minces sillonnées de tendons duveteux et de veines, navires sans capitaine et fastueuses galères sans chiourme ni rameurs. Oui, les monstres étaient nus, à ma merci, mythologiques et parfumés, enchâssés maintenant les uns dans les autres, empêtrés, pendant que les lads poussaient leurs exhortations codées : « Oh ! Oh ! » J'avais droit à tout le concert des ordres lancés pour rétablir le calme dans la magnifique incandescence de mes proies… Elles bronchaient, soufflaient, couchaient leurs oreilles, vrillaient leurs queues dans les airs me révélant de grandes fesses en crise, une foison de derrières obscènes et musqués, saisis par la frousse, battus par la tempête des crins qui se tressaient avec des contorsions de reptiles.

J'en avais oublié « l'homme qui marche »… Et tout à coup, je le vis qui remontait notre harde fantastique, ce formidable méli-mélo de torses nus et de chevaux dont les uns déféquaient, dont les autres se cabraient, fermement contenus par les longes resserrées, nouées près de leur cou. Les pur-sang étranglés secouaient leur tête, montraient le blanc de leurs prunelles, cognaient le sol d'une rafale de sabots. Il y eut ce miracle. L'homme, dans sa marche, tourna son visage vers nous, notre chaos bestial et fumant. Il nous regardait, surpris par cette transe de vie, ce brasier de toisons brunes, auburn, cet or ruisselant des longues échines cambrées. Une lueur admirative remplit son regard. Et j'eus le temps de lui sourire et de voir qu'il m'avait vu. Il n'en continuait pas moins de marcher, de dépasser notre troupe, cavalier las, fourbu. Quelle invisible monture persistait à le porter, quel cheval vital et macabre ? Il marchait contre la mort. C'était sa seule occupation, acharnée, patiente, épuisée. Je dégageai enfin ma voiture, me séparant des ruades dorées, des peaux ensanglantées de soleil. Et je dépassai à mon tour le grand homme dépouillé. Notre saint.

Deux fois par semaine, j'allais chez mon ostéopathe. En fait, c'était un praticien plus éclectique qui combinait toutes les techniques. L'acupuncture, les manipulations, l'utilisation d'instruments ou de machines pour étirer, faire travailler les muscles, l'électricité pour stimuler un nerf... Il ne se refusait rien et travaillait dans trois salles à la fois, allant d'un client à l'autre avec aisance, sans témoigner jamais la moindre marque de surmenage. C'était un type mince, de taille moyenne, ni beau ni laid, affable et tonique. La cinquantaine, en forme, courts cheveux grisonnants, presque blancs. Il n'avait rien d'un sportif mais offrait un physique de dentiste ou d'ophtalmologiste, quelconque, sans relief musculaire. Il paraissait dénué de tourments, efficace et lisse, actif. Je n'arrivais pas à me faire une idée de ses passions, de ses convictions politiques. Pourtant, il était disert, se livrait volontiers à des développements sur son métier, les cas qu'il rencontrait, les colloques auxquels il assistait et où il recueillait des informations sur telle ou telle méthode, application nouvelles.

Nous avons commencé par parler de mon état, de cette crampe tenace et de mes contractures cervicales.

Il connaissait l'aggravation de mes troubles. Selon lui, il s'agissait de stress. Mes radios, mon scanner, mon électromyogramme témoignaient d'anomalies modérées, d'un certain degré d'usure et d'arthrose qui ne justifiaient pas de telles crises. J'avais besoin de relaxation. C'est pourquoi il me proposa l'habituelle séance d'acupuncture. Je m'allongeai sur la table de travail et, comme il faisait frais dans son cabinet que je fréquentais assez tôt le matin, il alluma un petit calorifère dont le disque orienté vers mon torse me dispensa une chaleur rassurante. Parfois, il ajoutait une couverture. Car il fallait détendre les muscles qui redoutent le froid. Mon docteur savait créer une ambiance de quiétude un peu popote. Pour un peu, il m'aurait bordé dans la couverture. Il vérifia que tout allait bien, que la température était adéquate. Tourna autour de moi, me posant quelques questions discrètes sur la vie lycéenne, la violence dont les médias parlaient... Avant de planter ses aiguilles de cuivre, il vérifia l'état de ma nuque, constata un léger blocage et exécuta quelques gestes d'ostéopathe avec doigté. C'étaient des pressions ponctuelles et délicates, presque des effleurements, à la base du cou. Il pianotait à l'écoute de mes circuits. Sans forcer. J'avais aussi le sentiment d'être une sorte de lyre dont il testait les cordes avec un toucher subtil, confinant à l'abstraction. Le docteur, au vrai, mettait le moins souvent possible la main à la pâte. Son métier était propre, intellectuel. Certes, la première fois que je l'avais rencontré, il avait employé les grands moyens pour débloquer la situation. Il s'était mis à peser des deux mains et de toutes ses forces sur mes épaules en me demandant d'exercer un effort inverse du cou, comme si j'avais voulu me dégager, me lever. C'était du boulot de kiné pur et dur, artisanal. Le but était de dévisser les vertèbres, de les sortir de leur tassement morbide. Mais cet assaut de rustre qui l'avait transformé en Hercule éphémère n'avait pas soulevé le joug qui me coinçait. J'attendais un miraculeux crissement ou froissement, libérant le jeu de ma nuque en un coulissement fluide. Rien n'y fit. Il renonça et adopta la manière douce. Une chorégraphie évanescente des doigts sur certains points des cervicales, un tact diaphane qui ne durait jamais plus de trois minutes, comme s'il avait eu peur de se brûler. Les ostéopathes peuvent tomber ainsi dans une apesanteur, une désincarnation qui leur donnent des façons de mages. Leurs gestes rares et imperceptibles frisent le sortilège ou l'esbroufe. Le mien n'avait rien d'un gourou, c'était un esprit positif, empirique. C'est pourquoi il limitait les simagrées et ne prenait jamais cet air transi, presque hanté, qu'adoptaient certains de ses confrères, à l'écoute de vos flux, de vos plus secrètes tensions.

Alors, il ficha ses aiguilles avec dextérité. Une sur le crâne, d'autres à l'intérieur des poignets. J'étais criblé comme un Christ ou un saint Sébastien, mythologique à souhait, martyr maso et consentant au sacrifice. Mishima ou presque. Il me regarda, me demanda si tout allait bien, attendit, le visage empreint d'une mansuétude songeuse. Il vérifia encore la température du calorifère dont il corrigea l'axe en direction de ma gorge. J'étais devenu une sorte de bon petit plat, de recette de grand-mère en train de mijoter. Et le docteur vaquait à ses casseroles avec vigilance et tendresse. Au bout d'un moment, il s'éclipsait pour aller s'occuper des

70

deux clients qui marinaient dans les autres pièces. Je compris rapidement que le bonheur de mon docteur consistait en ce perpétuel et doux va-et-vient entre ses différents patients. Rester, lambiner, s'acharner, était contraire à son tempérament. Mais ce roulement selon lequel il nous faisait tourner, évoluant d'une pièce à l'autre, venant jeter un coup d'œil, dire un mot bienveillant, s'assurer d'un détail, constituait son idéal professionnel. Rien ne pesait. Il était partout et nulle part, concret et impalpable, nomade et sédentaire. Bien sûr, je l'enviais. On voudrait toujours être à la place de son médecin, partager sa maîtrise et son air de bonne santé. Certains jours, j'avais l'impression que le docteur aurait pu disparaître, aller faire un tour en ville, régler quelques affaires en nous laissant cuver dans notre jus. Il n'avait rien d'un paresseux ou d'un escroc, mais son art semblait avoir atteint ce degré de souple perfection, de lévitation naturelle, de virtuosité contemplative. J'étais sur un vaisseau dont le capitaine touchait à peine au gouvernail, se confiant aux lois spontanées des brises, des courants, des étoiles. Le sage veillait sur nous sans être là. Il aurait pu lire tranquillement *À la recherche du temps perdu* dans son jardin. Cette atmosphère dénuée d'emprise, dans la tiédeur du calorifère, le corps abandonné, hérissé de dards orientaux, arrivait à me décontracter, au début. Mais les plus beaux voyages ont une fin. Depuis quelque temps, cela clochait. Les aiguilles m'égratignaient, j'avais une impression de froid quand le docteur oubliait la couverture ou jugeait qu'il faisait trop beau pour allumer le calorifère. De petites fausses notes apparaissaient. Ce n'était plus l'harmonie paradisiaque de nos premières noces. Et, là, lors de cette

71

séance particulière, je sentis l'imminence d'un divorce, car je m'ennuyai. Je trouvai que le docteur me négligeait, j'aurais eu besoin d'une présence continue. Sa méthode légère m'escamotait. Mon angoisse de perdre Nur et Anny me rendait possessif et dépendant. J'aurais voulu des attentions de mère poule. Le docteur était un passereau, un migrateur ailé, lointain.

Trois jours s'écoulèrent. Une nouvelle séance commença. Le docteur avait compris que cela patinait et qu'il fallait opter pour une technique plus active. J'avais déjà eu affaire à ce qu'il appelait un traitement plus mécanique. Il me conduisit donc dans la salle des machines où il me fit passer de l'électricité dans les bras. La sensation était tout à fait désagréable. Surtout quand le courant, d'abord mal réglé, était trop fort. Une fois de plus, je sursautai, me demandant si tout mon corps n'allait pas se convulser, saisi par la transe. Il me semblait que j'étais soumis à la question et qu'il me fallait enfin cracher le morceau, ce qui n'était pas faux. Mais le docteur ne profitait pas de l'occasion pour me faire avouer mes problèmes. Il considérait la psychologie avec prudence, n'y croyant pas trop, la réservant pour les cas désespérés... Il enchaîna avec une opération plus mécanique encore. Tandis que je restais assis, le torse dressé au maximum, il me passa sous le cou une manière de licol, serra la sangle sous le menton et la hissa vers le plafond pour mieux étirer les vertèbres. J'avais déjà subi deux fois cette manœuvre. Je me retrouvai donc haussé dans les airs, le cou incroyablement élongé comme celui d'une femme-girafe ! Et le docteur me demanda de tourner lentement la tête à droite et à gauche, et cela bien à fond, afin de débloquer ces foutues cervicales qu'un bec-de-perroquet coinçait, un ostéophyte placé entre la sixième et la septième vertèbre. Juste sur le parcours du nerf qui conduit à l'index et commande l'écriture. Car le docteur n'adhérait pas à la thèse de la crampe. À ses yeux, je souffrais d'une crispation plus mécanique. Oui, il gardait à distance les méandres de la psychologie et se contentait d'évoquer le stress, terme global et générique, qui désignait les fatales tensions de la vie, sans entrer dans les détails... Le docteur, fidèle à son art, ce mélange d'éthique et d'esthétique qui l'inclinait à disparaître, s'esquiva encore. Et je restai accroché, harponné, comme quelque pièce de boucher, carcasse ou thon hissé par un treuil au-dessus du pont d'un navire. De nouveau je connus l'ennui. Non plus la mélancolie douillette des séances d'acupuncture, mais une déréliction plus rédhibitoire, plus morne, plus suicidaire. Dès que le docteur eut déguerpi, je cessai les lentes tractions des deux côtés. Et demeurai immobile, sorte de loque, de squelette, de pantin déchu, de pendu attendant que l'on décroche sa dépouille. Alors je sus que c'était ma dernière séance chez mon bourreau éclectique et volatile...

Me revinrent certains moments que j'avais passés dans ce cabinet. Bientôt je pensai à une notion émouvante que le docteur avait évoquée, un jour, pour expliquer la persistance de mes douleurs alors que mon cou ne semblait plus contracté. Cet homme si peu adepte des motivations secrètes parla de « la mémoire de la douleur ». Je fus surpris, croyant le voir soudain plonger dans l'abîme de la psyché. Mais ce qu'il appelait mémoire de la douleur n'était qu'une thèse assez mécaniste, suivant laquelle le corps soumis à une souffrance pendant une longue période en garde la trace, l'empreinte, alors même que le mal réel a disparu. Il s'agissait d'un effet de rémanence réflexe. Je ne souffrais donc plus. J'étais guéri, ne subsistait qu'une douleur fantôme, à l'instar de celle qui tourmente les amputés. Cette histoire de fantôme, de douleur de la mémoire m'inspira bien d'autres réflexions que celles auxquelles le médecin s'était limité. De quelle douleur portais-je le souvenir ineffaçable ? Quel manque faisait trace en moi ? Quel fantôme refusais-je de lâcher ? En dehors de mon amante Nur et d'Anny installée chez son amie Laurence... Elles étaient devenues, c'est vrai, des compagnes plus fantomatiques depuis que je me sentais menacé de les perdre toutes les deux, à force de ricocher de l'une à l'autre et d'user leur attirance. Non, la mémoire de la douleur m'entraînait plus loin. Je pensai de nouveau à mon père mort, à ma mère combative mais atteinte de maux divers, de problèmes articulaires plus graves que les miens. N'était-ce pas une manière de les mimer et de les partager que de me plaindre de symptômes semblables ? Ou bien, n'étais-je pas en train de remplacer l'angoisse de la perdre, cet irrémédiable, par une souffrance plus tangible que l'on pouvait du moins tenter de traiter ? Mais cette mémoire pouvait remonter à des époques plus anciennes encore, plus originelles, où une maladie infantile, au huitième mois de ma vie, m'avait coupé du monde. Je m'étais replié dans le silence, sur ma douleur, et avais cessé de sourire pendant plusieurs semaines. Un vide s'était creusé très tôt, une absence que je m'étais efforcé de colmater tant bien que mal toute ma vie durant. Épouse, amantes, livres, voyages, rien ne suffisait à apaiser mes fringales.

Ma mère, en toute innocence, m'avait révélé cet autre épisode primordial, précédant de quelques mois ma maladie. Je venais de naître, c'était lyrique, c'était charmant. Elle m'avait donné le sein comme c'était alors l'usage. Une jeune et jolie maman sortant un beau téton blanc et gonflé dont elle va gorger son enfant. La vraie vie commence! L'exubérance! Les lèvres gloutonnes, l'aréole brunie, distendue du désir d'être happée par le fils, le descendant! Grande scène d'énergie, d'arborescence fruitée et trop-plein de sève. L'heure H. L'instant du lien, de l'appétence... du désir connecté à son objet majeur. L'éclair de la fusion et du rassasiement. La mère, grande animale nourricière, entièrement retrouvée. Maman prodigue et berçante... Le globe terrestre étreint dans toute sa plénitude. Le déclenchement de l'épopée océanique... Entre Homère et Christophe Colomb... Mais patatras! une amie s'alarma bientôt de mon teint rance et de mon air flapi, elle s'écria: « Il est tout jaune! » En effet, je mourais de faim. Ma bouche trop petite m'empêchait de bien saisir le sein et d'en pomper le lait. Je restai accroché à la montagne inaccessible du plus beau mamelon du monde. Je devais tirer, m'escrimer, ou avais-je très vite abdiqué, vaguement accolé à la mamelle cosmique qui ne ruisselait pas dans mon gosier. Le plus extraordinaire était que ma mère, d'un naturel insouciant, ne s'était aperçue de rien. On mesure le contentieux, le vieux litige, la matière du procès! Mais que pouvais-je reprocher vraiment à une mère si jeune, si légère, douée pour la vie, elle, sans tracas, sans ressassements, ayant toujours eu le talent d'évacuer, d'exorciser ce qui pouvait lui faire obstacle ou l'attrister. Une mère qui chantait toujours, quoi qu'il arrive, qui chantait sa joie de vivre plus forte que toutes les angoisses de la terre. Une mère formidable. J'avais honte quand cela me prenait de touiller dans mes vieilles frustrations de bébé. C'était archaïque et dégoûtant. Ce lardon raté, né avant terme, en plus ! Vagissant, inapte au festin de vie et qui avait dû se tromper de maman. Elle aurait mieux fait de lui tordre le cou au souriceau fripé qui n'était pas à la hauteur de sa vitalité. Tantôt mon double originel m'apitoyait, tantôt je les détestais, lui et celle qui l'avait fait naître.

Tout à coup, je la vois, cette viande d'oisillon écarlate, aux prunelles encore engluées, je le vois cet aveugle, bec ouvert, qui cherche le sein du monde. C'est bien moi. Pourtant, au tréfonds de ma chair, s'incruste une étincelle de ma mère, une parcelle de sa joie inflexible, déferlante, héréditaire. Puisque je vis ! Merde !

Tel était mon très antique, exaspérant feuilleton freudien, puisqu'il fallait bien une explication à mon inassouvissement. À ma voracité. À mon goût de la surenchère, de la profusion baroque, mots luxuriants et chair, seins, fesses, cortèges et chevelures de chevaux. Arches de Noé pour combler l'originel Radeau médusé. Trêve ! Car cela me travaillait trop, pendu à mon licol, en panne, à l'abandon, accroché au vide, sans étriers. Immobile, inutile vieux mioche faisant le mort dans le désert. Le bouffon ! auraient dit mes élèves.

J'étais donc condamné à aller voir un nouvel ostéopathe. Je ne manquais pas d'adresses. Mon docteur, quand il revint dans la chambre de torture, me regarda longuement. D'un œil critique. Il me décrocha. Il avait compris que c'était fini. Alors, il me déclara avec beaucoup de gentillesse que ses traitements ne correspondaient pas à mes problèmes. Il hésita, puis se lança et m'avoua : « Vous devriez aller voir un psychologue. » Et il affirmait cela avec le plus grand naturel, lui qui avait toujours tenu les choses de l'inconscient avec des pincettes. Je le sentais chagriné de ne pas m'avoir tiré d'affaire. Il avait eu beau déployer tout l'arsenal dont il disposait. Alors, d'accord avec lui, je reconnus que, oui, c'était psychologique, que j'en traînais un sacré paquet ! Il sourit... Et sur notre lancée de sincérité je lui demandai : « Alors, ce n'est pas cervical, c'est donc une crampe ? » Il me répondit : « C'est psychologique et cervical, c'est une sorte de crampe liée aux deux... c'est difficile... »

Un sophrologue allait peut-être détendre toute cette carcasse et lui faire lâcher prise. Car j'avais déjà rencontré un psychologue quand j'étais jeune homme et que j'entrais dans la vie, comme on dit. Divers doutes et angoisses m'avaient alors submergé. Et les années passées à m'analyser m'avaient sensiblement amélioré et permis de poursuivre ma destinée. Mais voilà que cela me reprenait. À l'autre bout, en quelque sorte. Dans la dernière ligne droite, au moment de sortir petit à petit du champ. Une ultime flambée de trouilles exaspérées. Un carnaval de symptômes dont le fleuron n'était rien moins qu'une crampe de l'écrivain que tout le monde s'évertuait à dénier comme s'il s'était agi de l'irrémédiable même. On fuyait cette crampe, on détournait les yeux, non, ce n'était qu'une crispation un peu vive, un peu tenace. Une crampe, c'était autre chose de plus lourd, une paralysie totale de la main. Une grande main morte. Alors moi-même je reculais devant l'horrible. Cette thanatique transe qui me convoitait, un final d'hystérie et d'apocalypse. Une main pétrifiée… Qu'est-ce que cela pouvait bien cacher? Quelle angoisse d'écriture? Quel refus? Quelle demande?… Quels mots m'étaient devenus interdits?…

Une main qui ne pouvait plus prendre ni rendre. Une main qui avait peur de perdre les mains qui jusqu'ici l'avaient tenue, secourue, sauvée. Toutes les Nur de ma vie, mes petites Antigone, oui, mes Isis. Ces doubles de mes propres sœurs qui, pendant ma petite enfance, s'étaient si tendrement occupées de moi quand ma mère intermittente, étourdie, chantait sa joie de vivre ou poursuivait de son zèle un mari cavaleur qu'elle savait toujours ramener auprès d'elle. Mieux qu'une mère: deux sœurs très belles, cela aurait dû être plus séduisant, plus littéraire, moins œdipien. Et, d'une certaine façon, ce fut le cas. Des mains de sœurs câlines. Et cette main plus profonde, cette main tendue depuis toujours, main du premier lien d'amour. La main d'Anny que j'avais lâchée, trahie, poussé par mes soifs, une famine luxuriante…

Car je contemplais avec une fascination accrue le bal des toisons, oui, de tant de robes nues qui dansent sur leurs étroits sabots, talons, longues jambes blondes, brunes, croupes altières et crinières noires, parfums, graciles mouvements de mes reines. Asie, Afrique. Mes mains sur leur peau d'ivoire ou d'ébène. Tant d'amazones, de cavalières lumineuses enserrant sous leurs cuisses le volume des fringants chevaux, tant de centaures et de centauresses qui piaffent sous les plus

beaux arbres du monde, fromagers, banians, flamboyants et jacarandas. La ronde des corps cabrés sous
les ramures géantes, la course des amants solaires...
Dans les arènes béantes de l'amour. Cette grande aura
de vie. Tendrais-je encore les mains vers la splendeur
du royaume?...

J'entrai dans le jardin de Laurence, pour passer le samedi et la nuit en sa compagnie et celle d'Anny. C'étaient nos retrouvailles paradoxales. Anny avait eu besoin de se séparer de moi, de l'appartement où nous vivions, mais elle acceptait ma présence chez son amie Laurence, dans une maison étrangère. Le plus piquant était la demande que venait de me faire Nur, avant mon départ. Elle désirait les clés de mon appartement, pour y venir écouter d'autres disques que le *Requiem* de Verdi que le colonel savourait en boucle. Elle avait envie aussi de piocher dans ma bibliothèque, de flâner chez moi. Cela, elle ne le disait pas! De fouiller? Je ne le croyais pas. Je l'ai mise en garde devant la désertion de son poste. Si quelque chose arrivait à Roland, pendant son escapade... Elle avait convenu avec lui qu'il adminis-trerait des coups de canne sur le plancher en cas de besoin. Et si vraiment il s'ennuyait, elle l'emmènerait passer quelques heures dans mon décor.

Ainsi, j'allais retrouver ma femme chez une amie tan-dis que mon amante s'installait chez moi. Quel sens avait ce chassé-croisé?...

La maison de Laurence occupait le fond d'un jardin

fourmillant d'arbustes et de fleurs. Mais Laurence n'aimait pas particulièrement les roses et les bouquets qui étaient la passion de l'homme dont elle avait commencé de se séparer. Il lui avait laissé la maison pour que Marion, leur petite fille de cinq ans, puisse continuer de jouir de cet espace presque sauvage qu'elle adorait. La demeure se dressait à la lisière des bois. Cela ressemblait aux contes de fées que l'enfant lisait. Laurence courut vers moi et m'embrassa avec cette fougue, ce débordement de tendresse qui la caractérisaient. Bien des années après la liaison qui nous avait unis pendant six mois, elle était devenue la meilleure amie d'Anny. Une aventure brève, vive, volubile. Où les étreintes le disputaient aux mots. D'intarissables conversations s'enchaînaient sur nos élans avides. Aucun blanc, nul temps mort n'existaient dans nos rapports. C'étaient une effervescence, une jubilation sans trêve. Des joutes et des jacassements. Laurence rompit parce que j'étais pris. Je vivais déjà avec Anny. Ma calamiteuse dualité avait commencé ses ravages. Comme si je cherchais toujours à retrouver dans ma vie, oui, les deux sœurs originelles qui s'étaient d'abord penchées si tendrement sur moi. Deux! Une brune et une blonde, la perfection du monde sensuel et sentimental. Leurs chevelures… Crinières parfumées. Musc primordial! Laurence raffolait des explications psychologiques. Elle acceptait la thèse des sœurs mais ne tenait pas à en faire les frais. Notre amour ne connut ainsi aucune déperdition. Il cassa d'un coup. Et les complicités littéraires que nous nourrissions continuèrent de nous lier au fil d'interminables bavardages au téléphone où nous nous racontions tout. Laurence travaillait dans l'édition. Cela nous rapprochait. Mais c'était surtout d'amour qu'il était question entre nous. Des affres et des fulgurations de l'amour.

Les années passèrent. Je me mis à parler de ma femme. Laurence, petit à petit, la trouva attachante. Une femme s'intéresse toujours aux motivations mystérieuses d'une autre, surtout si elle fut un temps sa rivale. Pourquoi Anny était-elle restée avec moi, l'infidèle raté, bancal, contradictoire, le casse-pieds, l'anxieux ambivalent, l'emmerdeur proliférant ? Un jour, par hasard, elles se rencontrèrent. Et elles devinrent amies. Elles ne se racontaient pas les choses dont nous nous régalions, Laurence et moi. En fait, j'ignore encore ce qu'elles se disent. Leur amitié est fondée sur un principe que je n'ai pas élucidé.

Laurence est la femme la plus rapide qu'il m'ait été donné de connaître. Une étourdissante célérité de parole. Une mitraillette. Ses phrases fusaient. À la fois savoureuses et coupantes. Elle vous précédait toujours dans le dialogue, devinait votre idée avant que vous ne l'ayez totalement exprimée, vous interrompait, impatiente. Mais dénuée d'hostilité. Il s'agissait surtout de ne pas perdre de temps. Il y avait tant de mots inédits encore à prononcer ! Moi-même étant d'un naturel prolixe et intempérant, nos entretiens tenaient de la voltige et du vertige. C'était à qui prendrait l'autre de vitesse. Souvent, elle gagnait. Elle usait de tournures à la mode, de raccourcis pittoresques, de formules incisives qui court-circuitaient les miennes. C'est la seule femme que je connaisse qui puisse, sans encourir le ridicule, vous sortir, tout à trac, à propos d'un homme qu'elle a rencontré : « Il est incroyablement sensible au signifiant amour. »

Mais le vocable cuistre, ce sec signifiant linguistique, déployait dans sa bouche toute sa signification justement. Ses arômes. Elle le gorgeait de son propre besoin d'amour, de son immense inclination amoureuse. Laurence était faite pour tous les méandres des mots de l'amour. Son visage, toute sa chair transsudaient comme un suc, une sève de tendresse. Elle exhalait les sentiments par tous les pores, le moindre regard, sans pour autant s'épancher au petit bonheur. Elle était difficile, rapidement phobique. La moindre fausse note la rebutait. Son prime élan, sa tendre exubérance retombaient net. Surtout, il ne fallait pas que son partenaire manifeste une fatale lenteur. Alors, elle trépignait, elle s'ennuyait. Elle aimait l'homme vif. Tout vif, à vif. C'est pourquoi elle avait des déboires avec les types auxquels son verbe leste coupait l'herbe sous le pied, et pas seulement l'herbe. Ils redoutaient de lui déplaire par quelque réplique un peu molle et rampante, sans véritable relief. Mais elle aimait tant les hommes qu'elle cachait sa déception quand ils lui faisaient bien l'amour. Laurence aimait le sexe de l'homme totalement. Elle évoquait souvent ce souvenir d'enfance qui aurait pu être traumatisant. Elle avait une douzaine d'années et un cousin, lui âgé de vingt ans, avait surgi dans sa chambre, à la nuit tombée. Elle ne voyait rien dans les ténèbres. Mais il dirigea vers sa main son sexe bandé. Elle en reçut un choc délicieux, une merveilleuse impression de douceur et de vulnérabilité. Le cousin n'alla pas au-delà de ce contact initiatique. Au lieu d'être effarouchée, blessée, bloquée, Laurence se sut secrètement choisie, bénie par le sexe de l'homme. Loin d'être aliénée par son apparition impromptue, elle s'en sentit intérieurement reine.

L'homme dont elle finit par partager la vie, et avec lequel elle eut Marion, n'était pas un grand parleur. Il était calme, responsable. Mais le miracle eut lieu. Cette pondération n'exaspéra nullement Laurence. Elle y trouva un puits de délices inconnues. D'autres années s'écoulèrent... Elle s'était amusée, un beau jour, à pianoter sur Internet, et les listes de mecs qui apparaissaient, leurs photos, les informations sommaires mais congrues dont elles étaient assorties, la plongèrent dans une indescriptible euphorie. Il y avait quelque chose de prostitutionnel dans ce harem illimité. Presque immédiatement, elle trouva celui qui lui convenait. Elle put céder de nouveau au vertige des messages, au grand flux des mots choisis auquel elle excellait. Un jour, elle permit à son correspondant de téléphoner. Cette voix qui coupait soudain le beau fleuve verbal la prit à contre-pied. Elle ne s'attendait pas à ce timbre. À cet effet de réel! Une voix, c'est toujours un peu excédentaire. Organique, trivial? Elle avait différé le rendez-vous qui devait suivre. Enfin, elle avait rencontré pour de bon son partenaire. Et leur histoire s'ébauchait tandis que Renaud, le père de Marion, de son côté, avait fait la connaissance d'une autre femme qui lui rendait visite dans l'appartement qu'il louait en ville. Mais Renaud venait souvent voir sa fille. Il retrouvait sa compagne avec plaisir. Elle-même le revoyait volontiers, avec un revif plus tendre.

Anny était restée à l'intérieur de la maison et c'est dans la pénombre que je l'aperçus. Je me suis approché d'elle pour l'embrasser. Elle me laissa poser les lèvres sur sa joue sans me rendre le baiser. Je discernais mieux maintenant les traits de son visage. Je lui connaissais

84

cette expression, cette réticence, ce sourire un peu lisse, un peu absent, ce regard qui ne s'arrêtait pas sur moi. Oui, ce froid sans colère. Une discrète ironie, aussi, où elle se défaussait. Quelque chose d'infranchissable pour le moment. Elle n'adhérait plus à nous. J'en éprouvais un sentiment de blessure béante, de frustration vitale. J'aurais presque rompu avec Nur immédiatement. Mais j'avais déjà opéré ces volte-face pour recommencer plus tard, pour renouer avec la cavalière, sa nacre, sa colère, sa peau, sa crinière courte et noire, ses caprices érotiques et ciblés, son imperturbable défaut d'amour, et pourtant ce goût qu'elle avait de me voir, ce charme qu'elle éprouvait mais qui n'était pas total, qui ne concernait que certains caractères bien précis de ma personne, à l'exclusion du reste. C'était ce reste qui la réclamait, qui faisait qu'elle me possédait, que j'avais soif d'elle. Était-ce de l'amour ? Depuis qu'Anny et Laurence étaient devenues amies, cette dernière évitait d'entrer avec moi, sur ce chapitre, dans ces longues analyses que nous prisions. Elle ne pouvait être la confidente des deux époux à la fois. Je crois même qu'elle restait discrète avec Anny, évitant d'épiloguer. Car Anny n'aimait pas commenter les sentiments. C'était chez elle une région de silence, intense et secrète. Tout ce qui était dit ou proclamé en la matière avait tendance à l'agacer, à la bloquer. Elle ne parlait jamais d'amour. Et lorsque, par le passé, elle entendait des bribes de nos insatiables confessions téléphoniques, à Laurence et à moi, de huit heures à minuit, sans répit, elle nous trouvait quand même un peu pipelettes. Sans éprouver de jalousie, puisque ce rituel bavard était postérieur à notre aventure. Anny était une personne très entière, radicale. Ma première trahison brisa en elle un lien essentiel, quelque chose d'évident, d'insécable, de total, qui n'avait jamais eu besoin de mots, d'aveux. Mais qui se lisait dans l'éclat de ses grands yeux bleus, encore adolescents, ou dans la façon qu'elle avait, alors, de m'embrasser en fermant ces mêmes yeux, restant ainsi, les lèvres tendues, comme dans un état de prière. Alors que nos lèvres avaient commencé de se disjoindre avec douceur. J'avais perdu cette expression de l'amour aveugle, moi qui depuis l'enfance n'avais eu de cesse de rencontrer une femme qui m'eût aimé justement comme Anny. De cet amour-là. Fondamental, intraitable et doux, sans discours ni débats. Un amour originel. Moi qui, jadis, ne comprenais pas pourquoi mon père trompait ma mère… Nous attendions, mes sœurs et moi, son retour assez tard dans la nuit. Nous avions peur de la dispute qui allait éclater. Et il nous arrivait de prier dans nos lits pour que cette violence soit évitée. Un jour, j'ai vu ma mère gifler mon père qui revenait si tard. J'ai compris à quel point elle restait la maîtresse du jeu. Cette gifle qu'il reçut sans réagir, il me semble qu'elle me blessa plus que lui. Une autre nuit, ma mère nous fit descendre, pour faire honte à mon père. Bien des années après, elle m'avoua regretter sa méthode qui nous transformait en otages. Elle attribua son comportement passé à sa jeunesse et à son ignorance. Une seule chose comptait : culpabiliser son homme, le ramener au bercail. Coûte que coûte. Ma mère avait toujours été plus épouse que mère, avec une volonté de fer. Seul le résultat importait quels que fussent les moyens ! Cette fois, la querelle fut plus brutale que d'habitude et ma mère renversa une boîte de couture dont je revois la matière ligneuse et la couleur marron clair. Cette espèce de valise s'ouvrit et un flot d'épingles et d'aiguilles se répandit par terre. Ma mère nous commanda-t-elle de les ramasser ? Mais je revois leur buissonnement aigu, étincelant. Vingt ans plus tard, traversant une dépression, liée justement à mon désir d'une autre femme qu'Anny avec laquelle j'étais marié depuis quelques années, je fus en proie à une étrange phobie. Une pulsion qui m'eût poussé vers les objets effilés et coupants, aiguilles, ciseaux, pour m'en crever les yeux. N'était-ce pas délicieusement œdipien ? Quelle réminiscence venait me hanter de ce fourmillement d'épingles recueillies cette nuit où nos parents s'affrontèrent ? Plutôt ne plus voir l'objet de mes désirs, me châtrer, n'est-ce pas ?, que répéter les inconstances du père. Pourtant, ce fut ce dernier parti que je pris. J'accomplis ce qui m'aurait paru, dans mon enfance, la monstruosité impossible, absolue, tant elle nous avait fait souffrir. Quand je m'étais marié, je n'aurais jamais imaginé tromper mon amour. Une telle infidélité était justement, pour moi, l'augure même du malheur et de l'angoisse fondamentale. Il me fallut pourtant ruiner le bel amour auquel j'avais passé ma jeunesse à rêver. Je ne pouvais pas faire autrement, comme si mon père en nous fuyant indiquait que l'objet du bonheur était ailleurs, en dehors du foyer où nous attendions son retour. Si bien qu'il y eut toujours chez moi le besoin d'une maison, d'un havre antérieur, et celui de le fuir… Pour anticiper, exorciser quoi ? Occuper la place du bourreau plutôt que celle de la victime. Comme Nur l'avait fait avec son père. Être toujours dans la situation d'être attendu, désiré, plutôt que le contraire. Mais la vie nous réserve aussi des mobiles moins profonds, des passions plus brutes, des avidités crues pour de nouvelles femmes, de nouveaux corps, la surprise, le choc de volupté inconnue qu'ils nous donnent. Je ne savais donc plus quoi penser. Est-ce que je me contentais de répéter les actes du père, misérablement piégé par mon enfance ? Ou ne cédais-je pas à cet appétit spontané, oui, des peaux, à la curiosité de leur grain nu et dru, de leurs cônes sensibles hérissés, sous les doigts, d'érotiques frissons, à cette convoitise des cuisses hautes qui fusent dans leurs mailles de sueur vers la fourche, vers les sources. Des crinières de centauresses qui battent l'échine et se brisent sur le rebond de deux fesses dorées de désir, croupe brutalement débusquée, moulée sur sa rainure noire, offerte à toutes les morsures, à tous les harpons de l'amour. Et ces crins du pubis ouverts au fil de la langue, révélant, sous des ourlets dodus comme des crêtes de triton, un gosier de petit saurien ou de rose gourmande. Dans des spasmes soudains, des orages, des arômes d'écurie, d'exquise sauvagerie. Galops, cravaches des langues nouées de biais dans la torsion des têtes qu'impose le chevauchement des reins de l'amante. Belles fringales païennes qui montent du fond de l'animalité, luxuriances plus fortes que nos croyances et nos serments puérils. À moins que cette enfance, coupée de l'immensité belle du sein maternel, ne fût que l'ouverture, que l'aventure d'une soif de faune.

Et je me retrouvais devant la femme dont j'avais peut-être lassé et perdu l'amour. La femme de tous les vrais désirs d'amour de mon enfance, de mon adolescence. La femme de ma vie. Y a-t-il une femme, un homme de notre vie ? Pour échapper à quelle solitude, tant d'êtres persistent à le croire, à l'espérer, à l'exalter ?

Elle avait toujours ses grands yeux bleus de jadis. Mais ils évitaient les miens ou les regardaient sans croyance. Des yeux tranquilles, des yeux terribles. Où je ne saisissais de moi qu'un reflet gommé. Un fantôme froid. Toute son attention se reporta bientôt sur Marion qui voulait qu'Anny reprenne l'histoire qu'elle avait commencé de lui lire avant mon arrivée. Toutes deux, elles rejoignirent une table installée devant une fenêtre ouverte. Assises l'une à côté de l'autre, elles ont poursuivi leur lecture. J'étais toujours fasciné par le comportement d'Anny avec les enfants. Son calme, sa patience, sa vigilance, son plaisir très doux. Marion en ressentait l'effet bienfaisant qui la plongeait avec une passion accrue dans les pages du conte. Les deux visages étaient penchés sur le livre. Un halo paisible les réunissait. De temps en temps, le récit offrait une surprise, un péril. Le ton d'Anny était plus précipité, tout en tempérant la gravité des faits pour ne pas effrayer la fillette. Des images agrémentaient l'histoire et Marion les montrait du doigt, les commentait, nommant les personnages et les animaux sans se tromper. En particulier, un renard.

– J'adore le renard ! Il y en a un qui veut manger le cygne dans la mare du jardin !

– Il n'est pas gentil, le cygne ?

– Non, il m'a couru après et il m'a mordu le mollet, il est méchant. Le renard va le dévorer !

Marion prononçait DÉ-VO-RER en grossissant la voix et en isolant chaque syllabe. Elle jouissait de la sonorité du mot si évocateur avec la voracité du *v* qui lui faisait avancer les lèvres avec lenteur comme pour se préparer

à happer le plumage du cygne ; alors, le *r* avalait, englou-
tissait carrément le volatile.

Anny ne put réprimer le sourire de connivence qu'elle
me glissa. L'épisode nous rappelait à tous deux les
séances de lecture auxquelles elle se livrait avec nos
neveux, puis nos petits-neveux. C'était toujours le même
rituel. Les enfants se calmaient peu à peu. La lecture
commençait. Et chaque mot prenait une importance
capitale. L'enfant suivait le mouvement des lèvres
d'Anny. Il dévorait les mots en même temps qu'elle, les
yeux agrandis de volupté. Quand l'histoire était finie,
soudain, la fillette ou le garçon se retournait vers moi,
oubliant en un instant les péripéties qui l'avaient
absorbé. Un éclair démoniaque s'allumait dans ses prunelles et il me sautait dessus avec un cri de guerre.
J'étais le tonton de tous les charivaris, des chahuts
déchaînés. On me mordait, on me griffait, on m'escala-
dait, on me tiraillait les bras, les jambes, en poussant de
gros rires farceurs. Je les chatouillais, ils se tortillaient,
se pâmaient, criaient grâce et recommençaient l'assaut
dès que j'avais cessé. Parfois j'avais toute la tribu sur le
dos, des grappes. Les petits-enfants de mes sœurs, toute
une canaille effrénée qui me boxait, me martelait, me
chevauchait, cabriolait sur moi, dégringolait comme
sur un toboggan. Et j'adorais ce grouillement de gosses,
ce grand déferlement hilare, l'outrance de leurs glapis-
sements pendant qu'ils cognaient mes flancs, m'astico-
taient, me houspillaient. Je demandais grâce à mon
tour. Ils me rétorquaient que c'était un piège ! Je sup-
pliais, proclamais ma sincérité. Et dès qu'ils interrom-
paient les hostilités, je lançais un bras fulgurant vers un
bidon jubilatoire. Je n'étais plus qu'une espèce d'arbre

couché par la tempête, chargé de mioches diaboliques qui secouaient toutes mes branches en poussant des cris de Sioux.

Anny n'aurait jamais chahuté ainsi avec les enfants. Car on y attrapait force bleus, pinçons, cheveux décoiffés, horions divers. Elle préférait les jeux de société, les albums d'images et les contes. Alors les gosses me repoussaient, me reniaient. Anny devenait la déesse, la grande préférée paisible, celle qui déployait des récits merveilleux, d'une voix régulière et nuancée. Quand une angoisse assaillait les enfants, ils feignaient sadiquement d'hésiter entre elle et moi, me regardaient un moment, et exprès, pour m'embêter, me frustrer, c'était toujours sa présence, ses bras qu'ils finissaient par choisir.

Je ne me serais probablement pas comporté ainsi avec mes propres enfants. J'aurais été obligé de modérer les échauffourées, de freiner, d'éduquer. L'oncle peut sans réserve tenir le rôle du sorcier, du bouffon. L'outrance n'est permise qu'avec lui. On avait beau expliquer aux petits que j'étais un maître – c'est ainsi qu'ils appelaient leur instituteur –, ils n'arrivaient pas à se le représenter. Je voyais bien leurs yeux rieurs, pleins d'incrédulité. Et lorsqu'on leur révélait que, moi aussi, j'écrivais, je racontais des histoires, mais pour les grands, alors, après un moment de scepticisme, quand la chose était confirmée par leurs propres parents, ils me regardaient avec perplexité, une soudaine timidité. Plus tard, ils entreraient dans mon lieu de travail, furtivement, avec une gravité, un calme prodigieux qui contrastaient avec leur turbulence enfantine. Et me poseraient les premières questions sur mes histoires, mes personnages, leurs aventures, dans quels pays. Le temps du chahut monstrueux était bien fini. Je ne serai plus jamais l'arbre couvert d'enfants hurlants, mais l'oncle qu'on n'osait plus déranger, dont on entrouvrait doucement la porte, avançant dans la pièce comme dans un sanctuaire. Parfois, quand je lançais une blague, je revoyais passer sur leur visage une lueur de malice, une réminiscence de jadis. En même temps, je saisissais dans leur regard qu'ils n'adhéraient plus à cette version révolue de nos relations. Une sorte de brève nostalgie nous effleurait. Oui, nous étions devenus raisonnables. La fabuleuse époque du chambard était passée, mon visiteur reprenait son interrogatoire sérieux, réfléchi.

Marion nous entraîna dans le jardin voir le fameux cygne. Anny l'avait toujours trouvé beau, majestueux, le cou érigé en crosse, s'émerveillant de son plumage impeccable, immaculé, comme si une couche fraîche de flocons duveteux venait de le recouvrir. Marion fut intriguée par l'adjectif « majestueux » :

– Tu le trouves... MA-JES-TU-EUX ?

Comme pour DÉ-VO-RER, elle décomposait le mot, en en faisant valoir le faste et la lenteur. Avec un accent sur le TUU... qu'elle étirait avant de prononcer la sonorité finale.

– Moi, je le déteste ! Il m'a mordu, hein, maman, qu'il est méchant, pas tellement MA-JES-TU-EUX !

Laurence abonda dans le sens de sa fille :

– Il m'agace ! Je le trouve obséquieux... Et tout ce tralala immaculé quand il passe son temps à clabauder du bec dans les saloperies de la mare, il fouille la vase, la merde...

– Oui, il fouille la MER-DE... ne manqua pas de répé-

92

ter Marion, ravie par le gros mot. Le renard va le DÉ-VO-RER! On l'a vu l'autre jour! Il courait devant nous, dans la forêt… Il se sauvait. Il est RU-SÉ…

Elle plissait le regard pour prononcer le vocable et insistait sur la sifflante finale, la faisait glisser à souhait, pour bien restituer la reptation sinueuse du prédateur.

Laurence profita de ce que Marion marchait maintenant un peu en avant avec Anny pour me chuchoter des révélations.

– Pour le voir, on l'a vu le renard! Imagine-toi qu'il a filé droit en direction des filles qui tapinaient le long du sentier. Hélas, elles n'occupaient pas leur secteur habituel, que je connaissais bien. C'était imparable: Marion les a vues. Deux scoops: le renard et les prostituées! Normalement, elles accrochent aux branches des petits sacs de plastique pour indiquer leur présence en retrait. Mais, cette fois, elles racolaient carrément en première ligne. «Maman, pourquoi les dames elles sont déshabillées…? Qu'est-ce qu'elles attendent?…» J'ai bafouillé. Je m'étais toujours promis de répondre aux questions de Marion. C'est la bonne technique. C'est clair. La vérité choque moins l'enfant que les faux-fuyants, les mensonges… Tu connais la musique. Mais, là, devant les pauvres filles alignées, quasiment à poil! Qu'est-ce que tu voulais que j'explique? Qu'elles attendaient le client. Que des mecs baisaient vite fait dans la forêt contre un tarif! C'était beaucoup trop compliqué. «Dis, maman, pourquoi…» La galère! J'ai essayé de la brancher de nouveau sur le renard qui venait de se carapater mais elle tournait la tête vers les filles qui lui souriaient en tentant de se rajuster hâtivement. J'ai fini par lui dire

93

qu'elles se faisaient bronzer, comme ça, tranquilles, dans la forêt... Elle a continué de dévisser le cou vers elles, l'enfer! Tu imagines, les jarretelles, le débraillé, les seins protubérants, dégainés au-dessus des balconnets. En plein sur le poulailler! C'est monstrueux, tu te rends compte, les pauvres types, les malades qui débarquent, et ça se passe derrière les troncs en cinq minutes, dis, les mecs!...

Laurence avait ainsi des révoltes multiples et légitimes. Elle était d'une sensibilité extrême à la misère, au désespoir, à l'injustice. La mort de Lady Di l'avait mise dans tous ses états! Ce qu'elle ne supportait pas, c'était l'horreur précoce, la vie fauchée dans sa fleur. Elle avait des accents poignants pour le déplorer. Cela tranchait avec l'autre tournure de son esprit, clanique, caustique, critique, mobile, son verbe leste et cérébral, nos tourbillons, nos élucubrations psy. Tout cela était brusquement balayé.

La nuit, je me relevai pour pisser. Je jetai un coup d'œil sur le jardin par la fenêtre du couloir. Et dans un splendide halo de lune je vis le renard se glisser, puis s'arrêter, tout tapi. La mince ferronnerie de ruse... Le cygne s'agitait dans son enclos, le cou tendu, émettant des chuintements de colère ou d'effroi. La lune donnait à son plumage un éclat argenté, lustral. Alors qu'on distinguait à peine le pelage feu du prédateur. Je n'y tins plus. J'imitai mon père qui me réveillait la nuit pour m'offrir le spectacle d'une première chute de neige, ce grand silence nocturne, immaculé... Cette impression

94

de sortilège cosmique... J'allai frapper à la porte de Marion, pénétrai dans sa chambre, la réveillai doucement et lui dis :

– Le renard rôde dans le jardin !

D'un bond, elle fut sur pied, avec une extraordinaire vélocité. J'y reconnus l'empreinte vivace de sa mère. Et Anny qui, depuis quelques années, avait un sommeil plus léger apparut devant nous. Marion, ravie, souffla que c'était le renard ! Je hissai la fillette jusqu'au rebord de la fenêtre pour qu'elle découvre la bête... Oui, toute ramassée, sa trace dorée, à dix pas de la mare.

– Si ! Je le vois... Oh ! le renard...

L'enfant dévorait des yeux l'animal. Le jardin baignait dans une clarté surnaturelle. Anny caressa les cheveux de Marion dans l'enchantement du cygne et du renard. Je vis sa main posée tendrement sur les boucles. Cette vision alluma en moi une vrille de douleur, un éclair de mélancolie, un sentiment brutal de manque. Il me sembla, en voyant la très douce caresse des doigts d'Anny dans les cheveux de Marion, que cette main était la cause de ma main blessée. Que ma main était morte de la catastrophe de notre amour.

Le renard se tendit, tout à coup, et courut d'un trait vers l'enclos. Il s'élança de toutes ses forces, mais retomba sans avoir pu franchir le grillage. Le cygne écarquillait ses ailes géantes, immaculées dans la saillie de son cou effaré. Le renard ne bougeait plus, immobile, recroquevillé au pied du grillage, museau dressé. Halluciné, peut-être, par la splendeur d'étoile de l'oiseau rayonnant. Un cheval hennit dans une écurie voisine. Le vent agita les feuillages. Et le renard s'enfuit dans la nuit. J'avais posé ma main sur l'épaule d'Anny qui caressait toujours la chevelure de Marion. La petite fille scrutait encore le jardin phosphorescent où se découpaient des ombres noires et nettes. Elle se tourna enfin vers nous et avoua :

– C'est mieux que le renard n'ait pas dévoré le cygne. C'est mieux… Il reviendra…

Anny et moi échangeâmes un regard complice et le baiser jaillit, quand elle vit mon visage dans la réverbération de la lune, le visage que je devais avoir jadis avec mon père qui me dévoilait la neige lente et belle qui brillait dans les champs, à la lisière des grands bois. Elle posa un baiser sur ma bouche, tandis que sa main recouvrait la mienne. Ma pauvre main dévorée qui fut envahie par une vague d'une douceur immense. Ainsi, une simple main pouvait guérir une autre main de sa douleur. Dans cette grande nuit de lune calme et blanche où Marion maintenant nous observait, avec un petit air curieux, futé, qui se mua en une expression rêveuse, une douceur sidérée.

Le lendemain soir, je gagnai un lieu que les cavaliers, dans leur jargon, appelaient « la carrière ». C'était une enceinte de pierre où une sorte de cirque avait été aménagé. Les chevaux y franchissaient différents obstacles. Des professeurs d'équitation donnaient aussi des leçons à des novices. C'était un site singulier, très vivant, en lisière de la forêt. Le soir, beaucoup de cavaliers convergeaient vers cet endroit, pour se parler, pour permettre à leurs chevaux de fraterniser. J'aimais les voir surgir du sentier, à la file, comme s'ils étaient entrés en scène. Les poitrails et les robes. D'abord, leur frissonnement fauve entre les arbres. Puis les corps entiers, bien découplés, montés par leurs maîtres. C'était toujours la même surprise devant le balancement gracile, le volume harmonieux des flancs des grands animaux féminins. Avant d'entrer dans la carrière, ils ne défilaient que pour moi. Et je les regardais passer à les toucher, leurs nuances chaudes et sombres, leurs rousseurs mouvantes, leur parfum parfois suffocant. Et surtout leur raffut de souffles, de ventres caverneux, de naseaux dilatés. Un boucan musculaire qui suggérait la profondeur et la puissance de leur chair. Géants, ils marchaient, lents, somptueux, leur encolure longue où flottaient les rênes.

Mais le véritable lever de rideau fut l'avènement de Melody Centauresse que Nur chevauchait. Du plus profond du sentier, je sus qu'il s'agissait de mes souveraines. À un flash de blondeur plus précieuse, dans l'échancrure des feuillages. À une zébrure d'or brun sous leur couvert, puis à un effet de coulée glorieuse, de plénitude triomphante qui m'emplissait au fur et à mesure que mon amante avançait sur le dos de Melody Centauresse. Cette dernière apparut enfin dans la plus belle des lumières, celle du soir, plus fondue, plus sacrée, oui, vermeille... Celle des autels baroques, des ostensoirs et des calices, l'aura des rites, des sacrifices... La crinière de la jument était soigneusement nattée. Et ses jambes gainées de guêtres rouges. Elle portait sur le dos un élégant tapis de selle du même rouge muleta que les guêtres. Elle était pomponnée et se dandinait doucement comme une maharané, une hétaïre d'Orient. Prête pour la parade d'amour, des convoitises de Caligula. Elle me frôla presque en passant. Je vis la cuisse de Nur, dans un pantalon beige, ajustée, ton sur ton, à la courbure féline de Melody. Comme ce nom lui allait ! Car j'eusse volontiers entonné un hymne devant l'accord coulé de la femme et du cheval. Sa peau parfumée s'étirait souple, à chaque pas, s'éployait. Les muscles brillaient, surtout à la jointure de l'encolure et de l'épaule, de la croupe et de la cuisse. En éventails mordorés, gluants comme des nœuds d'anguilles. Elles entrèrent dans la carrière et les autres cavaliers parurent modifier leur trajectoire pour les laisser s'élancer plus librement.

L'endroit était fréquenté aussi par des couples d'amoureux, couchés dans la prairie qui cernait l'enceinte. La vision des chevaux attirait les amants, les disposait à des attitudes lascives. Les corps se serraient, on devinait des caresses profondes. Il y avait les bancs où des promeneurs plus âgés se reposaient, des joggers fatigués. C'était un asile de nonchalance, d'indolence. Des tilleuls immenses embaumaient, au printemps. Les chevaux broutaient l'herbe, **amenés** souvent nus, sans selle, tenus par une simple longe. Et ce mot merveilleux de longe… signifiait pour moi tout le plaisir de contempler l'animal libre et lisse qu'une jeune fille accompagnait, le regardant paître tandis qu'elle papotait avec une amie flanquée de la même monture débarrassée de toute entrave. On n'entendait que les lèvres arracher le duvet de l'herbe. Cela évoquait une scène paradisiaque, une idylle de Matisse. Mais un cheval pouvait surgir, plus brutal, nerveux, **plus** corpulent, plus sombre. Alors, on se trouvait soudain confronté à une vision de Géricault, callipyge et fantastique. Quand le cheval entier bandait dans un nuage de taons.

Nous étions tous réunis. Le colonel amené par Malina était assis sur un banc. Mélissa, la folle, campée à côté de lui. Melody galopait rythmiquement, en rond, au milieu des autres chevaux, Et j'étais subjugué par ma passion. Une transe visuelle qui me dévorait. Nur dansait parmi les bais rouges, les gris, les pies, les cendrés. Il y avait même une grande jument immaculée à l'entrefesson noir comme du goudron. Nur tournoyait en cadence. Elle ne faisait rien d'autre. Elle s'échauffait, elle écoutait son cheval, elle se laissait porter par le courant des autres animaux qu'elle suivait ou qu'elle croisait. Elle ne me regardait pas. Toute à la sensation de Melody, de sa bouche délicate, les rênes à peine serrées, tenues d'une main légère. Elle m'avait expliqué que c'était son bassin qui faisait tout, imperceptiblement. Cette idée me bouleversait... Elle procédait par petites touches délicates. Un travail d'aquarelliste. Quand je m'attendais à un contrôle plus vigoureux, elle tissait d'impalpables nuances avec les flancs, les flammes de Melody heureuse. Elle ne « montait pas au filet », c'est-à-dire qu'elle ne tiraillait pas le mors du cheval, non, elle jouait à peine de ses reins et de ses jambes tant Centauresse la connaissait, la comprenait. Elle m'avait déclaré, un jour, qu'il lui suffisait parfois de penser un changement de direction ou de rythme pour que sa jument l'exécute. Je protestais que ce n'était pas possible. Alors, elle m'expliquait qu'elle devait inconsciemment esquisser quelque mouvement infime, oui, plus intérieur que manifeste. Et cette impulsion quasi métaphysique était immédiatement épousée, prolongée par le grand corps vivant et moiré de Melody... Car la jument sentait les états, les mutations les plus subtiles de sa cavalière. « Tu comprends, un cheval ne pense pas, il sent, il nous sent, il reçoit d'incomparables messages d'odeurs. » De nouveau, j'étais bouleversé. Les plus minces tendons de Nur, ses effluves diffusaient ainsi des ordres à la masse élancée et pulsatile de la Centauresse. C'était entre elles un écheveau de palpes, de membranes, d'invisibles nerfs. Un seul volume, un seul vaisseau sensuels, telle une nuée d'or.

Et j'aurais voulu sentir Nur comme le faisait Melody, à je ne sais quelle profondeur, quel paroxysme, jusqu'à l'asphyxie, l'extase qui m'eussent transformé en cheval.

Oui, être envahi par les fragrances insoupçonnées, montées des moindres émois de Nur, des nuances de son âme et de ses désirs complexes. Tout savoir sans qu'elle me parle. Sentir le miroitement de ses flancs étroits et la buée de son moindre songe. Baigner tous deux, fondus dans cet encens musqué.

J'avais rejoint le colonel et Mélissa sur le banc. Le héros et la démente fumaient le même mégot qu'ils se refilaient tour à tour. C'était une heure de volupté parfaite.

Mélissa déclara soudain avoir vu Noir Titus, elle chuchotait :

– J'ai revu le cheval qui tue, le pur-sang caché. Je sais où il crèche ! C'est lui, je le sais. Ils le planquent depuis des années. Il est vieux mais il reste fort. Il peut toujours, d'un coup de sabot, envoyer valdinguer un quidam au royaume des ombres. Mon homme y est passé. C'était un fier cavalier. Mais il n'a pas résisté à l'ouragan de Titus noir.

Mélissa emprunta le mégot du colonel, elle tira dessus et expédia dans les airs des volutes dont un augure antique eût probablement interprété les figures.

– Il se niche, là-bas dans l'écurie coupable...

Je voulus savoir de quelle écurie elle parlait.

– L'écurie qui fout le camp, derrière le sentier des dames...

Elle émit un petit rire entendu :

– Des dames dénudées... On se parle quand je passe par là, elles m'aiment bien. On se respecte. On fait

101

comme si de rien n'était... Il y a celui que l'on surnomme «l'homme qui marche» auquel il arrive, lui aussi, de longer le sentier. Alors qu'il ne parle jamais à personne, qu'il regarde toujours devant lui, je l'ai vu leur adresser un petit bonjour... d'un hochement de la tête : comme ça... Et les putes répondaient par le même signe, exactement. J'ai vu la cérémonie. Comme ça...

Et Mélissa imitait les hochements symétriques.

– Moi aussi, je suis comme les grandes prostituées. J'aime être nu, j'ai pris cette habitude en Inde auprès des jaïns, des sadhus, des saints... Il ne tiendrait qu'à moi, je viendrais ici nu comme un cheval. Mais Nur, Malina et Tara me rhabilleraient illico. Je ne me promène nu que chez moi, sous leurs beaux yeux...

Le colonel amusait Mélissa. Mais elle poursuivit son idée :

– Des écuries troubles ! Un incendie a détruit une partie des bâtiments, il y a un an. Une affaire criminelle. Il faut dire que c'est le foutoir. Pas de discipline. Les lads sont des marginaux, des bohèmes... Les box sont mal entretenus. Il n'y a plus que la pègre des chevaux pour être logée là. Des animaux malades, des boiteux, des bêtes bizarres dont plus personne ne veut. Des tordues, des perverses. Des hybrides, des clonées ! Des monstres qui ruminent on ne sait quelle herbe ! Quelle paille ! Des canassons élevés au cannabis ! C'est une écurie en ruine !... Mais en fait, d'après moi, d'après ma petite jugeote, c'est une couverture ! Tout ce débraillé, cette débandade, cette folie... une parade, pour mieux le cacher, Lui ! Le tueur. Qui pourrait l'accepter en dehors de ces gars-là ? Noir Titus vit toujours, oui, il a survécu, Roland !

Le colonel fixait sur Mélissa son œil fixe et bleu. La bouche entrouverte, comme s'il absorbait le délire, le poison de Mélissa. Noir Titus, le cheval de son ami Jeff, son copain de l'Inde...

– D'abord, un soir, cela m'a frappée. Je flânais dans le coin. Les dames remontaient dans leur van. Et, tout à coup, entre les arbres, il avançait, Lui! Le Noir, le Titus, le tueur de mon mari. D'un pas lent mais solide, malgré son grand âge. Haut, arrogant, guerrier, ténébreux. Il a traversé le sentier des dames nues. Il a humé leur parfum. Il s'est un peu énervé. Et il est entré, direct, chez les zozos... Dans l'écurie déglinguée. C'est là qu'il crèche, le cheval de ton ami Jeff, mon petit Roland! Pas mort, mais vaillant, diabolique et beau... Il tuera de nouveau. C'est le cheval caché, le cheval qui tue. Le coursier fatal.

Roland se taisait toujours. Il restait sous l'emprise des visions de Mélissa. Puis il lui dit en plaisantant:

– C'est vraiment ton dada... C'est ton dada, dis, Mélissa, l'affaire du cheval caché.

Mélissa le regarda, sans saisir le jeu de mots...

Mais je cessai soudain de les écouter, car Nur avait accéléré son galop. Elle lançait la jument sur les barrières successives. Et Melody les franchissait en force et souplesse. Elle se reprenait à peine et recommençait de sauter. Cela à un rythme endiablé. J'adorais cette vitesse qui couchait Nur sur l'encolure, l'incorporait plus étroitement à la masse profilée de Centauresse. On entendait le souffle de la jument. Au terme de ses sauts, elle passait devant nous et j'écoutais son vacarme de naseaux et d'entrailles, un concert d'orgues et de cuir. Parfois, au moment de bondir sur l'obstacle, la queue se relevait presque droite, tel un cobra, et Melody montrait la longue entaille brune de son sexe, la haute boursouflure sombre de ses lèvres de jument d'amour. Et la croupe de Nur se haussait, enlevée, au même rythme. Dans un duo de rondeurs combatives. Car on sentait la concentration pugnace, l'orientation vigilante des deux corps braqués sur la barrière. Comme si les culs de la jument et de la cavalière, dans leur élan, ne faisaient plus qu'un bloc avec leurs dos bandés, leurs nuques et surtout leurs deux têtes projetées en avant. La course dessinait une ellipse frénétique où la jument oblique paraissait s'incurver dans les tournants, avec Nur greffée, coulée sur son échine. On sentait sa fougue, sa volupté, sa volonté, son euphorie, tandis que des éclaboussures de sable et de terre volaient autour d'elles ainsi que sur les autres chevaux qui se tenaient à carreau. Alors Melody, dans son galop, secouait la tête de droite et de gauche en dressant le col, le panache de sa queue divaguait, filait derrière elle. Dans le prolongement des reins de Nur. Si bien qu'on avait la vision de l'Égyptienne muée en une divinité animale. Toutes deux, elles méritaient le titre de Centauresse.

Plus tard, il y eut un épisode pénible. Une adolescente très gracile, aux membres dorés, ratait les barrières, dans un fracas de barres bousculées, jetées à terre. Son professeur d'équitation, au lieu de garder son calme, se mit à disputer la gamine, à l'insulter :

– Tu me fais perdre mon temps ! Tu ne veux rien entendre ! Pousse ton cheval ! Donne-lui un coup !

La monture, quand elle ne dégringolait pas les barrières, s'arrêtait tout net devant l'obstacle, menaçant, chaque fois, de renverser sa cavalière. Celle-ci, de plus en plus déboussolée, ne faisait que multiplier les fautes. Son corps fragile valdinguait au sommet du cheval qu'elle ne maîtrisait pas. Le professeur s'écria :

– Dans quel état elles vont être demain les jambes de ton cheval, ah ! tu me fais chier !

Nur n'y tint plus. D'un trot leste et résolu, elle vint couper, séparer l'adolescente de son bourreau.

– Cessez vos insultes, ça suffit !

Le type fut saisi de stupeur. Nur darda sur lui un regard méprisant. Sans lui donner le temps de réagir, elle amena sa jument contre le cheval de l'adolescente qu'elle sortit du cercle d'injures. Elle la conduisit dans une zone plus tranquille et lui parla doucement en caressant l'animal encore effarouché par les chocs et les cris. Leur conciliabule dura un bon moment. Enfin, l'on vit la gamine gracile lancer son cheval et franchir trois obstacles sans en rater aucun. Elle ne freinait plus sa monture, en se rejetant imperceptiblement en arrière, au moment du saut, elle ne la devançait pas davantage. Elle coïncidait avec elle dans un même tempo plus léger, libéré.

Le crépuscule vint. Alors, un nouveau cavalier entra, sur un cheval noir et massif. Il salua le colonel, au passage.

– Non, ce n'est pas lui, ce n'est pas encore mon Noir, murmura Mélissa.

– Non, celui-là s'appelle Marduk, annonça le colonel.

Le cavalier avait des cheveux noirs, d'épais sourcils noirs, l'air orgueilleux, hautain ; toque noire et botté.

Tout l'attirail sanglé. Il montait son cheval entier. Et cela se voyait. C'était comme si le cavalier s'était lui-même exhibé. Tant le bloc du pur-sang et du maître participait de la même matière, de la même morgue. Monumentaux, ils firent le tour de la carrière. Le type fumait un reste de cigare sans nous adresser un regard. Un instant, il sortit son portable et échangea quelques propos brefs, au pas costaud du cheval dont l'énorme cul dégaina la bogue de l'anus pour expulser une cataracte de gros chignons de crottin huilé. L'homme n'avait pas lâché son portable. Il tirait sur son cigare dont l'odeur de vieil étron envahissait la carrière. La bête et son cavalier dressaient devant nous une sorte de monolithe phallique et anal, une figure géante et dominatrice qui semblait coulée dans le bronze. Puait le fric, la tyrannie. Un sadisme subreptice. L'homme rangea son portable. Il avait fini son cigare. Il avisa la plus haute barrière. Lança un ordre au cheval, assorti d'un coup de cravache qui galvanisa la masse de muscles sur le qui-vive. Le saut fut impeccable, bien au-dessus de l'obstacle, admirablement articulé. Net. Et le cavalier répéta trois fois l'exploit. Sans accélérer. Par-dessus la barrière la plus haute. Il arrivait devant elle, lâchait son espèce de cri rituel et païen, la cravache claquait sur la peau noire et la formidable statue s'enlevait dans les airs pour retomber avec un chuintement de forge, dans un crachat de mottes déterrées. Mais le tracé restait pur, découpé au cordeau. Au millimètre. La gamine au corps gracile en restait bouche bée.

Le cavalier laissa marcher son cheval vers Melody Centauresse. L'homme souriait sous sa toque de ténèbres. Marduk se planta devant le museau de Melody qu'il flaira. Nur médusée restait sans réaction. L'homme la salua. Puis le cheval fit un tour et revint au trot pour s'arrêter derechef, cette fois face à la croupe de l'alezane dorée dont il huma l'effluve. Elle pissa d'un coup. Une averse brève, abondante, fumante. Le cheval déployait déjà lentement son sexe marbré, ocellé de brun et de rose, hors de son fourreau noir. Le cavalier dégagea à temps sa monture, d'une poigne ferme. Il enleva le mâle dans une volte aussi superbe que cruelle, loin de Melody béante. Alors il aperçut Malina qui quittait tout juste le colonel pour monter le cheval qu'une amie venait de lui prêter. Malina muette d'admiration contemplait le cavalier qui s'approchait d'elle. Il la salua. Il lui sourit. Il lui parla. Il faisait exécuter en même temps un joli pas croisé à son cheval. Tête inclinée, la bride courte. Et le grand mâle tricotait son pas élégant comme pour séduire Malina. Le cavalier et la cavalière ne se quittèrent plus, tournant à la même cadence le long de l'enceinte de la carrière. Presque contre la muraille. Laissant ainsi le champ libre aux évolutions des autres chevaux.

Marduk et son maître partirent quand le ciel se teinta de rouge sanglant. Le globe du soleil gorgé de pourpre semblait osciller derrière les arbres soudain froissés par une rafale de vent. Des troncs noirs tels des sabres zigzagants. Malina et Nur étaient revenues vers le banc. Les chevaux broutaient l'herbe. Malina révéla que l'homme lui avait laissé son adresse. Ce type l'envoûtait ! Nur faisait la moue :

– Il se prend pour un pacha, il est puant...

Malina, la Polonaise si blonde, si charnelle, dénuée d'entraves, souple et rieuse, répondit à Nur qu'elles n'avaient pas du tout les mêmes goûts.

– Il habite une grande villa blanche, avenue de la Moskova...

– C'est un type qui te laissera vite tomber.

– Je saurai m'y prendre, il est riche ! lança Malina bravache, l'air gourmand.

Tara est apparu. Il venait pour sa garde de nuit auprès du colonel. Soudain, je fus frappé par le lien qui les unissait et qui me parut plus ancien que je ne l'avais cru jusqu'ici. Leurs gestes s'accordaient. Ils se comprenaient à de simples regards, presque sans expression. Alors que Malina et Nur adoptaient un comportement plus manifeste avec le vieillard. Nous partîmes le long des avenues. Nur chevauchait Centauresse et notre troupe suivait un peu en retrait. Tantôt le cheval s'arrêtait et on les rattrapait. Soudain, une voiture freina, stoppa net. Je reconnus Houria, mon élève voilée, qui conduisait. Elle était accompagnée de Kahina, la géante aux grands yeux noirs qui rêvait d'être mannequin, et de Naïma, mon élève préférée parce qu'elle collectionnait, adorait les mots nouveaux. Parce qu'elle m'avait donné aussi pas mal de fil à retordre avec son penchant pour le shit. Comme elle disait. Parce qu'elle me racontait des histoires au lieu de dire la vérité, mais qu'elle revenait sur ses mensonges. Parce qu'elle regrettait de faire souffrir sa mère et parfois de l'insulter, sa maman simple femme de ménage, qui élevait ses trois enfants, sans le père. C'était Naïma à la chair ambrée, profonde, ma Berbère rebelle. Avec ses yeux presque verts, incandescents. Parce qu'elle emmerdait tous les profs, sauf moi, ce qui me rendait malicieux et fier...

Elles regardaient Nur sur son alezane dorée. Et une nuée de sentiments contradictoires hantait leurs prunelles. Avaient-elles déjà deviné notre lien ? Un peu jalouses, par réflexe d'adolescentes possessives. Seule Houria considérait Nur avec une intrépide franchise. Cette jeune femme à cheval l'avait immédiatement conquise. Car elle menait la danse, avec son air de garçonne autoritaire et délicate. Houria posait des questions sur la jument. Puis elle demanda à Nur son pays d'origine. Nur, charmante, s'épanouit en lui répondant qu'elle était égyptienne. Mais je voyais que le voile la braquait secrètement. Je lui avais déjà parlé de cette élève. Elle avait dû la reconnaître. Nous étions arrivés près de notre demeure et nous sommes restés à bavarder sous les arbres. Naïma vit que j'habitais là. Elle devait trouver cette résidence bien tranquille et luxueuse. Cela me culpabilisait un peu. Fulgurante, elle me perça à jour et me lança :

– Vous avez bien raison d'habiter là, c'est cool ! Pour rester dans la zone, il faudrait être maso. Quoique c'est un peu isolé, dans votre coin... Mais quand même... Plus tard, je serai écrivain !

Et elle s'esclaffa doucement, dubitative... Puis elle me souffla plus bas, en regardant Nur et Melody Centauresse :

– Je comprends pourquoi, l'autre jour, vous avez commenté si bien... avec une telle véhémence... « La Chevelure » de Baudelaire... « Ô toison, moutonnant jusque sur l'encolure ! »

« Véhémence » : Je lui avais expliqué la valeur du mot

109

dans mon dernier cours. Elle avait beaucoup insisté – comme chaque fois que je lui apprenais un terme nouveau – pour comprendre la nuance exacte de ce mélange de parole pressée, haletante, de ferveur, cette montée du ton, cette fièvre... Je lui avais donné comme exemple sa propre véhémence. « Tu es véhémente, Naïma ! – Moi : véhémente ? » Cela lui plut ! Et elle avait consigné dans son carnet le vocable violent, passionné, tout neuf, qui lui allait comme un gant. J'aimais la façon dont elle refermait le carnet. Tranquillisée, sa belle bouche close. Comme si elle se nourrissait encore en secret du mot. Il me semblait que je participais à l'incarnation de Naïma, à sa croissance intérieure. Mais c'était tout autant charnel qu'intellectuel. C'était sa chair magnifique qui rayonnait du savoir qui en tapissait, qui en irriguait, qui en gorgeait tout le tissu vivant.

Houria voulut soudain monter sur Melody Centauresse ! Nur adhéra aussitôt à cet excitant caprice. Elle descendit du cheval, montra à Houria comment elle devait procéder, quel pied placer d'abord sur l'étrier, comment agripper l'arçon de la selle ou carrément la crinière de la jument. Et Houria se hissa sur le dos de l'alezane avec une expression de gloire. Nur fit avancer lentement Melody. Et nous suivîmes le cortège. Même le colonel et Mélissa qui ne s'était pas encore séparée de nous ! Naïma et Kahina sautaient, riaient, se réjouissaient du culot de Houria. Moi, je n'étais pas étonné. Houria avait toujours voulu vaincre. Être reconnue. Paradoxalement, le voile n'était pas, à ses yeux, un signe de soumission, mais une quête d'élection. Une couronne de reine. Ses mobiles n'étaient pas vraiment religieux. Droite, rayonnante, comme ennoblie, Houria chevauchait Centauresse. Elle était au Paradis. Sur le coursier de l'Ange.

Nur lui promit, à l'occasion, de lui donner une vraie leçon d'équitation. Houria était ravie. Elle passerait à la carrière, un soir. Elle le voulait !

Les filles embarquaient de nouveau dans la voiture. Maintenant, Nur attardait son regard sur la haute silhouette nonchalante de Kahina gainée dans un jean ajusté, orné de fins passements pailletés. Elle portait de longs cheveux libres et touffus qu'elle aimait coiffer, même pendant les récréations… Sensible au moindre regard d'admiration et de désir, d'instinct, elle se retourna, longue et cambrée, le visage coupé par le flot de sa chevelure. Et elle coula, vers Nur, le bel, le seul œil doux et noir qu'il lui restait pour la contempler. Nur me souffla :

– Tu sais, elle ressemble à Balkis, à mon amante. Là-bas.

Souvent, au début de la nuit, j'entends le pas d'un cheval que je ne pourrais confondre avec aucun autre. Ce n'est pas cette sonorité de grelot orgiaque et creux des sabots habituels. Un timbre plus mat, plus triste. Tel un glas. Je reconnais la chevauchée nocturne de celle que Nur, Anny et moi nous avons surnommée « la bourgeoise de Duras ». Nous surprenons sa silhouette et son visage quand elle passe dans la clarté des lampadaires. Il s'agit d'une blonde à l'aspect un peu froid. Elle noue ses cheveux en chignon. Ses traits sont réguliers et beaux comme ceux de certaines héroïnes de Marguerite Duras, grandes bourgeoises mystérieuses, inaccessibles, perdues au fond de leur mélancolie. Quel fondamental ennui ? Elle monte une jument gris clair, presque pâle. Sans trotter ni galoper. Toujours au même rythme calme, un peu las. On sait qu'elle habite une des grandes villas blanches. Son mari est un homme de pouvoir très occupé. Le couple est sans enfants. La gardienne nous a tout raconté un jour. Mais elle ignorait le secret de sa tristesse un peu glacée. Parfois, mes rideaux sont déjà tirés quand elle passe. Je n'entends que le martèlement froid de son cheval blême. Et bizarrement, cela me rassure. Ce malheur luxueux, maîtrisé. Cette fatalité douce.

Mais cette nuit, après le rituel de son passage, je suis resté longtemps éveillé. Une douleur diffuse envahit ma main. Comme un gant de nerfs et de muscles contractés, sensibles. Oui, j'ai souvent cette sensation de main gainée, douloureuse. Nur va venir, demain. Nous avons convenu de tenter l'expérience de la dictée qu'elle m'a proposée. Cette perspective doit exciter, rallumer la crampe. J'étends un peu le bras, j'étale ma main dans la région la plus fraîche des draps. Comme dans une eau vivifiante. En plaisantant, souvent, je dis à des amis que cette histoire finira par m'amener à Lourdes. Capitale de la douleur. Au milieu d'une foule d'orants crédules bien plus atteints que moi. J'imagine l'énorme vague d'exaltation pieuse, de compassion contagieuse. Je me demande si je serais pris dans cet océan de chimères. Ma main lucide, la crampe crépitante, dans cette marée superstitieuse. L'angoisse, finalement. Son triomphe… Les foules ont presque toujours exaspéré en moi un sentiment de manque et de déréliction. Ce n'est pas une multitude qu'il me faut, c'est quelqu'un. Je ne voudrais pas partager la Madone !

Soudain, ce bruit, là-haut, et ce semblant de cri beuglé… Roland recommence ? Je reconnais les sonorités confuses : « ra, bra… » Est-ce le cri qu'il poussait les nuits d'effroi quand la solitude de la vieillesse le prenait à la gorge et qu'il fallut organiser autour de lui la ronde protectrice de Nur, de Malina et de Tara ? Aussitôt, j'ai entendu les pas souples et précipités de Tara. Les mots grondants, haletants, de Roland coupés par les paroles apaisantes de l'Indien. Le vieillard paraît résister, s'entêter à sa fenêtre. Mais Tara à force de persuasion, de bienveillance, de présence dilue la crise.

Plus tard, il me semble percevoir une musique succédant au cri, au sourd tapage. Ce n'est pas ce *Requiem* de Verdi dont Roland est toqué et qu'il peut écouter en boucle tout un après-midi. La résidence entière comme possédée par le séisme glorieux. Non, c'est discret, c'est délicat, c'est à l'image de Tara. On dirait les accents étouffés d'un sitar... Et je vais m'endormir dans cette mélodie assourdie, inaccessible et sereine. Telle une hallucination auditive... Ma main coule dans un fleuve doux...

Je suis pris au piège. Nur est devant moi, disponible. Elle a effacé toute trace de l'amante. Repoussant l'étreinte que j'esquissais déjà pour échapper à l'épreuve.

– Non! On joue le jeu, on tient le pari, on y va!...

Je retrouve sur son visage ce rayonnement crédule dès qu'il s'agit de mon travail. Une sorte d'extase douce que je ne peux plus confondre avec l'amour, qui ne se produit que lorsqu'elle reconnaît le romancier, excluant tous les autres aspects de ma vie. J'hésite :

– Mais comment va-t-on procéder?...

Déjà, elle s'est installée devant l'ordinateur. Elle ne me regarde pas. Elle attend.

– Si tu crois que cela va venir comme ça...

– Mais tu prends tout ton temps! Tu fais comme si je n'étais pas là, tu m'ignores... Tu plonges dans tes trucs... Et moi, je tape... Tu fais comme si tu rêvais tout haut.

Je vois son joli cou, sa nuque fine, ses mains libres et légères allongées sur le clavier comme tenant les rênes de Melody, et c'est cette image qui me débloque un peu, déclenche en moi le désir d'écrire.

Je me recule dans la pièce, à l'autre bout de ma table de travail. Bien sûr que j'ai triché, que j'ai pensé à l'avance à ce que j'écrirai, que j'ai esquissé quelques phrases dans ma tête, pour ne pas être totalement pris au dépourvu. Mais, ensuite, il va falloir enchaîner, continuer spontanément… Je sais que dans un premier temps je vais décrire ma crampe, comment la crise a éclaté, comment elle s'est ancrée. Devenant mon état permanent. Je ne peux pas encore dicter directement. Je prends donc cette espèce de stylo orthopédique trouvé par ma mère dans une revue réservée aux personnes âgées. L'objet ressemble à un briquet lisse et noir qui donne une prise plus large au pouce et à l'index. Et je me mets à griffonner les premières phrases préparées. La crampe est là. Dès le début. Immodérée. Pourtant, normalement, au lever, je dispose d'un sursis relatif, lié à la relaxation du sommeil. L'écriture, alors, est déformée mais sans déraper complètement. Le pouce ne se contracte pas à l'extrême et l'index ne glisse pas de façon irréversible au-dessus du stylo. Ce matin, ce n'est pas le cas. J'ai trop redouté ce moment et la crampe a flambé d'un coup ! Le pouce est cassé à angle aigu, déjà à bout, et l'index s'est tordu, dérapant dans le même sens. La largeur du stylo orthopédique empêche les doigts de lâcher tout à fait. Mais l'écriture qui émerge laborieusement est dénaturée, les consonnes se distendent, les voyelles s'écrasent. Les lettres tremblent, molles comme celles des vieillards. Nur a deviné que je tente d'abord de jouer sur les deux tableaux.

115

– Lis-moi ce que tu écris…

Je commence donc à dicter mes mots démolis, leurs carcasses cabossées. Puis je continue d'écrire des phrases contorsionnées que je dis à voix haute. Arrive un moment où je passe à la dictée pure. Je raconte la crampe. C'est elle qui m'empêche d'écrire et qui paradoxalement, aujourd'hui, le permet et me sert de tremplin. Puisque c'est mon thème radical, ma douleur, ma main monstrueuse. Et voilà que je m'entends dire sans écrire. En vol plané, roue libre. Sans la feuille, son terrain, son sol. Je poursuis, je suis porté par la folie de ma crampe, par la nécessité de détailler ses manifestations, ses effets sur moi, sur mon âme pétrifiée. Quand je suis la proie de cette main rigide et noire, comme la main du destin. Qu'elle me mord lentement, qu'elle me mange, qu'elle me dévore. Et parfois sans douleur violente. Non, presque en douceur, sournoise et sûre, programmée par quel bouleversement cérébral, conditionnée par quel déclic? Je ne peux lui échapper. Lors des premiers symptômes, un certain échauffement me donnait un peu de marge. Mais bientôt la crampe l'emportait sur tous mes détours, toutes mes ruses. Elle était plus résolue que moi-même. Bien sûr, j'en suis arrivé à me demander si elle ne trahissait pas justement un doute, une lassitude inavouée d'écrire, un désir de faire autre chose… d'aller étreindre Nur, à chaque instant, sans répit. Ne faire que cela. Puisque rien n'était plus fort que mon hypnose sous les vibrations de sa voix d'orgue rauque, que ma frénésie à contempler, à caresser, à serrer contre mon sexe son corps mince de cuivre clair, son doré plus sombre le long des reins ou sur le bombé des cuisses, l'arbre de ses muscles fins et puissants de sportive, de joueuse de tennis, de cavalière, son pubis étroit, si noir, si brillant, sa croupe ronde et drue, coupée de sa raie d'amour. Mais il y eut des ruptures, de longues périodes sans la toucher. Et la crampe restait égale à elle-même quelles que soient les péripéties de notre liaison.

Nur enregistre toujours, dactylographie, vigilante et neutre. J'ai presque oublié que c'est elle mon amante. Elle a encaissé son portrait détaillé sans frémir... Je reprends la dictée, je précise les circonstances de la crise, je remonte au moment de son déclenchement...

Je venais de finir un roman. Comme d'habitude, j'avais procédé en deux étapes. D'abord, le brouillon manuscrit, puis la seconde version recopiée. J'aimais recopier, c'était un rituel journalier, un rendez-vous avec mon texte. J'opérais assez peu de corrections. Et le travail se déroulait patiemment, d'une écriture bien formée, régulière. C'était si facile, si fluide... Quand il s'agissait d'un roman, cela pouvait s'étendre sur trois mois. Car je me limitais à deux ou trois heures de retranscription par jour. Puis on me commanda une pièce de théâtre pour la radio. Le sujet s'imposa à moi avec force. J'en rêvais depuis longtemps sans oser aborder la forme théâtrale. J'intitulai ma pièce: *Toi, Osiris*. Il s'agissait d'une adaptation libre du mythe d'Isis et d'Osiris, de l'histoire du frère et de la sœur, de leur passion royale, innée, incandescente. Je m'étais toujours secrètement identifié à une sorte d'Osiris morcelé, immolé, mais perpétuellement secouru, aimé, pansé par des Isis sororales qui me renvoyaient à mon enfance veillée par mes deux sœurs, puis à mon adolescence angoissée, ratée, sauvée par la rencontre d'Anny, d'Isis Reine... J'étais au cœur du sujet, de mon mythe privé, tentaculaire. En quelques jours la pièce fut écrite. Je me relevais, la nuit, quand les mots affluaient. Je n'avais pas vécu pareille invasion, urgence, exubérance depuis mes premiers livres. Comme d'habitude, j'entrepris de recopier le premier jet illisible avant de le donner à dactylographier. Je tapais de plus en plus rarement mes manuscrits. Mais après le double travail d'écriture du roman, engager la seconde version manuscrite et définitive de la pièce m'imposa un certain surmenage ! Était-ce trop ? Ce travail plus lent me laissait aussi entrevoir, plus ou moins consciemment, les dessous secrets de mon texte, des angoisses radicales... Et c'est au milieu de cette tâche que le mal survint. Plus exactement, il y eut un facteur aggravant et déclenchant, un obstacle : je fus interrompu par un article, une critique littéraire que je devais faire sans délai. J'étais alors dans ma maison natale, à l'époque de Noël, auprès de ma mère. C'était un Noël sans mon père qui était mort depuis trois ans. Mais son absence, ce jour-là, ravivait toujours ma douleur. Ma liaison avec Nur, une nouvelle fois, semblait menacée. Anny n'en supportait plus la durée. Ma mère pesait de son poids immense, de son poids de toujours, sur cette maison de Noël. Ma mère si douce et si forte. Secrètement, je redevenais enfant auprès d'elle. Je butai sur l'article que je n'arrivais pas bien à écrire. Je l'écrivais avec un stylo-bille particulièrement dur qui m'obligeait à appuyer le pouce et l'index, à forcer. Sans doute la crampe avait-elle déjà amorcé secrètement ses ravages au moment où je recopiais *Toi, Osiris*. Cette fois, ce fut net, je dus m'agripper, oui, me cramponner au stylo pour terminer l'article.

Une vive douleur cervicale apparut en même temps. Ce qui devait brouiller le diagnostic. Quand je voulus, à mon retour chez moi, reprendre ma pièce, les contractures continuèrent, plus vives encore, en bloc tenace, ces dérapages monstrueux qui ne devaient plus me lâcher. Atterré, je renonçai et dictai la fin du texte sans trop réfléchir au moment précis où mon travail manuscrit s'était interrompu. Sans mesurer la portée du contenu… C'est plus tard, lorsque je me suis mis à chercher des explications et un sens à mon mal, que j'ai retrouvé le manuscrit. Il s'arrêtait quand Seth, le frère rival et meurtrier, clouait le cercueil d'Osiris. Au moment où, avec un enthousiasme diabolique, il emprisonnait Osiris dans le carcan du cercueil et le séparait d'Isis. Quelle scène, quel souvenir, quelle image, quelle analogie m'avaient, alors, moi-même cloué, rivé, quel joug? Quelle douleur, quel traquenard… Était-ce donc moi cet Osiris pris au piège et perdu? Était-ce mon père couché dans son cercueil? Était-ce ma vie prisonnière de la très vieille impasse d'aimer deux femmes qui, blessées, finissaient par se lasser de leur amour? Était-ce une chaîne plus fondamentale, plus originelle? Quel couperet? Quel pilori?… Quelles Isis?… Quelles sœurs, quelle mère du monde?

Je dicte cela à Nur. Puis je m'arrête soudain:

– Je ne peux pas aller plus loin!… Cela me gêne quand même… Et puis, c'est difficile de dicter ainsi. J'ai toujours peur d'un blanc et de te faire attendre. De me bloquer. Je ne peux pas travailler vraiment à mon rythme…

– Là, tu viens tout de même de faire un bon bout de chemin! Moi, ce n'est pas un problème. Je n'attends pas. Je n'éprouve aucune impatience. C'est un travail

Je m'y suis préparée. Je peux rester ainsi les mains en repos tout le temps que tu veux, tu peux même changer de pièce, bouger. Et revenir à ton gré. Je ne suis plus la Nur que tu connais... ton amante. Je travaille sous la dictée d'un écrivain. Et cela ne me pèse pas. Tu peux continuer de dire tout ce qui s'impose à toi. Même s'il s'agit de nous, je n'y prends pas garde. Je suis dédoublée. Tu peux y aller crûment. J'aime les livres, c'était mon métier, tu sais, libraire au Caire. Alors vas-y! À ton rythme...

Je lui promets de continuer, de reprendre un autre jour. Mais pour le moment, c'est fini, c'est déjà beaucoup. Nous avons commencé!

Elle est toujours en selle, droite et calme, devant le clavier, comme si elle tenait la bride de Melody Centauresse. Les touches voudraient claquer encore comme mille sabots légers. Mais maintenant je préférerais m'approcher, la saisir, la dévêtir, la redécouvrir, avec la même stupeur. Cette surprise de prodige. Revivre encore et encore son apparition nue. La toucher, la pétrir. Lui adresser l'épopée du très long baiser qu'elle adore. Entre ses cuisses, dans le creux de ses crins rutilants. Dans leur noirceur gourmande. Ces péripéties que je peaufine, furetant entre les franges et les ourlets piquetés... Ces méandres, ces cadences, à langue fine ou à pleine bouche, effleurant sa crête d'un rose d'abord doux, éteint, nacré, bientôt écarlate, ou mêlant la pulpe entière de mes lèvres aux siennes. Dans cet embrouillement fluide, le clitoris se dérobe, glisse tel un petit poisson dont je retrouve,

120

fixe et masse l'écaille lisse et gonflée, sous la pointe de mon organe violet, dardé, sagace et trempé de ses jus. Je connais l'itinéraire, la route, tous les sentiers, les plus secrètes coulisses, les détours sournois, les ruses dont il faut jouer, les pauses, les douceurs, les subtils pince-ments, les moues paresseuses, les accélérations, les ruades, les galops. Les succions forcenées ou le survol léger qui fait à peine frémir l'extrémité des poils, le plus frêle soupçon de ma présence parmi leurs vrilles... Mon haleine... Comme un renard, oui, la flairant, attendant qu'elle languisse pour me ruer suavement sur son pelage troussé... Souvent, dans un chuchotement qui voile les rugosités de sa voix, tout en les laissant resurgir dans des accrocs, des déchirements de volupté, elle me donne des indications, désire que je bifurque, que je fasse moins fort, que je monte, que je descende... Tout le roman d'un baiser, tout le feuilleton salace, ensorcelé, qui me la livre toute et m'autorise bientôt à la prendre partout, dans ses arômes, son relent d'Isis fauve.

Elle tient fermement à son contrat. C'est dit ! On ne mêlera pas les genres. Mais toujours à son poste, elle s'étire un peu et me promet, de sa plus belle voix, jouant sur les gutturales rares, les profondes, les orientales, leur âpreté arabe... les cordes de sa lyre comme de son plai-sir anticipé, elle m'annonce que c'est pour très bientôt. Oui... qu'on le fera, qu'on fera tout... Ma langue d'abord, d'accord... Puis Melody. Toute la chevauchée. « Je serai en selle, oui... sur ta queue... »

Mon nouvel ostéopathe et sophrologue habitait à Chatou. C'était joli Chatou : le mot. Chatterie. Nur logeait chez une tante à Chatou et, lorsqu'elle ne s'occupait pas de Roland, c'était encore dans une librairie de Chatou qu'elle travaillait à mi-temps. Ces lieux verdoyants et paisibles avaient donc tout pour me séduire et peut-être me guérir. Ma crampe me rendait superstitieux, je finirais dans les pattes d'un gourou.

J'attendis donc dans une petite salle dont la porte était ouverte et j'observai bientôt un manège qui se déroulait dans la pièce d'en face, de l'autre côté du couloir. Des femmes d'âges divers déboulaient, se saluaient, s'embrassaient, puis s'installaient autour de différentes tables. Celle qui ne pouvait être que l'épouse de l'ostéopathe – j'avais remarqué les deux noms sur la plaque d'entrée – évoluait entre les tables et encourageait ses patientes. Je n'ai pas vu de messieurs. Très vite, je compris qu'il s'agissait d'une thérapie par le dessin, la peinture. Je ne comprenais pas tout. Je ne saisissais que des bribes. Mais une atmosphère bon enfant régnait dans la pièce. Une femme aux frisettes grises, l'air affable, barbouillait son pinceau de peinture et traçait de grandes figures libres. Elle exprimait ainsi ses affects, se libérait de quelle transe, elle aussi, quel drame enfoui, quel silence ? Il y avait une jeune fille, un peu grosse, habillée sans coquetterie, qui faisait de la poterie. Elle malaxait des paquets d'argile brune et brillante dont les rouleaux se plissaient entre ses doigts. Toutes tentaient de se frayer une piste, une fenêtre à travers ces matières colorées, plus ou moins fluides et solides. Des pâtes, des huiles, des essences, des terres. Je les aurais volontiers rejointes en attendant. Très jeune, je peignais beaucoup, exclusivement de grands navires aux voilures gigantesques, extravagantes, super-posées et gonflées dans le vent. J'adorais construire ces échafaudages improbables, tarabiscotés, lancéolés entre ciel et mer des tempêtes.

J'essayais de deviner, derrière l'ambiance complice et gaie, la secrète violence de ces femmes blessées. Pour-tant rien ne transparaissait, ne rompait l'harmonie de surface. Et, par analogie, me revint, brusquement, le souvenir de la prison des femmes de Rennes où j'étais allé m'entretenir de littérature avec les prisonnières. J'entends encore les questions de Simone Weber... La même sympathie quasi insouciante nous réunissait pour déguster une orangeade finale. J'eus une conver-sation brève et intense avec une jeune femme, très belle, moulée dans un pantalon voyant, d'un bleu vif et soyeux, rutilant comme du lamé. Ce qui surprenait dans ce décor... Je sais que le mot « pardon » jaillit de ma bouche. Je vis son corps vibrer, saisi d'un tremble-ment qui aurait pu être de froid. Ses yeux fixés sur les miens brillaient, très beaux, dans une tension exaspé-rée. Elle avait compris que je ne parlais pas du pardon

123

que j'aurais pu lui accorder, moi, et surtout ceux auxquels elle avait porté atteinte. Mais d'un pardon plus paradoxal, en la circonstance, venu d'elle et dont elle aurait enfin gratifié quelle figure primordiale, quel parent ? Pour quel tort ?

Ces femmes disparates, rassemblées autour des tables, me rappelaient des meurtrières, des coupables meurtries !... Simone Weber n'était plus qu'une grand-mère frileuse, les épaules enveloppées d'un châle. Son visage était terne et ses yeux chassieux. J'abordai pourtant une question plus cruciale, juste avant qu'elle ne s'éloigne avec l'un de mes livres, au fond du couloir. Alors, elle m'adressa son fameux regard vert-de-gris, livide... Le soir même, dans mon lit, resurgit soudain un très ancien, un immémorial regard de ma mère. Remonté d'une époque où j'étais au berceau. Ma mère débarque dans la chambre où je suis seul. Elle s'approche des voiles du lit minuscule. Et je ne me souviens que de ce regard terrible et fixe. Quelle faute avais-je donc commise ? Quel fut mon manquement ? Par quoi avais-je démérité et suspendu l'amour de ma mère transformée en cette justicière glacée avançant toujours vers mon berceau ?

L'ostéopathe vint me chercher. C'était un type très brun, de taille moyenne, velu à l'extrême. En blouse blanche. Pieds nus. Pour mieux sentir les influx telluriques... Très vite, je sentis la contradiction, la secrète tension entre son apparence parfaitement douce et relaxée et je ne sais quelle ombre, quel fantôme d'impatience profondément enfouis. Il s'agissait peut-être d'un nerveux, d'un violent, que le temps, l'effort, la méthode avaient mué en ce thérapeute à la voix si calme, si reposée. Car tout semblait trop apaisé en lui. C'était une affaire classée, irréversible. Ses mâchoires solides et viriles se desserraient de sérénité. Pieds nus, il tourna autour de moi et se mit à enfoncer l'index en suivant certains jalons musculaires qui remontaient le long de ma colonne vertébrale. Puis il opéra les mêmes pressions précises autour de mes cervicales. Il fermait les yeux en agissant, ce qui le rendait plus bouddhique encore. Il respirait profondément. J'entendais ce souffle qui relâchait ses nerfs et devait favoriser une écoute élargie de mes moindres nœuds, fibres, molécules crispées. Il aurait revêtu un scaphandre au cours de cette plongée que je n'en aurais pas été étonné.

L'ostéopathe céda la place au sophrologue. On accédait à une dimension plus profonde. Ses pieds me parurent plus nus et sa marche plus silencieuse encore. Sa voix devint pratiquement inaudible. Et ses mâchoires carnassières se seraient presque dissoutes sur son visage candide. Les poils noirs et touffus qui lui jaillissaient aux poignets et dans l'échancrure de sa blouse se lissèrent et blondirent ou quasi !... Je m'allongeai. D'abord, il posa les mains sur mes genoux. Cette imposition me surprit. J'aurais attendu, banalement, la tête ou le front, voire la poitrine. Non, mes genoux maigres et cailouteux étaient des points cruciaux de ma structure, de ma composition essentielle. Les yeux clos, suspendu, il écoutait... Tout à coup, un peu émerveillé lui-même du phénomène, il chuchota :

– Ça marche... j'ai neutralisé les fluides rachidiens...

J'ignorais l'existence de ces flux et de leur passage dans la rocaille de mes genoux. Alors, de sa voix lente, assourdie, subliminale... il me demanda de céder, de lâcher les rênes, toutes les amarres. Je devais en quelque sorte m'effacer en commençant par la tête, le plus dur, le centre de toutes les vigilances. Un phare terrible qu'il faut apprendre à éteindre...

– Votre crâne pèse, vous l'abandonnez, vous n'avez plus de crâne... Vos épaules pèsent, pèsent et s'évanouissent... Tout votre corps sombre... Une tiédeur vous envahit... Vos pieds... Vous oubliez vos pieds, ils se diluent doucement...

Il ménagea un moment de silence, vérifiant que je m'étais scrupuleusement gommé.

– Maintenant, vous pensez à un lieu que vous aimez, un endroit de prédilection, vous vous laissez aller vers cet endroit où vous vous sentez bien... détendu, délivré de toute charge, de tout poids, de tout souci... Vous vous délestez de votre fardeau. Vous vous allégez, vous êtes léger...

J'obéissais, je me sentais positif, bien disposé, et je choisis une petite crique bretonne, isolée, où j'avais été heureux, oui, délié, où je me baignais, flottais sur des amas de goémons odorants. Nul bruit. Hormis, parfois, le passage d'un minuscule bateau dont le ronron du moteur rayait doucement le silence, en quelque sorte le révélait, en rendait sensible la miraculeuse profondeur... Une balise se balançait au loin sur l'eau...

– Vous vous sentez délivré, vous nagez... Vous n'avez plus de poids, de limites. Vous baignez... Vous vivez un moment de parfaite harmonie, de fusion... Vous baignez dans le cosmos...

126

C'est cette phrase qui me braqua, secrètement. Une phrase de trop! Ce cosmos me parut un peu vaste, un peu littéraire. Je voulais bien baigner dans la crique, dans la mer, mais le cosmos, servi ainsi, m'aurait plutôt fait basculer dans le vide. La nuit cosmique, l'effroi, la chute... C'était à la fois trop littéraire, et cela pouvait, les mauvais jours, me renvoyer à une angoisse très personnelle, un cauchemar qu'il m'arrivait de faire: je ne baignais plus du tout, mais je tombais, tombais au fond d'une immense fosse noire et cosmique. C'était atroce. Le néant me dévorait...

Le sophrologue perçut quelque chose, il voulut s'assurer de mon épanouissement cosmique:

– Vous baignez?...

– Je baigne? Oui... Je baigne...

– Vous baignez dans le cosmos...

Il avait repris sa rengaine. Il en pinçait pour le cosmos. C'était pour lui le *nec plus ultra*, l'enchantement suprême avec une pointe de complaisance philosophique qui précisément me hérissait. Ce cosmos choquait ma pudeur. Alors même que, dans certains de mes livres, il m'était arrivé d'entonner de grands hymnes à l'univers. Je n'étais allergique qu'à la grande nuit cosmique, sans être fermé au fameux sentiment océanique qui vous exalte et vous répand, vous élargit dans la plus belle, la plus fluide lumière du monde. Je connaissais l'envol, la griserie, la divine euphorie... Sous les fromagers d'Afrique ou les immenses banians de l'Asie, j'avais vécu des éternités!... Mais là, ça ne passait pas. Ce cosmos plaqué me restait en travers de la gorge... Parce que le sophrologue m'énervait soudain, m'agaçait... Il empiétait, en quelque sorte, sur mon territoire, me donnait des leçons d'effusion cosmique alors que c'était mon péché mignon. «Cosmique», dans sa bouche, devenait excédentaire, pédant et ridicule.

– Non, je ne baigne pas tout à fait… Je ne baigne pas dans le cosmos… C'est ce cosmos qui cloche…

Il parut très embêté. Il réfléchit, se ravisa et lança, dépité :

– J'ai été trop vite !

Je saisis son petit air excédé, le fond de sa violence affleurait. Il avait dû, lui aussi, se battre longtemps contre la rapidité, l'urgence… Moi, je me taisais, hypocritement… Car ce qui m'avait bloqué était plus une question de vocabulaire que de vitesse.

Il était revenu à son bureau et analysait mon cas. Ces contractures… cervicales, bras, main. Il me conseilla des bains chauds et gradués. C'était sa marotte : baigner. Dans une baignoire à défaut du Grand Tout. Il me donna une ordonnance, il s'agissait d'une composition, d'essences, de plantes, la recette d'un docteur qui était un de ses maîtres.

Nous prîmes un nouveau rendez-vous. Et je retrouvai à la sortie le groupe de femmes qui s'habillaient en bavardant, pour partir tout comme moi. Pêle-mêle… Peu élégantes. Des airs de patronage… Cathos ? Il ne serait pas un peu charismatique, mon sophrologue ? Oui, j'avais vu dans la salle d'attente des livres et des revues qui allaient dans ce sens. Sur le salut. Le Christ érigé sur la boule cosmique et la délivrant du Mal. Non, j'exagérais !… Des impressions seulement. Puis mon sentiment changea. Ces femmes, en fait, n'étaient pas si hétéroclites. Elles se fondaient en un aspect commun, sous-jacent. Une couleur. Une absence de couleur.

Un peu délavées. Elles plaisantaient, s'esclaffaient en se séparant, s'embrassaient. Mais moi je voyais leur fond terne – triste?... Elles n'avaient jamais baigné dans le cosmos. Elles venaient se rassembler pour se prémunir contre lui. Quel gouffre? Pour tenter d'y tracer quelques signes, quelques repères peints, pistes... Pas à pas, dans la peur. C'est cette peur que leur bavardage, leurs sourires exorcisaient. Comme les prisonnières de Rennes, elles semblaient traquées par une angoisse secrète. Leurs regards devenaient neutres et livides...

Je commandai chez le pharmacien la mixture, la décoction, que je devais verser dans mes bains de plus en plus chauds. Il reçut un flacon rempli d'un liquide ambré, une lotion purifiante, destinée à éliminer les déchets, les résidus, à nettoyer les articulations. C'était appétissant. J'aimais voir couler dans l'eau brûlante cette liqueur rousse comme du miel. Il y avait un deuxième flacon gorgé d'une lotion immaculée, elle, comme du lait et d'une odeur plus caustique, moins de moelleux. Dans les deux cas, la composition offrait des dosages variés de lavande, de romarin, de marjolaine, de cupressus, d'essence de térébenthine, d'oléate de sodium, de ricinoléate de sodium! C'était calé...

Le sophrologue m'avait détaillé le protocole. Commencer à 37 degrés, monter progressivement à 39 et, quand je serai aguerri, selon mes réactions, je pourrai me risquer vers les 40, 41, 42. Ne pas dépasser cette température. M'acheter un peignoir de mousse blanche, m'en revêtir à la sortie du bain, sans me sécher, pour bien garder les huiles contre ma peau, qu'elles m'imprègnent, pendant que je reste allongé, détendu...

Cette idée d'augmenter la température, d'éprouver ma résistance, m'excita, même si je déviais le sens de ces bains qui devaient me relaxer plutôt que me porter à des performances.

Je pris donc mon premier bain, après avoir répandu deux cuillères à soupe des deux élixirs. À 37, j'avais froid. Je fis couler l'eau chaude plus longtemps pour grimper à 38 qui me parut tiède. J'arrivai donc à 39, c'était satisfaisant. Je devais tenir les premières fois 17 minutes, puis 20, et atteindre la demi-heure, après accoutumance. Au bout d'un moment, le thermomètre descendait au-dessous de 39. Cette température ne me semblait pas si chaude que cela. J'avais envie de monter à 40. Voilà qui devait bien détendre ! Plus c'était chaud, moins les muscles résistaient, ils se décontractaient donc automatiquement. Je sentis, avec un mélange de délice et de surprise, la vague brûlante remonter du robinet vers mon ventre, mon torse, mon cou... J'étais pris dans un carcan de feu. J'aimais cet excès. À la limite du possible. Mes courbatures devaient en prendre un sacré coup !... Puis je tentai une petite poussée vers 41, juste pour voir, pour éprouver l'effet de lave ardente. Mon cœur battait très fort. C'était normal. Une seule fausse note, les lotions piquaient assez vivement la peau de mes couilles.

Quand je sortis de mon bain, je les rinçai à l'eau froide, me précipitai dans mon peignoir royal et me couchai sur un mince matelas, à même le plancher. Mes tempes cognaient, mon sang bardait. J'étais comme saoul, les substances me gorgeaient, me dilataient. J'étais purifié, tonifié, fouetté, surexcité, en proie à une frénésie dionysiaque mais paradoxalement épuisé, oui, en même temps! D'un côté, possédé par des tourbillons d'énergie, une effervescence féroce. De l'autre, vidé, laminé, évanescent. La concomitance de ces états incompatibles était extraordinaire. J'étais une loque paroxystique, une épave apocalyptique. Anéanti mais virulent! J'attendais le bénéfice d'un tel bain sur mes douleurs. Pendant quelques minutes, je fus quasi anesthésié et me réjouis des bienfaits des lotions miraculeuses. Hélas, il me fallut bientôt déchanter. Mon dos, mon bras, mes cervicales se révélèrent de plus en plus sensibles, comme écorchés, à vif. J'étais affreusement contracté, en fait! Et je n'y comprenais plus rien. Le bain torride produisait des effets exactement contraires à ceux qui étaient escomptés. Il me fallut convenir qu'une telle épreuve, qu'un tel défi avaient exaspéré mes nerfs au lieu de les dénouer. J'étais à bout de nerfs, oui, à cran. Furibard, âme et corps écarquillés, dardés, hérissés de plaies et de flammes... J'avais mal mais, c'était mystérieux, j'aurais presque repris un bain, illico, j'étais drogué, intoxiqué d'outrance. J'avais encore envie d'aller au-delà. Peut-être qu'à 43, alors, tout lâchait, les nerfs rendaient les armes. Une grande paix vous envahissait enfin.

J'attendis tout de même le lendemain pour replonger au sein du volcan. Je fus de nouveau pris par les feux de l'Enfer. C'était un supplice insupportable et merveilleux, fascinant. Je brûlais. D'un bloc. Toute sensation de fluidité avait disparu. J'étais planté dans du métal solide, ardent. Mon cœur cognait à tout rompre. Mes couilles étaient lardées de flèches. Saint Sébastien n'avait qu'à bien se tenir. Je battais tous les records. Hélas, dans mon peignoir, de nouveau, les douleurs les plus vives m'assaillirent. Mais ce n'étaient pas les vieilles souffrances habituelles et vulgaires qui me faisaient geindre, entretenaient mes antiques macérations. Cela ne ressemblait à rien d'autre. Le paroxysme effaçait toute mesure. J'étais au paroxysme! Je n'avais jamais cessé d'être paroxystique. Et j'avais enfin trouvé le moyen de me propulser à ce point culminant de façon médicale et inédite. Je n'étais plus qu'une crampe incandescente, flamboyante, horrible, aveuglante. J'étais subjugué par la volupté de la destruction. Le bûcher ou rien. L'immolation. L'irradiation! Brasier: c'était le mot le plus beau du monde!

Seulement, au bout de quelques jours de ce régime, Anny, Nur, mes élèves, tout le monde s'alarma. On me dévisageait avec effroi. Je me réveillai soudain de mon rêve torride. Je racontai ce que j'avais fait. On me conseilla vivement d'opérer un virage, de réduire la température. Je commençai à me méfier de cette surenchère de bains faramineux. Je décidai de redescendre à 37. Mais je voyais bien que je barbotais, que je m'ennuyais. Il n'y avait pas de remède de ce côté.

Nur eut la bonne idée de m'inviter dans le box de Melody Centauresse qu'elle avait l'intention de panser elle-même, se passant des services des lads. Elle désirait prendre son temps. Jouir de son alezane dorée. Elle sentait que ce serait pour moi l'antidote adéquat à la ferveur, à la fureur des bains exterminateurs.

Ce sont de grandes écuries claires et briquetées où les box présentent des alignements parfaits. Le volet de Melody est ouvert et la jument attend sa maîtresse les oreilles pointées en avant. Aussitôt, Nur lui parle d'une voix caressante. Il y a eu un peu d'orage dans la nuit, quelques roucoulements de tonnerre. Melody a eu peur. Le cheval est un animal d'effroi. C'est héréditaire, incrusté au plus profond de ses instincts de fuite. L'épouvante de l'inconnu fait en lui des ravages... mille phobies qu'il faut modérer, apprivoiser, effacer. Nur sort la jument de son box pour s'occuper d'elle plus librement, mais aussi pour éviter les saletés qui restent dans la litière. Pourtant, un lad a nettoyé l'habitacle de fond en comble et renouvelé la paille.

Melody hume la lumière et toutes les senteurs de Nur. Celle-ci frotte doucement son nez contre les naseaux tendres de la jument, qu'elle tapote, qu'elle cajole. La grande bête trahit encore les angoisses de l'orage. Son corps océanique est parcouru par un reflux de frissons, de réflexes nerveux, des soubresauts de vagues secrètes. Mais Nur est calme, attentionnée... Je suis fasciné par leur couple contrasté. Chaque matin, la jeune femme aux crins noirs et courts arbore cet air neuf, oui, un visage, un corps d'une pureté radicale qui semblent échapper aux catégories de son sexe, à toute qualification trop charnelle, tant elle paraît lisse et nacrée, nette et frontale, décapée de ses ombres, des confusions de son âme. En short et chemisier bleu. Sa belle peau douce et dure, entre ivoire, or, sable... dans les reflets du soleil dont les rayons envahissent la moitié de la cour, s'engouffrant par la brèche d'un grand portail latéral et béant.

Melody, elle, n'échappe en rien aux catégories de son espèce et de son sexe. De ce point de vue, elle est à l'opposé de Nur, tant sa nature physique, sa peau, sa robe, sa chair bougent, vivent, chaloupent, déferlent en tremblants remous, ondulations... Melody profonde, allongée, ronde. Élancée, balancée. Belle à respirer, à sonder, à prendre, dans un assaut de centaures païens, de faunes ravisseurs sortis d'une fresque sauvage de Rubens ou de Géricault. Tandis que Nur garde, à son lever, cette extraordinaire crudité de l'enfance, un cristal sur lequel le temps n'a encore aucune prise. Rien ne la mêle au monde, elle est vierge de toutes les matières, de tous les compromis de l'espace et de la durée. Presque irréelle et terrible dans ces heures primordiales. Sorte de Cupidon capital, d'androgyne de marbre et mordant. C'est là que sa beauté me tue. Opaque et claire. Il n'y

134

a rien à faire. On ne peut rien saisir. Elle n'a plus de passé, d'histoire. Sorte de Persée qui aurait trucidé Méduse sans se souiller. Le contraire justement du monstre tentaculaire et chaotique. Nur minérale, intacte devant le souple foisonnement de Centauresse chaude.

Nur m'explique qu'elle a curé, la veille, les pieds et les sabots du cheval, au retour de leur promenade. Qu'elle a ôté de grandes moires de sueur avec le couteau de chaleur. J'adore ce couteau aux résonances lubriques.

Mon amante se saisit d'une étrille en fer pour entreprendre un brossage global de l'avant-main vers l'arrière-main. Je savoure encore ce vocabulaire qui sépare l'animal en deux régions : la proue, la tête et, à l'autre bout, le globe glorieux des reins, des fesses. Mon amante procède à rebrousse-poil d'abord, le long de l'encolure, traque les poussières, les peaux mortes, les scories... puis rabat la toison avec une brosse en soie. Comme pour gommer le raclage rustre de l'étrille, ce retroussement, ce hérissement qui dénude le cuir pâle. Pour refermer la robe de la jument lisse et lavée. Pendant la manœuvre, elle garde toujours une main libre afin de palper sa monture, la tapoter, la calmer. Elle lui parle avec une grande douceur complice... Tant un cheval est de race nerveuse, intempestive, en continuelle alarme. Puis elle travaille le poitrail si bien planté, si juvénile, son aplomb superbe, équilibré en deux bosselures frontales, tendineuses et veinées qui saillent entre les jambes, deux biceps protubérants qu'elle attrape à pleines mains, qu'elle brosse avec poigne.

Elle étrille, frictionne, bouchonne, pour activer la circulation des sangs, tout le large de l'échine et la plénitude des flancs. Leur opulence, leur élégance... Le grand

135

vaisseau de Melody tressaille, frémit, en proie à des courants de volupté. C'est une forge dont les foyers vitaux s'attisent, se rallument... Puis toujours la brosse de soie voyage, vient réparer l'attaque de l'étrille, pour glisser, en une longue houle, jusqu'à l'évasement de la croupe. Nur a vérifié que la chair de Melody ne souffre d'aucune blessure, entaille fine, excroissance, gonflement. De sa brosse, elle épouse, elle enrobe le corps, et c'est un tact qui détecte la moindre imperfection et guérit toutes les douleurs du monde. J'envie Melody Centauresse. J'appelle les mains de Nur sur la totalité de mon corps et sa caresse la plus bienfaisante tout au long de ma main blessée.

Elle passe aux antérieurs avec une brosse en chiendent, jaune paille. Ses manœuvres deviennent plus lentes, encore plus précautionneuses, plus vigilantes, maniaques, le long des canons, des tendons si fragiles, des paturons... des balzanes neigeuses qui gainent telles des guêtres naturelles l'amorce des jambes. Son œil inspecte, explore les recoins délicats, les bosses des boulets, des genoux. Nul mal parasitaire ne doit se nicher dans la membrure de la jument. Quand elle aborde les postérieurs, je vois qu'elle prend plaisir aux cuisses charnues dont vibrent les cordes des muscles, des tendons innombrables, effilés, révélés par la lumière. C'est comme le frétillement d'un frai sous la peau huilée de la mer. Elle parcourt les roues écarquillées, tapissées de veines et d'artères. Elle remonte vers la croupe. Elle brosse, elle frotte, elle palpe, elle comprend, elle épure, elle englobe de son amour le volume palpitant des deux fesses géantes. Mais elle se garde de toucher encore aux parties génitales de Melody.

C'est de la tête qu'elle prend soin d'abord. L'ossature longue et fine de Centauresse. Le visage nu de la déesse sans filet qui l'enserre, sans muserolle... Le chanfrein exhibe une étoile de poils immaculés suivie d'une flèche vers les naseaux. Avec une éponge mouillée d'eau claire, Nur nettoie les paupières et les grands yeux doux, un peu noyés de stupeur et de mélancolie. Ce regard des chevaux où l'on se perd dans l'humide mystère de la peur et de la confiance. Ces prunelles d'ambre écloses à l'avant de l'énorme masse de chair incurvée, bourrée de muscles, de forces et d'influx. Ces grandes prunelles de vase et de néant timide où luisent quel reproche, quels résidus de crainte? Tant le blanc de la cornée est prompt à s'élargir, à s'émouvoir, à implorer la fin du règne de la surprise et de l'effroi, dans le dévalement brun et gluant de glandes et d'artères qui affouillent les joues émaciées. L'éponge gorgée nettoie très doucement les naseaux visqueux... Nur revient sur le museau rasé, corné, telle une bogue de cuir fin, oui, de daim, comme poudré d'un sable roux de sirocco, juste avant la naissance des naseaux écarquillés, dilatés, aux reflets de goudron, de cendre et de céruse. Puis elle lave la bouche, les lèvres tendres et moelleuses. C'est tout muqueux, poisseux, tout tiède. Nur ne peut résister à tant de chair intime, offerte, percée d'orifices larges, brillants et noirs, ces narines si sexuées des chevaux, striées de ridules, trempées, parées de reflets d'argent musqué... Elle tâte, elle pince très doucement, elle baise l'entrebâillement de la bouche. Elle en aspire l'haleine... La tête ciselée de son alezane chérie allonge ses fins renflements, étire ses modelés, ornés de longues veines sinueuses et de nerfs, et vient humer à son tour les lèvres de Nur. Les voici à fleur l'une de l'autre dans leur commune odeur. Amoureuses et haussées.

Et Nur perd lentement sa transparence tranchante. Oui, elle pèche, la fautive, la désirante. La jument la contamine d'effluves et de sucs épicés. Nur bouge, elle s'ouvre, elle s'incarne. Son cristal s'est volatilisé. Plus brune à son tour, plus fauve. Plus renarde. Je vois les sombres stries des cheveux de sa nuque. Des gouttes de sueur perlent sur son front et dans son échancrure. Chacun de ses pores bée, boit. Je devine le retroussis durci des pointes de ses seins presque noires et gommeuses, comme les naseaux de sa jument. Je rêve à sa toison noire. Car Nur naît à la vie profonde, à son trouble, devant moi, dans la lumière plus chaude. Tandis qu'autour de nous d'autres chevaux sont sortis des box. On voit les peaux, les crinières, on entend les sabots claquer, le raffut des naseaux, des souffles... Les queues se soulèvent, battent l'air. Certains pur-sang ombrageux piaffent, des entiers excités s'écartent, leurs fesses tressautent sur place, sur le qui-vive. La force du cheval est dans ses reins, le tonus de sa croupe, prompts aux ruades mortelles. Et les lads les tancent ou les rassurent.

Nur s'abreuve à ce tumulte qui l'enlace et la pénètre. Elle fleurit, elle s'épanouit dans le relent du cuir, des selles, des harnais, le tintement des fers, l'odeur des litières béantes. Et moi je baigne, oui, bien sûr, je nage dans ce grand stream de parfums cosmiques. Ce concert, cette fanfare, de poitrails, de sabots et de fesses culminantes.

Nur a brossé la crinière, l'a plaquée de côté sur l'encolure. Et, mèche par mèche, à l'aide d'une brosse humide, elle a nettoyé la rousse, l'exquise chevelure.

Elle va entamer la partie la plus secrète de cet opéra de caresses. Découvrir la dernière scène du corps géant, pénétrer ses coulisses, soulever le panache de la queue qu'elle n'a pas manqué de brosser, de peigner longuement. Elle redresse la fluide, la foisonnante gerbe et dévoile la bogue de l'anus noir, de la même consistance soyeuse que les naseaux. Tels sont les échos formidables et discrets qui se répondent aux deux extrémités des corps des chevaux. L'anatomie humaine ignore ces résonances distendues. Le sexuel s'y renferme, s'y étrangle dans la même sphère limitée entre cuisses et taille. On me rétorquera l'analogie entre la bouche, la vulve, les fronces de l'anus. Cette symétrie est sans rapport avec celle qui s'instaure entre les noirceurs du museau, de ses narines noires et gonflées, gluantes, et la fosse de l'entrefesson. Faille grandiose et obscène où saille, tout là-haut, telle la cloche à la porte d'un temple du Tibet, la cloque lourde de l'anus comme un majuscule naseau. Nur passe l'éponge tendre sur l'urne de bronze, cet opercule énorme dont pourraient jaillir des cataractes de crottin clair. La jument lâche un pet de volupté... Puis Nur choisit l'ultime éponge blanche, saturée d'eau vierge, pour baigner les grandes lèvres noires et douces. Elles s'enflent comme l'anse d'une harpe, s'allongent en un faisceau fendu. Et le passage du tissu spongieux les entrouvre. Le fantastique pertuis brille d'un filet d'eau huilée, la rosée de la Centauresse qu'un rayon de soleil saisit.

Nur me semble paresser un peu sur ce rivage mélodieux. Aphrodite, au lieu de naître des couilles coupées, sanglantes d'Ouranos, de son sperme extrême mêlé à la mer, Aphrodite aurait donc dû jaillir de la vulve d'une jument dont il nous reste à inventer le mythe. La mère de toutes les mères, l'amante suprême, la colossale sœur... Oui, la Centauresse d'or à l'origine de toutes les créatures de chair et de désir.

Nur ne saurait refermer le théâtre du pansage sans recourir à l'époussette, sans ce vol souverain sur l'harmonie des formes de sa jument. L'époussette, pour moi, évoque à peine les poussières. Car ces dernières ont été expulsées de la toison de Melody. Je veux n'entendre dans ce mot que des consonances d'épouse, oui, d'épousailles. L'époussette est d'un tissu soyeux, telle une peau de chamois. La peau vient caresser une dernière fois la peau. Se déploient désormais les noces les plus libres, les plus plastiques, les plus voluptueuses. Il ne s'agit plus de frotter, de débusquer des saletés, de nettoyer. Ce n'est plus qu'une question de plaisir, d'immense bonheur. Oui, jouir. Jouir enfin, sans nul autre souci que de lisser, lustrer le corps de l'idole. Pour la beauté. Pour l'éclat. Parce que le soleil explose dans la cour et fait flamboyer la robe. La fournaise de Melody cambrée, bandée de délices. Nur voyage le long de ce volume vaste et sensuel comme pour s'en rappeler tous les aspects, en épeler, en résumer les parties sveltes ou charnues, les galbes, les singularités suaves. Elle dore la Centauresse, la fait reluire, étinceler. Melody s'irise dans l'ensoleillement central. Et l'époussette n'en finit pas de rallier l'encolure, de naviguer, de chalouper le long de la ligne de l'échine, vers les hanches et les reins, de glisser sous le ventre pour que l'odyssée atteigne son paroxysme tactile et sensitif. Cette peau, c'est la main de Nur, c'est sa chair d'amante qui plane et danse sur sa

140

jument, sa belle, sa sœur ensorcelée. Pour la pétrir, la modeler inlassablement, la polir, la vernir, l'approfondir infiniment, jusqu'aux entrailles vives. La respirer encore et encore par tous les orifices, naseaux, vulve, anus... bouches noires du grand animal feu. Nur se dore dans ses flammes. Jument à son tour, centauresse musclée. Sa sombre toison pourrait enfourcher la braise géante de Melody. Elles brûleraient, fondues dans une pelisse unique et splendide.

En fin d'après-midi, je suis sorti et j'ai aperçu le héros nu sur son balcon. Il m'a adressé un petit signe de complicité malicieuse. Roland faisait de nouveau le sadhu! Nur surgit bientôt et tenta de le faire rentrer dans l'appartement. Car les évolutions du colonel avaient suscité quelques rumeurs, plaintes assez discrètes tant sa gloire disposait à toutes les indulgences. Mais une petite fille pouvait passer et voir, de l'avenue, qui longeait le jardin, ce grand vieillard au sexe rose, parfois légèrement excité par les brises, les senteurs, les embaumements du parc, quelque effluve émané d'une escouade ronde et musculeuse de chevaux lancés au galop. Nur me souriait avec des mimiques facétieuses en enlaçant le nudiste pour mieux l'attirer à l'intérieur. Il semblait apprécier l'étreinte, freinait habilement le mouvement pour la faire durer et me provoquait gentiment en arborant Nur à son bras, telle une amante. Je préférais voir Roland en si belle forme plutôt que prostré, renfermé dans le silence.

Je pris une direction inhabituelle qui me conduisit du côté de l'hippodrome et de la ville, au lieu de plonger dans les profondeurs du parc, par des sentiers sableux. Je longeai une villa blanche, énorme, flanquée de tourelles rebondies, enveloppée de gazons ras et voluptueux. Une statue de faune, jambe levée et visage barbu, esquissait un entrechat lubrique. J'avançai et je sentis une odeur de box dissimulés derrière un taillis. J'étais certain que des chevaux étaient logés là. Alors, je la vis... Malina sortit d'un pavillon gracieux, isolé, caché à l'autre bout de la propriété. Elle me reconnut, franchit une petite porte et me rejoignit en m'entraînant dans les allées. Je venais de comprendre qu'elle avait rencontré, dans cette villa, le cavalier, le maître de Marduk, qui l'avait abordée l'autre soir, dans la carrière. L'homme arrogant au cheval noir. Elle me regardait, le visage débordant d'une exultation intérieure. La Polonaise blonde était transfigurée par cette jubilation radicale qui n'était pas seulement le rassasiement de la chair mais l'expression d'une plénitude intellectuelle, psychologique.

– Ça y est... C'est fait... Juste aujourd'hui. Tu tombes à pic. Me voilà !

Je l'écoutais sans lui poser de questions. Elle avait trop envie de s'épancher.

– Tu sais, Nur craignait que je me fasse avoir, mais je suis restée lucide. Facile ! Et puis, c'est un type généreux ! Le scoop !... J'avais un problème d'argent, des soucis. On en a parlé après... On a parlé de tout... Il m'a immédiatement dépannée. Tu sais, un homme qui assure matériellement, pour moi, c'est bandant.

Elle se tut un moment, puis ajouta :

– J'ai vu qu'il était mordu. J'ai saisi dans ses yeux le déclic, le truc qui s'est emparé de lui, l'éclair monté du tréfonds !

Je savais à quel point Malina avait vu la vérité. Elle bondissait de plaisir, de vigilance, de conscience, de connaissance. Toute déployée, blonde et charnelle.

Ma promenade a décrit un grand cercle, et je suis revenu vers la villa blanche. Pour contempler les box. J'ai contourné le jardin et, là, de l'autre côté, j'ai reconnu, tout de suite, la tête noire de Marduk qui dépassait de la porte. Dans le box voisin, il y avait un cheval gris dont le museau pointait lui aussi. Une émotion m'a saisi. Ce cheval d'un gris très clair... Je ne voyais que la tête. J'allais m'éloigner quand j'ai entendu une voiture. Je me suis dérobé sous les marronniers. Et c'est elle qui a freiné doucement, a déclenché sa commande pour ouvrir le portail principal. Oui, la bourgeoise de Duras, la propriétaire de la jument presque blanche. La cavalière crépusculaire. J'avais toujours pensé qu'elle habitait au fond du parc, du côté des pistes d'entraînement. En fait, elle était l'épouse de ce Marc, l'amant de Malina. Naissait ce triangle un peu noir, neuf, inconnu, monstrueux dont je ne connaissais que la part la plus solaire, la plus volontaire : la Polonaise qui avait souffert de la misère et qui ne se payait pas de contes bleus.

Je suis retourné chez mon sophrologue. Mes cervicales se bloquaient. J'avais subi un excès de tension en classe, avec mes Beurettes survoltées, Naïma, Kahina, Salima, parce que cette dernière venait de tomber

144

amoureuse. Naïma s'était empressée de m'annoncer la nouvelle pour m'expliquer le climat d'excitation incroyable qui régnait au début du cours. Salima extasiée, plus agitée encore que d'habitude, trémoussée, martelant le sol de son pied, imposant à sa cuisse une trépidation électrique... J'avais tenté de rétablir le calme. Mais rien n'y faisait. Naïma éclatait de rire. Kahina gloussait, exaltée par cette passion surnaturelle qui s'était emparée de Salima. Un type croisé comme cela dans la rue, un échange de regards, quelques mots. Et la dinguerie avait déferlé. Salima aimait, adorait, déployait ses grands bras dans tous les sens. Paroxystique, elle prenait le monde entier à témoin. J'ai fini par me fâcher. Puis je suis revenu sur ma colère, tant les filles semblaient avoir basculé dans l'hystérie complète, une allégresse effrénée que rien ne pouvait brider. Il m'avait fallu une demi-heure pour instaurer un semblant de sérénité. Mais les yeux de Salima irradiaient d'un nouvel assaut de passion frénétique. Le visage de Houria sous le bandeau était contaminé, lui aussi, rayonnait de cette épidémie d'amour. L'heure était à l'extase. Mes cervicales en encaissèrent la formidable détonation. Je suis sorti moulu, fourbu.

Mon sophrologue avisa mon cou, avec une mimique catastrophée.

– Cette fois, il va falloir employer les grands moyens...

Je le regardai, divisé entre l'espoir que ce déploiement de ressources extrêmes me délivre et l'angoisse des risques qu'il ne fallait peut-être pas prendre.

Je ne retrouvais pas ce calme si particulier du thérapeute, comme épuisé, et insidieusement excédé... Non, il était planté devant moi, d'un bloc. Il ne luttait plus contre

145

sa vraie nature. Les circonstances exceptionnelles lui permettaient même de l'exprimer pleinement. Déjà il me saisissait la nuque et le menton… Et d'un coup sec, avec une brutalité nette, il fit basculer ma tête en arrière en disant :

– Ils n'osent pas…

Non, c'était vrai, personne n'avait encore osé me casser le cou avec une détermination si implacable. La guillotine : on verrait bien ! D'abord, je ne ressentis qu'une douleur sourde. Puis le mal irradia dans la totalité de la nuque, du dos, du bras.

– C'est normal… J'ai fait craquer les vertèbres. C'est dégagé. C'est une crise temporaire avant le grand soulagement.

Mais il avait beau maintenant vouloir me masser, je me crispais, reculais. Il me regardait, l'air exaspéré. Il avait perdu définitivement sa grande paix factice. Tortionnaire velu, il ne voulait pas en démordre, c'était un petit moment à passer, il suffisait désormais de reprendre mes esprits, de céder à une ou deux manipulations supplémentaires et le tour serait joué. Mais je voulais fuir. Il prit du recul. Nus pieds, dans une sorte de bond de judoka. L'idée sembla l'effleurer qu'il avait gaffé. Il me toisait, méditatif. Je boudais franchement, ma main protégeant mon cou martyrisé. Il me prescrivit de l'arnica, me conseilla de prendre tout de suite un bain chaud. Je sursautai à la perspective du plongeon torride, calamiteux. Et la séance en resta là.

J'étais désormais affublé d'une minerve importante, immaculée, comme la fraise d'un grand du royaume.

146

Le paroxysme de la crise était passé, laissant derrière lui un blocage verrouillé. Je ne pouvais plus faire pivoter mon cou. J'avançais droit, rigide, monumental. Enfin, j'étais royal. Mes élèves impressionnés par tant de majestueuse lenteur furent sages comme des images. La passion de Salima brûlait plus doucement, braises reléguées au fond de ses yeux. On me respectait. Dans les magasins, les gens affectaient, en me voyant, une expression douloureuse. Ils voûtaient imperceptiblement les épaules, en écho à mes affres. Je m'attachais secrètement à cette minerve magique qui transfigurait mon rapport aux êtres et aux choses. Tout devenait plus lent, plus délicat. Une manière d'aura m'enveloppait. J'étais comme ennobli par le fardeau de la souffrance, couronné en somme. Un peu Christ, un peu pharaon aussi... Le pharaon de mon Isis, le frère de Nur, son Osiris à la coiffe blanche et funéraire. J'avançais, tâtonnais à la porte d'un vaste sépulcre, tel le dieu des morts. Cette minerve se révéla très pratique. Anny fut plus souple, moins rétive. Sa clémence perçait enfin. Marion, la fille de Laurence, me regardait, les yeux écarquillés d'envie. Elle voulait essayer ma minerve comme un postiche, se déguiser en cygne, grâce à elle, et attirer le renard. Nur me parut soudain disposée à l'amour au moment même où l'infirmité me frappait.

Elle vint me voir, un après-midi que Roland dormait. «Le héros fait dodo...» Elle adoptait rarement ce ton irrespectueux. Je me mis tout nu, sans ôter la minerve, mon seul piment! Nur se déshabilla avec beaucoup de gentillesse. Normalement, elle aimait de longs préliminaires... Il ne fallait surtout pas lui caresser le sexe trop vite. Mais procéder avec ruse, en venant de loin. Remonter à l'intérieur des cuisses, effleurer la motte à pleine paume mais surtout sans appuyer. Longtemps, j'avais cru qu'un doigt délicatement profilé serait plus adéquat. Mais c'est toute la paume qui la ravissait lentement, suavement, une main fantôme, irréelle, inconnue, mystérieuse... Le doigt ne devait préciser son empreinte que beaucoup plus tard et creuser, alors, son sillon dans le pelage noir. Le protocole s'assouplissait dès que perlait un peu de liqueur dans l'interstice des poils. Je sentais avec bonheur cette fontaine éclose qui rendait la sensation plus lisse, plus épanouie, plus féconde. Alors ma caresse était plus libre et je pouvais à ma guise user des arabesques subtiles. Ma langue ne tardait pas à prendre le relais, jusqu'au chant de Nur. Sa délicieuse extase. Jamais tout à fait acquise, tantôt annoncée par une crispation des tendons, une qualité de souffle plus intense, un renflement, une vibration du ventre soyeux, déjà un doux halètement plus sonore, plus musical, plus mélodieux. Ou intempestive, à contre-temps, au moment même où je m'apprêtais à reprendre ma respiration, sa jouissance éclatait, presque sans moi...

Ma condition de handicapé raccourcit le pèlerinage préliminaire. Nur, elle-même, jugea imprudent que je courbe ma nuque pour faufiler ma langue. C'est elle qui me caressa d'une main fine. Ma minerve la fascinait. Ma passivité mystérieuse. Cette rigidité austère, cette sévérité de Dieu justicier combinées à tant de fragilité... Tout cela déplaçait ses émotions habituelles et en accélérait le cours, l'aiguisait, avec, dois-je l'avouer?, une petite pointe sournoise de sadisme. Juste une tentation. Aussi, elle vint se glisser sur ma verge sans me quitter du regard, comme ventousée à ce spectre, cet homme qu'elle ne reconnaissait plus tout à fait, tant il évitait le mouvement, les embardées. Je crois que c'est mon immobilité fantastique qui l'attisait, lui découvrait un champ inédit de volupté. Quand elle sentit que j'allais jouir, elle souleva son bassin, se retira, remonta le long de mon corps vers ma bouche, et vint très doucement – mais avec toutes les étapes, les précautions de la prudence et les délicatesses tendres – poser les lèvres mouillées de son sexe tout contre ma bouche. Elle ne quittait pas des yeux ma minerve et l'expression de mon visage, voulant éviter à tout prix une torsion douloureuse. Elle frottait son sexe sur ma langue venue à sa rencontre. C'était une sorte d'eucharistie de Lourdes, si j'ose la comparaison. Tant mon corps était paralysé, tant la fontaine miraculeuse qui m'inondait la bouche me vivifiait en secret. Pour un peu, je me serais levé, j'aurais marché, en portant toujours contre moi, dans mes bras soulevés, Nur pressée, telle une écuelle sacrée, contre mes lèvres. Mais, en l'occurrence, je savais bien que pareille prouesse d'athlète, comme on en voyait dans les films, le type faisant le tour de l'appartement, debout, à belles enjambées grandioses, avec l'amante emmanchée sur sa tige... Non, cette cabriole titanesque m'était déconseillée. Tandis que Nur massait avec amour ses laines, ses soies, ses philtres, tous ses secrets... que je sentais les moindres nerfs de son ventre tendus comme des lyres. Alors son chant jaillit, une ode au bon Dieu – « Mon dieu ! » – répétée deux fois... Allah était louangé, remercié, je n'étais pas assez vaniteux pour croire que ce dieu gratifiant, ce fût moi.

Alors, je la dirigeai à mon tour et la plaçai de nouveau sur mon sexe, mais à l'envers, pour relancer mon désir un peu perdu. Je tins les fesses exquises, fermes, écarquillées entre mes mains : deux fruits de la même grappe, gorgés, extraordinairement épanouis, révélés dans leur pulpe, leur obscène fraîcheur. Et je les actionnais, les levais, les propulsais doucement, tel un encensoir pour prolonger l'analogie religieuse, cette forme de prière tendre et paroxystique que fait monter toute étreinte un peu fervente. Il y eut ce moment où il fallut recourir à une goutte du lubrifiant habituel, jamais éloigné de ma main et qui était préférable si le sexe de Nur devenait plus râpeux. Nur faisait beaucoup mieux l'amour quand je lui laissais volontiers jouer le rôle de la cavalière. Mais si les manœuvres s'éternisaient, si je n'en finissais pas de différer le moment de l'extase, alors il valait mieux glisser, autour de mon membre et dans le goulet de son sexe, un doigt de crème luxurieuse.

C'est alors qu'elle se souleva, se recula, prit la racine de ma queue déjà enduite, l'ajusta dans son anus. Ainsi, à l'envers et à califourchon, c'était inédit. Je sentis l'anneau de Nur s'ouvrir très lentement, tester la sensation, la suspendre, l'apprivoiser, puis coulisser tout au long de mes fibres dilatées de plaisir. Le spectacle de ses deux fesses jumelles m'émerveillait, comme goulues, se gorgeant de ma tige ambrée de ses sucs. Ses fins muscles noirs me branlaient, me musquaient. Et avant que je ne cède à mon cri, ô Nur imprévisible !, de ta voix gutturale, cuivrée, mais plus fauve, plus amortie, plus clandestine, ô cavalière, ô pharaonne, ô centauresse du Nil, en ployant vers moi, de côté, torse et profil, ce qui imprimait à tes fesses une protubérance accrue, décalée, comme si elles avaient cessé d'être tiennes pour devenir chevalines, guidées par tes reins plus allongés, plus souples – de ta voix d'orgue, tu murmuras :

– Je te la parfume...

Nur frappa à ma porte avec vivacité. Elle bondit dans mon bureau.

– Balkis vient !

La foudre ! La fiancée de Nur, son mythe… La mariée quasi forcée à ce Bachir imposé par les familles…

– Mais comment a-t-elle fait pour se libérer ?

– Elle a menti, inventé un séjour chez une cousine en Jordanie. Elle a triché. Il s'est fait avoir. Elle lui dira peut-être la vérité plus tard… En tout cas, elle débarque dans deux jours. Deux petits jours.

Nur était radieuse. Exaltée. Magnifiée. Je ne sais quel idéal resplendissait sur son visage. Oui, idéalisé par la passion.

– Et moi, qu'est-ce que je deviens ? Tu lui as parlé de nous ?

– Oui, elle aussi, elle a quelqu'un.

– Donc, vous êtes à égalité !

– Non, elle est mariée, moi pas, moi jamais, c'est la grosse différence.

– Elle a vraiment été obligée ?

– Après le scandale, la découverte de notre liaison… elle est retombée sous la coupe de ses parents. Elle a

152

rencontré Bachir, elle s'est fiancée! Moi, j'ai dû venir en France, sous la pression de ma famille. Mais aussi par dépit. À mes yeux, elle n'avait pas assez résisté. Mais la tension était très forte. On voulait nous séparer complètement, que cet épisode, cet écart soient oubliés. Nous avons pourtant continué de nous téléphoner, de correspondre, par l'intermédiaire de cette amie commune qui recevait mes lettres et envoyait les siennes.

– Elle t'a déjà vraiment parlé de Bachir, de leur relation conjugale... Tu ne m'as jamais dit des choses bien précises à ce propos.

– Cela me blessait...

– Qu'est-ce que tu as découvert?

– Qu'elle s'était un peu facilement accommodée de son mari. Tout en continuant de m'aimer. Elle ne le détestait pas. C'est un militaire, mais sans les défauts de la profession! Plutôt gentil, quoique soupe au lait... Mais elle est très belle Balkis et très nonchalante. Les choses glissent sur elle. Le militaire a sans doute très vite été sous le joug, enveloppé par la douceur de sa femme, son charme, tu sais... un charme très prenant. Une voix si douce, une façon lente et souple de marcher. Elle ne s'énerve jamais, passe beaucoup de temps à sa toilette, à prendre un bain, à se coiffer. Le contraire de moi, de mes manières brusques, de mes colères, de mes passions. De mes ressentiments. Elle n'en veut pas vraiment à ses parents, par exemple. Alors que moi, je n'ai jamais pardonné à mon père d'avoir largué ma mère et d'avoir refusé de s'occuper de moi, sous prétexte que je n'étais qu'une fille. Je t'ai souvent répété sa phrase fameuse, calamiteuse, quand je venais juste d'entrer dans l'adolescence. « Si tu avais été un garçon, je t'aurais gardée auprès de moi. » Le coup était porté. Et dans l'affaire de Balkis, il s'est permis d'intervenir. Il a été bien plus autoritaire que ma mère. Il exigeait que cette liaison s'arrête, lui qui ne me voyait que quatre fois par an! Je me suis rebellée. Mais c'est Balkis qui a flanché, cédé. Tout en persistant à me témoigner son amour. Nous étions très sentimentales, tu sais. Les choses évoluaient justement quand nous avons été surprises, nues, en train d'essayer... Et j'ai été chassée!

– Mais est-ce que vous avez connu, quand même, un peu... le plaisir?

Elle me regarde avec un petit air discret. Elle se tourne vers des images. Elle murmure:

– Je viens de te dire que c'était le prélude, les premières caresses un peu vives.

– Et c'était bien?

Une expression suave envahit son visage.

– Oui, nous nous aimions...

– Tu lui as raconté tout ce qu'on fait...

– Je lui ai seulement dit que j'avais un amant, pour éveiller sa jalousie et pour ne pas être en reste, puisqu'elle était mariée.

– Et elle, est-ce que tu lui as demandé comment cela se passait dans les bras de Bachir?...

La voilà agacée:

– Je lui ai posé des questions détournées. Elle m'a répondu des choses vagues. C'est quelqu'un d'imprécis, Balkis. Elle se garde de ponctuer... Elle est fluide. Elle fuit entre tes doigts... Je ne crois pas qu'elle jouisse tant que cela de Bachir, du sexe de Bachir... Un peu envahissant pour elle, je crois!

– Décidément, vous et les bites!...

Elle me toise avec ironie. Alors, je me ravise, émet cette hypothèse avec une bonhomie feinte :

– Mais si elle est si décontractée, si souple, peut-être que oui, qu'elle jouit de tout... même de sa bite.

Je vois qu'il est préférable de changer de sujet et d'envisager les mesures pratiques :

– Quand elle sera arrivée, je dois m'effacer, disparaître...

Là, elle n'a pas hésité :

– Au début, oui... Il faut que je sache ce qu'elle veut. Ce n'est pas évident.

– Elle ne veut pas quitter Bachir ?

– Comme tu y vas ! Elle ne m'a pas dit cela. Elle désire venir en France, me revoir. Dans ma dernière lettre, j'ai trouvé les mots décisifs, le détail qui a provoqué le déclic... Je crois que je l'ai tentée...

Nur a un regard tourné vers l'intérieur, une plage bien à elle dont je suis exclu. Et j'en ressens l'intime blessure. Ce trait de feu. Mes cervicales ravivées dans le carcan de ma minerve qui me serre et dont je me débarrasse d'un coup...

Ensuite, Nur est partie galoper avec Melody. Et j'ai été jaloux de la jument, de Balkis... de ce royaume auquel je n'avais pas accès. Elle est revenue et elle m'a déclaré qu'elle était prête à reprendre son rôle sous ma dictée.

Elle s'installa devant l'ordinateur. Et j'eus l'impression de la perdre, qu'elle s'en tiendrait dorénavant à cette relation de travail. Balkis ne serait pas jalouse de ce rituel laborieux. Au contraire, elle serait rassurée. Je n'arrivais pas à reprendre le cours du chapitre précédent, la description de la crampe, sa crise, son intronisation... Je sentis qu'il fallait changer d'angle. Et comme pour colmater la douleur évoquée dans mes lignes et celle que je venais d'éprouver en apprenant l'irruption de Balkis, je me mis à songer aux chevaux, oui, aux robes, aux toisons qui sillonnaient le parc. J'entendais le martèlement des sabots. Ce beau bruit multiple et fourmillant, sec et plein, tambourinant, cette enveloppante présence, cette nappe ondulante d'échines, d'odeurs, qui comblaient l'angoisse du manque. C'est cela que je me suis mis à dicter, après avoir quitté la pièce, laissé Nur, pour errer un moment dans l'appartement. Je suis revenu avec la troupe des chevaux, un raz-de-marée ample, voluptueux, cadencé, oui, sensuel et musical. Toutes les proues des poitrails, toutes les crinières de concert, cette phrase opulente, aux riches balancements d'ambre et de bronze, d'or... Cette frise de l'aurore... C'est cela qui me soignait, me pansait... Et je savais qu'une telle évocation ne pouvait que séduire Nur, réveiller l'admiration qu'elle me portait. Nous avions en commun cette émotion des centauresses fauves. La cavalcade des touches nous berçait...

Balkis était arrivée, à l'aube, dans mon sommeil. Et je ne l'avais pas encore vue. Elle n'avait pu s'installer dans la chambre de Nur qui habitait chez une tante à Chatou. Cette dernière connaissait la passion de sa nièce. Loger Balkis l'aurait mise dans une situation délicate vis-à-vis des familles du Caire. Malina ne pouvait pas l'accueillir, car elle partageait déjà un minuscule studio avec une étudiante. Ce n'étaient pas les chambres qui manquaient chez Roland. Nur avait obtenu facilement son accord, prétextant de la venue d'une amie pauvre et qui ne pouvait payer l'hôtel. Roland ne devait rien laisser transpirer, il fallait taire l'arrivée de la visiteuse à ses enfants qui ne manquaient pas de venir le voir, souvent à l'improviste. S'ils surprenaient Balkis, on la ferait passer pour une simple amie de Nur qui se trouvait là pour quelques heures. Roland avait écouté la stratégie de Nur avec son petit sourire amusé qui pouvait se figer selon les jours, flotter, quand il glissait de la réalité au rêve. Il avait acquiescé sans commenter.

Balkis était là. Juste au-dessus de mon appartement. Ma rivale. Et je devais cesser de me manifester devant

Nur, rester discret, distant, m'effacer pour que les deux amantes se retrouvent sur un nuage. Nur m'avait même conseillé d'aller temporairement rejoindre Anny chez Laurence. Pour plus de prudence. Je lui avais promis que, sans déserter tout à fait mon logis, je m'efforcerai d'habiter le plus souvent possible dans la maison, à la lisière de la forêt. Ainsi, Nur me renvoyait dans les bras de mon épouse. Balkis m'avait supplanté d'un coup. Pourtant, je n'avais pas encore déménagé. Chez moi, j'étais plus tranquille pour travailler. Dans la maison de Laurence, Marion voulait toujours jouer, et sa mère aimait beaucoup bavarder avec moi. Je savais qu'Anny serait un peu blessée par mon retour qui ne serait dû qu'à la volonté de Nur. Car je ne pouvais lui cacher la vérité. Elle finissait par deviner à peu près tout. Laurence, de son côté, adorait les confidences et les secrets. Nous avions longuement épilogué sur l'irruption de Balkis et le sort de Bachir, le mari leurré. Laurence excellait dans l'analyse de l'amour. Cette fugue et ce militaire floué excitaient son goût de l'hypothèse, de la spéculation, exaspéraient sa finesse psychologique, ses élucubrations brillantes et fiévreuses. Elle avait une certaine compassion pour Bachir dont je lui avais appris qu'il n'était pas un tyran. L'amour aux yeux de Laurence était toujours pathétique. Elle avait un faible pour les impasses de l'homme, les vicissitudes de la condition masculine, oui, le cas de l'homme, ses blessures. Un mâle assez beau et sensible – ce dernier qualificatif était un de ses favoris –, et abandonné, la remplissait d'un désir d'apostolat, d'une vocation missionnaire. Elle s'identifiait avec fougue à la victime. Ce phallus à la dérive, oriental et menacé, magnifiquement solitaire lui donnait des palpitations. L'aventure qu'elle commençait de nouer avec un type très sensible rencontré sur Internet la disposait à l'écoute amoureuse. Toutes ses fibres étaient éveillées, alarmées au moindre écho de rupture, de fuite, de tragédie du cœur.

Pour le moment, j'étais donc resté chez moi. Par souci de concentration. Pour ruminer seul et travailler dans le silence. Peut-être aussi pour ne pas lâcher prise, ne pas capituler. Troublé plus que torturé encore par la réunion des amantes dont mon sort dépendait. Qu'adviendrait-il de moi quand Balkis repartirait ? L'idylle des deux femmes aurait-elle satisfait, assouvi, tout ce que leur imaginaire avait construit durant la séparation ?

J'avais envie de voir Balkis. J'attendais de cette vue un choc, une révélation, une meilleure compréhension de Nur. Une soudaine ouverture sur sa vie en Égypte, sur la société dont elle sortait. Balkis débarquait du pays que Nur aimait, détestait, adorait, de sa patrie perdue. La terre cruelle de son père, le soldat des vieilles guerres et des défaites, le macho, le matamore qui l'avait reniée. Le pays tendre de sa mère humiliée.

J'attendais. Je guettais les bruits... Nur emmènerait-elle son amante dans sa rituelle promenade avec Roland ? Ou Balkis resterait-elle séquestrée là-haut ? Elle et moi, captifs, du même amour, en somme ! Tout dépendait de la volonté de Balkis, plutôt de ses caprices, de ses élans, de ses langueurs qui pouvaient fléchir l'autorité de Nur.

J'entendis l'ouverture de la porte, des mots sur le palier, l'appel, la montée de l'ascenseur... Je me postai, de profil, le long de ma fenêtre... Peut-être que, au tréfonds, Nur désirait me montrer la beauté de son amante. Que je la vérifie en quelque sorte, et partager ainsi avec moi la même révélation, me happer dans son envoûtement.

À ce moment Malina passa, montée sur Melody, accompagnée de Marc sur son pur-sang, Marduk, à la belle peau noire. Les chevaux avançaient à se toucher. Marc maîtrisait la moindre velléité, foucade de son cheval que Melody fine et vive excitait. Mais la poigne du cavalier le bridait. Sa tête ne cessait de renâcler, de tirailler le mors, de se dresser. Je regardais l'admirable bête comprimée, torturée avec science, tact, et dont le vaisseau entier des muscles saillait, se fuselait, se tordait sous l'emprise.

Alors, le trio apparut. Le héros au bras de Nur. Puis elle... l'amante. Balkis, de l'autre côté. Contre le corps de Nur. Leur couple foudroyant. Sa nécessité visuelle, esthétique, son accord et son disparate. Tant Nur faisait mec, presque jockey, les jambes arquées, roulant un peu des épaules, mais délicate de formes, la chair mince et son visage d'ange coupant et racé. Tant Balkis était élancée, haute, la chevelure noire, bouclée, bouffante, pincée au niveau de la nuque par un peigne, puis déferlant dans le dos. Elle portait un corsage noir, et une longue, étourdissante jupe fleurie sur fond noir. Une flamme, une danse, une fougue douce et joyeuse. Les chevaux s'arrêtèrent. Nur vit Melody fourvoyée, exposée à la luxuriance ténébreuse du pur-sang. Cette promiscuité la heurta. Elle quitta le bras de Roland qui vacilla un peu et dont Balkis saisit, soutint l'épaule avec un instinct sûr. Nur échangea avec Malina quelques paroles sèches dont je ne pouvais distinguer le sens.

160

Elle devait, sans exprimer trop directement son animosité envers Marc et sa monture, adresser un reproche oblique à son amie. Elle s'approcha de Melody, l'inspectant comme si quelque chose clochait que Malina n'avait pas perçu. Elle prit carrément sous son bras la cuisse de la jument, la soulevant, avisant le canon et son tendon, flattant, pinçant, évaluant plus bas le sabot. Je savais que Melody avait une tendance à faire de la corne, ce qui lui donnait des problèmes avec ses fers, certaines contractures passagères ou durables. Nur devait prétexter de cela pour sermonner Malina, l'inviter à se séparer de Marc et de Marduk afin de rejoindre l'écurie et prêter tous les soins nécessaires aux jambes de Melody. Malina ne se fâchait pas, s'étonnait en souriant, regardait Marc qui affichait le même air malicieux. Tandis que Nur jalouse s'affairait autour de Centauresse, lui frottait le museau, lui parlait.

Balkis découvrait la monture chérie de son amante, cette Melody dont elle chantait le charme dans ses lettres, entretenant une ambiguïté suave entre la crinière de sa cavale, son élégance svelte, son lissé et la beauté de sa correspondante. Oui, Nur me l'avait avoué, elle ne s'était pas contentée de la rendre jalouse en évoquant ma présence et mon rôle mais en célébrant aussi sa passion possessive pour Melody, leurs complicités, leurs jeux. Cette pomme dont Nur savait se munir, et qu'elle cachait derrière elle, sous son bras ou son aisselle, afin d'attiser la gourmandise de Melody dont le museau fouinait le long du corps de sa maîtresse. Les dents géantes surgissaient – je les trouvais un peu disgracieuses –, elles parvenaient à dénicher, à croquer des morceaux du fruit qui souillaient les énormes, les horribles gencives. Des bribes mastiquées, en hâte, ressortaient, tel un cidre, bizarrement par les naseaux gloutons. Mais Balkis n'avait qu'une version épurée, ludique de la scène. Et, d'après ce que j'avais pu comprendre, à mes dépens, l'amante paraissait souvent plus troublée, frustrée, par la concurrence de la jument féline et fureteuse que par l'écueil du romancier. Ce qui suggérait à quel point Nur trouvait des formules plus capiteuses, plus subtiles, plus retorses, plus passionnées pour parler de Melody que pour dépeindre ses sentiments à mon égard.

Balkis quitta le bras de Roland qui se cala contre le tronc d'un acacia pour mieux jouir du spectacle des chevaux. La jeune femme rejoignit Nur. Elle hésitait, contemplait la robe brûlante de Centauresse, tendait une main un peu tremblante vers les flancs parfumés et osait enfin tapoter, caresser les crins, de ses doigts effilés dont on voyait les ongles très longs d'un pourpre précieux. Jamais Nur n'aurait passé tout ce temps à les tailler, à les polir et les rougir.

Quel caprice soudain s'empara de Balkis, la novice ? Mais son geste signifiait bien son désir d'être hissée sur le dos de Melody. Cette judicieuse impulsion parut à Nur tout à fait incontournable. Elle en oublia le problème de sabot de sa jument. Malina céda de bonne grâce sa place à l'amante. Nur indiquait à Balkis la position adéquate, saisissait déjà le pied gauche qui dépassait de la longue jupe de gitane pour l'orienter, le placer dans l'étrier. Mais la jupe entravait l'initiée. Monter en amazone n'était pas une solution facile. Il fallait renoncer. Balkis, alors, retroussa d'un grand coup sa parure, la froissant, la bouchonnant entre ses cuisses telle quelque culotte bouffante de zouave ou de garde suisse, devant Nur effarée, bouche bée, partagée entre un effroi de pudeur et l'émerveillement. Tant Balkis pouvait tout se permettre, sans déchoir, oser l'acrobatie brouillonne dont ses cuisses longues et nues dépassaient, tandis qu'elle continuait de mieux fourrer le tissu miroitant entre ventre et selle, pour endiguer le ruissellement. Nur la stabilisait sur la jument, lui mettait les rênes dans les mains, lui montrait comment les tenir. Melody ne bougeait pas, ne s'énervait pas. Avait-elle humé, senti la connivence secrète qui reliait les deux femmes, l'odeur de sa maîtresse imprégnant le corps de l'inconnue qui, du coup, cessait de l'être ? Nur et Balkis avaient-elles donc déjà mêlé étroitement leurs effluves ? Maintenant, Melody Centauresse avançait guidée par la main de Nur accrochée à son licol. Et Balkis se balançait doucement, telle une nouvelle reine capricieuse et bohème, intronisée, consacrée, couronnée de sa chevelure aussi noire que la crinière de Marduk. Avec ces rubans de jupe qui frangeaient la chair blanche de ses cuisses. Je surpris le geste rapide de Nur. Elle tenait toujours d'une main le cheval et veillait de l'autre à l'assiette de Balkis. Mais cette main plus libre glissa et se posa, un instant, sur la cuisse nue de l'amante, pour mieux l'accompagner. La jupe déborda d'un coup en cascade. Nur et Balkis s'esclaffèrent. La main, ainsi voilée, palpait, pétrissait, peut-être, avec une ardeur vorace et furtive la chair de la bien-aimée… Le triangle des deux femmes et de la jument me subjuguait par son effet de redondance somptueuse, de surenchère de beauté souple, hybride, animale, à laquelle Balkis ajoutait un supplément de féminité plus indubitable. J'étais ébloui, transi et, en même temps, exclu, exécuté. Ravalé au rang d'écrivain inapte, inélégant, voué au remâchement de ses signes abstraits, en proie aux crampes, à ses délires... L'inverse de ce cortège dont jaillissaient des rires légers, des gloussements de surprise et de volupté. Comme si Nur allait définitivement partir, me quitter, conduisant la jument et son amante, son trésor au complet, vers un paradis caché, quelle écurie merveilleuse, aux lisières de la forêt, dans ce royaume de songe où Mélissa, la démente, imaginait que Noir Titus avait survécu, tenace, meurtrier, immortel. Cette autre face du monde où évoluait une espèce différente de la nôtre et dont les écuries déglinguées, évoquées par Mélissa, hantées par des lads équivoques et sauvages, étaient la frontière. Alors Marc se pencha vers Malina, l'attrapa d'un bras énergique. Elle se laissa soulever, enlever telle une fille de Leucippé, calée devant son amant, plus près de l'encolure du cheval noir qui, cravaché d'un coup leste et désinvolte, partit au petit trot. Je les contemplai, secoués au même rythme haché, énergique, répétitif, la femme et sa croupe serrées entre les cuisses de l'homme qui semblait l'étreindre par derrière, dans un rut lascif, réjoui, sur la rutilance du cheval noir.

En effet, ils partaient, tous m'abandonnaient... Et je vis surgir d'entre les arbres, dans le tournant de l'avenue, « l'homme qui marche ». L'homme moribond et pugnace. Il marchait toujours en levant les jambes, en les poussant en avant avec lenteur. Les bras le long du corps. Intraitable et fragile, calme, doux, acharné, armé de son pâle sourire d'excuse. Il coupait le chemin des chevaux, s'arrêta. Les cavaliers freinèrent leurs montures. Il y eut ce moment suspendu, comme si des mots s'échangeaient entre le marcheur qui avait levé son visage éclairé d'admiration et la troupe en fuite. Ils allaient donc tous disparaître, passer de l'autre côté, vers le versant de la grande chimère, vers l'ailleurs.

Laurence m'avait révélé, en effet, que l'homme malade arpentait beaucoup les lisières où les prostituées le regardaient passer avec un sourire gentil qu'il leur rendait. Lui qui veillait à n'échanger aucun signe, le visage toujours absorbé, dans une hypnose vigilante, laborieuse. Souvent, il longeait les écuries délabrées où il croisait Mélissa... C'était la lisière de l'autre monde. Le royaume de Titus et des lads fous.

M'apparut, tout à coup, cette brèche dans l'espace et le temps, oui, ce surnaturel passage à quoi l'homme rêve depuis que sa pensée lui découvre l'éphémère et la mort. Ils allaient tous s'engouffrer par là, s'évanouir à jamais.

Et je voyais la mer, une mer bleue agitant les crinières de ses vagues. Comme dans une vision de Pablo Picasso, dans une de ses fantastiques noces. Nur chevauchait Noir Titus et Balkis montait Melody. Marc menait Marduk et Malina enserrait de ses cuisses une jeune jument blonde, inconnue. Le quatuor galopait à la rencontre des centaures... Les monstres voltigeaient, érigeant leurs poitrines plates ou gonflées de mamelons, remuant leurs croupes rondes, piaffant, répandant leur musc. Ils tournoyaient autour des deux amantes, cabraient leurs sabots dans les airs, déployaient le panache de leurs queues, exhibaient leurs sexes mâles ou femelles. Des monstres à l'aune de l'Éden, de toutes les ressources étincelantes de la Genèse. Le sang battait

165

sous leur peau, rué dans leurs veines, du même bleu vif que la mer. Car tout baignait dans cet azur intense, infusé de soleil. Les centaures et les centauresses jouaient avec les amantes et leurs montures séparées. Leurs têtes les poussaient à se joindre plus complètement, à se souder, à imiter la merveilleuse fusion que, de leur côté, ils incarnaient, d'une seule coulée cambrée. Ils humaient ces chairs désunies, orphelines... Leurs haleines submergeaient les robes et les peaux, les bouches et les naseaux. On aurait dit que cette écume et cette fumée de faune agissaient tel un levain et maçonnaient les disparités. Marc, les amantes et leurs montures roulaient au sol, s'amalgamaient dans des éclaboussées de rire, de sable et de sel. Nur et Noir Titus ne formaient plus qu'une seule masse souple et sauvage tandis que s'étaient unis les galbes plus fins, plus dorés, de Balkis et de Melody. Marc et Marduk dressaient un bloc lisse, noir, continu. Malina faisait corps avec sa jument claire et charnue. Les centaures les relevaient de leur front. Ils finissaient par se frotter aux flancs de ces nouveaux êtres qui leur ressemblaient.

Tous ensemble, désormais, ils piaffaient de plus belle et fonçaient dans l'air bleu. L'azur s'écarquillait autour des coursiers.

On ne pouvait plus distinguer les croupes et les crinières des amantes, de Marc et des monstres. Ils dansaient dans un tohu-bohu de vagues et de soleil. Le charivari du souverain bonheur. Allègres, les torses, les seins, les bosselures des poitrails, les longues échines, les flancs huilés, les toisons des cuisses se fondaient en une crépitante houle. Dans la nuée océanique et solaire

on n'aurait su dire quel centaure saillait sa centauresse... Était-ce Nur-Titus entre les reins de Melody-
Balkis ? En effet, le torse de cette dernière se haussait
et son visage, coupé de ses magnifiques cheveux, se
retournait complaisamment vers le membre de son
amante avide, à laquelle elle offrait le royaume de ses
formes chevalines, de ses rondeurs béantes.

Marc-Marduk, dans une convulsion noire, se fourrait
au fond de la fente ruisselante de Malina jumelée aux
fesses de sa jument blonde.

Partout les épaules, les jambes, les sabots, les membres
gonflés de veines bleues et les vulves s'épousaient dans
la transe où chaviraient les visages des créatures aux crinières heureuses.

Et tout là-bas, l'homme marchait toujours, le long de
la ligne bleue, presque blonde, de la mer et des sables.
Il levait enfin le visage vers le ciel. On sentait qu'il respirait tout son saoul, qu'il était insufflé, irrigué, qu'il ne
marchait plus contre la mort, que chacun de ses pas
n'était plus un effort, un combat, mais une enjambée
vive fouettée par l'azur, mordillée par toutes les gueules
gaies des chevaux de la mer...

Le soir venu, Nur et Balkis rentrent de leur promenade, elles attendent Tara. Je les entends sur le balcon. J'ai ouvert ma fenêtre, je suis juste en dessous. Le héros, excité peut-être par la visiteuse, sentant une émotion extraordinaire remuer les deux femmes, en profite pour se livrer à son caprice somptueux. Car la nuit vient. Les étoiles fleurissent dans la profondeur du ciel. Il se dénude, il veut prendre un bain de galaxies. Nur proteste. Certes, il n'y a plus de passants, en face, le long de l'avenue, de l'autre côté du jardin. Mais Balkis est présente, cette exhibition un peu prompte peut la choquer. Le colonel n'en démord pas. Son rire fuse, il répète le beau nom de Balkis... il le chantonne, il est en forme. Il dit que c'est un nom de championne du Derby d'Epsom. Il s'extasie devant la splendeur du ciel qui fourmille d'astres vifs. Il prétend que les deux femmes devraient l'imiter, qu'un bain de lune irrigue les veines et que du fond du cosmos descendent des ondes miraculeuses qui régénèrent les créatures, les métamorphosent. Jamais je ne l'ai entendu tenir un tel discours ésotérique. Il s'amuse. Jadis je l'ai connu ainsi, mélancolique et facétieux, après son retour de l'Inde. Il doit

168

être tout nu devant les deux femmes qui le laissent rêver sur le balcon, puis reviennent le chercher. Je sais qu'il cède à cette grande douceur des corps qu'il sent contre lui. Il a beaucoup aimé. Il retrouve le parfum, les mots tendres. Tara vient d'arriver. Il aidera le héros à se coucher, il attendra dans sa chambre, car Roland a peur du sommeil. Du cauchemar qui l'assaille encore, le propulse hors de son lit, le précipite à sa fenêtre où il appelle : quel nom ? Quel cri ?

Tara a vu Balkis. Il n'a sans doute fait aucun commentaire. Silencieux, calme. Balkis a regardé l'homme suave. Il se taira. Les amantes sont livrées à elles-mêmes. Je suis leurs pas au-dessus de moi. Les couloirs, le salon. On dirait qu'elles vagabondent et fuient peut-être ce moment tant désiré, intimidant... L'une d'elles va aux toilettes. Dans le silence, j'entends tinter son jet. Et j'imagine la beauté accroupie, ouverte à cette volupté fluide.

Elles se parlent, au-dessus de ma tête, pas très loin de la fenêtre ouverte. Elles rient. Le héros dort et Tara a rejoint sa propre chambre. J'ai reconnu son pas, j'ai entendu sa porte. Elles sont seules, elles se regardent. Nur a-t-elle retrouvé complètement son amante ? Vont-elles oser renouer l'étreinte interrompue par l'irruption du père de Balkis ? Nur, pour la première fois, s'inclinait vers le ventre nu et offert. Sa langue hésitait, tremblait un peu vers les lèvres du sexe de sa bien-aimée. Puis l'éclat, le fracas, le scandale. Leur désir vandalisé. Elles ont désormais tout le loisir de recommencer. Ce que Nur a reçu, appris de ma bouche et du périple de mes longs baisers, elle peut le rendre à Balkis émerveillée, elle va l'initier et la guider, à son tour, vers son pubis noir de désir. Déjà, je vois leurs langues se chevaucher, glisser entre leurs cuisses ouvertes. Cette vision m'excite et me fait mal. Car je suis exclu de leur amour. Nur a perdu toute mémoire de moi. Je n'ai été qu'un intercesseur, un déclencheur, un déclic oubliés. Un pis-aller et un expédient technique. Je préfère sortir dans la nuit.

C'est son heure. Depuis quelque temps, elle se promène plus tard, quand le crépuscule est bien clos. Est-ce dû à la liaison de son mari avec Malina ? Connaît-elle cette nouvelle passion de Marc ? Le pavillon est enfoui au fond du jardin derrière une rangée d'arbres et des bosquets taillés. Une petite porte permet d'entrer et de sortir sans se faire remarquer. Est-elle une femme jalouse qui guette et traque les rivales renouvelées ? Je ne le crois pas. Elle doit sentir, savoir les choses sans les scruter dans l'humiliation et la colère. C'est une vieille douleur, comme une rumeur. Peut-être qu'elle n'aime plus Marc, c'est même probable. J'imagine assez cela. Elle ne le regarde plus. Elle le dédaigne en souriant, courtoise. Elle est triste depuis l'adolescence. Cette tristesse, Marc n'a fait que l'ancrer, la confirmer, la justifier.

Oui, je veux croiser dans le noir la bourgeoise de Duras sur son cheval pâle. J'avance dans l'allée. Je l'attends. Elle approche au pas de sa jument que je reconnais de très loin. Un claquement de sabot un peu neutre. Le même rythme régulier, un peu lugubre. Je vois le fantôme du cheval émerger des arbres sombres. Elle vient. Elle arrive vers moi. Elle me voit soudain

170

avec un petit sursaut, elle me dit un bonjour poli, selon les usages des cavaliers, toujours aimables avec ceux qu'ils croisent, comme s'ils voulaient ne pas déranger, effacer leur air hautain, là-haut, sur le cheval royal. Gommer l'effet de leur caste par un salut démocratique propre à désarmer le piéton banal.

Dans le halo d'un lampadaire proche, je contemple son visage d'une beauté froide et triste. Je pourrais aimer cette femme. L'adorer d'une passion plus émouvante que celle qui me lie à Nur. Mais croirait-elle à cet amour… Elle s'éloigne, elle n'a pas peur des ténèbres, elle remontera le long des lisières, vers la forêt où nulle prostituée ne veille à cette heure. J'ignore combien de temps dure sa promenade solitaire, car elle ne revient pas par le même chemin.

Je suis resté dans l'allée latérale, masqué par un tronc d'arbre. J'attends, j'aimerais réveiller Roland et qu'il me parle de l'Inde. Tara en sait-il davantage ? Sur Titus, son crime et sa mort. Sur le mari de Mélissa. Sur la noirceur. Sur l'amour. Je devine que Roland, là-bas, a vécu une passion irrémédiable. Il en est revenu vaincu. Avec son ami Jeff qui semblait le porter, l'empêcher de sombrer. J'étais plus jeune alors, pris par ma propre vie. Et je n'ai pas su vraiment voir…

Ce sont elles… Elles se glissent sur le balcon. Penchées dans l'immense nuit des constellations. Elles chuchotent. Elles restent longtemps l'une contre l'autre sans se toucher. Il me semble qu'elles se prennent la main, que Nur, plus petite, s'incline pour baiser l'éclat blanc des doigts de Balkis. Le clair de lune les révèle. Je distingue leurs visages. Je sais, je sens qu'elles vont s'embrasser. Et cela me blesse. Autant la scène imagi-

171

née de leur baiser sexuel peut secrètement m'attiser, autant je vais souffrir de leur baiser d'amour. Il faut que je parte. C'est trop tard, leurs deux silhouettes se courbent légèrement, se cherchent, se trouvent. Et leurs lèvres sont à l'œuvre, à l'extase... Elles s'aiment. Leurs mains remontent vers leurs visages mutuels comme dans une oraison. Une caresse d'adoration. Et la douleur de mon cou, de mon bras irradie soudain dans ma main, en une fleur de nerfs.

L'idylle dura cinq jours. Mais cinq jours de joie brute peuvent justifier une vie, réparer par leur éclat la monotonie et les amertumes du temps.

Je me suis réfugié dans la maison de Laurence. Anny a glissé un regard vers moi. Elle fuit cet homme battu qui revient comme un chien lâche. Elle n'a pas pitié de lui. Ce serait trancher davantage dans sa propre chair. Je crains qu'elle ne l'aime plus, qu'un autre ait pris sa place tout doucement. Mais dont elle ne parle jamais. Toujours secrète. Sa vie. À son rythme. Dans son halo. Un cercle intime toujours se dessine autour d'Anny. Très tôt, elle s'y est retranchée contre moi, mes épanchements, mes outrances, mes élans coupés de passions infidèles. Parfois je surprends un élément du cercle, une chose tue, une personne qu'elle rencontre sans jamais me l'avoir dit. Tout un monde que je pressens, que je découvre et qui me fait l'aimer comme une inconnue.

Heureusement, il y a Marion, ses jeux, son harcèlement continuel. Il faut aller voir le cygne! Nous avons

accumulé des miettes de pain. Marion veut qu'Anny
nous accompagne. Ma femme sourit avec une expression de douceur et de retrait qui m'émeut toujours chez
elle. Un air presque timide quand elle est tentée, séduite.
Marion insiste, tyrannique, accourt vers elle, s'agrippe,
supplie. Anny cède à l'enfant. Et nous lançons au cygne
des morceaux de pain qu'il happe avec avidité. Soudain,
Marion se baisse, ramasse, en un éclair, une poignée de
cailloux et la voilà qui en bombarde le grand cygne tout
hérissé qui déguerpit. On n'a pas eu le temps de s'inter-
poser. Marion reste bouche bée. Elle a vaincu le cygne.
Elle n'en revient pas. Anny la tance, la secoue doucement :

– Mais ce n'est pas gentil, tu lui as fait du mal !

– C'est lui, le méchant, il m'a mordu !

– Mais c'est vieux cela, c'est pardonné.

– Pas pardonné !

– Il ne faut jamais recommencer, Marion, c'est brutal. Tu l'attires avec tes miettes et tu le frappes !

– C'était une ruse...

Elle adore le mot « ruse » qu'elle vient de découvrir.
Elle jouit de la sonorité sournoise, tel le museau du
renard.

– Je lui ai fait moins mal que les dents du renard
quand il l'attrapera !

– Mais pourquoi tiens-tu absolument à ce que le
renard le dévore ?

– Il faut bien qu'il mange. Il a faim, c'est la vie...

Anny ne peut empêcher nos regards d'échanger un
sourire. Marion est la petite fille que nous n'avons
jamais eue, que nous n'avons jamais eu le courage de
concevoir, que la vie nous a empêchés d'avoir, les cir-

constances, les retards, les peurs, mes écarts, un certain penchant d'Anny à la tranquillité, au silence, la crainte de la douleur… Anny, quand une blessure ouvrait sa chair, s'évanouissait d'un coup et mettait beaucoup de temps à revenir. Rigide, l'œil blanc, c'était terrible… On adorait les enfants. Fascinés, on avait observé, contemplé nos nièces et nos neveux et maintenant leurs propres enfants. On évoquait encore leurs phrases, leurs formules les plus drôles. Les vocables déformés qu'on leur faisait répéter exprès comme pour les croquer dans leur bouche, sous nos baisers.

Le soir, Marion me demanda de guetter le renard si je me réveillais dans la nuit et de la prévenir si je l'apercevais. Je lui expliquai que j'étais fatigué, qu'il fallait qu'elle dorme.

Pourtant, je me suis relevé pour pisser et j'ai quand même jeté un œil dans le jardin au cas où le renard serait apparu. Il n'y avait rien. Le cygne dormait dans sa cabane. Une impulsion m'est venue. C'était encore tôt dans la nuit. Je suis allé frapper à la porte d'Anny. Je l'ai appelée tout bas. Elle a attendu, hésité. Je suis entré, sa porte n'était pas fermée.

– Qu'est-ce que tu veux ?…

Le ton était las. Peu disposé aux conciliabules. Je suis venu m'allonger auprès d'elle sur le lit. Elle a rouspété. Elle voulait dormir. J'ai attendu. Je me suis tu. Je savais qu'elle pouvait très bien sombrer de nouveau dans le sommeil. Elle était alors engloutie d'un coup. Oubliant les malheurs. Abolie, respirant lentement et fort. J'ai-

174

mais la regarder dormir. C'est là qu'elle m'émouvait le plus, que je me sentais le plus coupable. Qu'elle était désarmée et mystérieuse. Je me demandais ce qu'elle taisait dans ce sommeil, ce qu'elle pouvait encore penser, attendre de nous, de moi. De cette vie qui montait lentement en elle, la renflouait, lui permettait de récupérer, d'effacer les souvenirs violents. Mais cette nuit, elle ne s'était pas rendormie. Elle gardait ses yeux grands ouverts. Et je connaissais sans avoir besoin de le voir ce regard grave, son visage creusé. C'est elle qui parla :

– Tu vois dans quel état on est... C'est une catastrophe.

Je sentais que ses larmes ou les miennes coulaient en silence. Le monde était moche. Nous aurions pu, nous, limiter le mal. Rien que nous deux. C'était facile. Mais cela s'était révélé impossible. Et Nur et mon désir de Nur... Anny n'avait jamais compris qu'un désir, aussi fort soit-il, puisse ainsi me pousser à partir, à la quitter, comme cela, comme si elle n'existait plus. J'avais beau lui dire que je serais bientôt de retour, c'était pire. Je l'humiliais. Mais je partais. J'allais vivre et revivre encore ce moment de deuil. Une scène de solitude où je redevenais orphelin. Je savais à quel épisode de mon enfance se rapportait ce sentiment de déréliction.

Je revenais de l'école, j'avais sept ans. Ma mère m'attendait. Assise dans un fauteuil, elle tenait une lettre à la main. Elle me révéla que c'était une lettre envoyée par une femme à mon père. Que mon père la trompait, qu'il ne nous aimait plus. Qu'il ne fallait pas l'embrasser quand je le verrais... Et je le vis, je continuai mon chemin en proie à une douleur que je ne saurais qualifier. Les yeux de mon père étaient tout renfoncés sous

175

les arcades sourcilières. Il me regardait de ce fond noir d'angoisse. Remords et peine, je ne sais, mais il n'osa pas s'approcher de moi pour m'expliquer. L'après-midi, ma mère, moi et une de mes sœurs, nous sommes allés à la plage. Dans cet estuaire de la Manche baigné d'eaux grises, enlisé dans la vase, avec son littoral de galets comme des crânes. Je fus envahi par un sentiment de vide immense, de mort du monde. Le monde était mort. La mer était morte. Ma mère grise, oui, inaccessible. Elle ne nous regardait pas. Nous étions les déchets de l'amour. Des orphelins sans nom. Mon père aussi était mort, le héros des chasses de mon enfance dans la campagne enneigée. Il venait me réveiller, dès l'aube, quand il n'y avait pas d'école et que par miracle il avait neigé. Alors, d'un geste théâtral, il tirait mon rideau, ouvrait grand ma fenêtre sur l'air glacé, avec un sourire de triomphe, comme si c'était lui qui avait engendré la neige dont je sentais la blanche réverbération sur mes draps, dans la chambre transfigurée. Mon père qui avait le sens du mystère du monde, de son secret, qui savait mimer la course des animaux sauvages et m'en parlait comme de personnages fabuleux. Je lui devais toutes mes croyances. Ma ferveur des choses. Oui, le monde était habité, gorgé de sens, de féerie. Dense et plein. Frémissant. Puisque tant d'animaux étaient à l'écoute dans la forêt profonde.

J'avais perdu mon père. Ma mère n'était plus qu'une femme gommée, mal aimée. L'amour de mon père s'était détourné de nous, vers quelque ailleurs qui nous détruisait. Et, je l'ai déjà expliqué, c'est paradoxalement sur cette zone du désir dont nous étions bannis qu'intérieurement, lentement, au cours du temps, après mon mariage, je me suis mis à orienter, moi-même, mon regard. Puisque toute image du foyer avait été primordialement dévaluée, dévitalisée. Et que c'était en le fuyant qu'on retrouvait peut-être l'objet, la figure inconnue du désir. Un nouveau sens du mystère, une nouvelle neige.

Anny connaissait mon histoire, mais ne pouvait accepter d'en être la victime. Elle savait quel rôle jouait aussi la curiosité de mes désirs singuliers, de mes convoitises, de mes obsessions. Tout ne pouvait s'expliquer par cette scène de deuil sur la plage désertée. J'avais dans le sang le goût de la chair, la soif de regarder la beauté, d'être saisi par elle. Mes visions s'incrustaient, me tenaillaient. Le moindre contour de Nur, la nervure noire qui creusait son derrière rond et doux, la noirceur brillante de son fin pubis. Sa fourche béante. Tout, tout le temps, la vision, la secousse des femmes. Cet éclair, ce flash... Ma fenêtre s'ouvrait brusquement, un souffle doré montait de la terre et les femmes apparaissaient, de toutes les races, comme à cette station Châtelet-Les Halles qui était pour moi un carrefour magnétique, le théâtre des corps surnaturels, dont je débusquais immédiatement le relief, le détail poignant, oui, lancinant. Les grandes enjambées des mulâtresses bottées, le déhanchement exquis d'une fille solitaire, le déjeté de la croupe, sa nonchalance. La fermeture Éclair aux crissantes petites dents argentées dont les lèvres, bombées dessous, paraissent cousues sur leur secret... L'écarquillement blond, doux de l'aine, à la bordure du tendon, sur tel placard publicitaire de femme en slip de bain. Alors s'élevait en moi ce chant, comme dans l'hallucination des centaures et des centauresses.

La merveille recommençait. Il neigeait des flocons de feu sur la chair dévoilée.

Je pris la main d'Anny qui résista, la retira. J'attendis que le sommeil finisse par la happer et quand son souffle fut plus régulier, je m'emparai de nouveau, très doucement, de cette main de l'amour perdu. Alors, d'une voix embrouillée, elle protestait, elle balbutiait : « Tu sais, je ne dors pas... » Et la voix enrouée, noyée dans les songes, soufflait : « Je ne te comprends pas, t'es fou !... »

J'étais en train d'écrire une lettre à ma mère. Dès le lever. Alors, normalement, ma crampe était moins sévère. Mais l'angoisse rôdait depuis que je m'étais réveillé. Mal. En proie à des idées noires. Une difficulté à sortir de mon lit. Des bouffées de souvenirs tristes. Une idée de mort. Un défaut d'envie, de désir. Pourquoi continuer dans les mêmes divisions misérables, la répétition, le marasme ? Si bien que la relative détente du matin n'agit pas. La crampe était armée jusqu'aux dents, prête à me tordre la main. En forme, elle ! Intacte et tenace, pugnace. La main de l'enfer. Mes premières phrases tremblèrent. Je ratai des mots que je devais reprendre en m'appliquant, en serrant les mâchoires, ce qui ne faisait qu'accélérer la débâcle. Je me rabattis donc sur un expédient que j'avais bricolé à la longue. Une espèce d'écriture de gaucher – mais toujours de la main droite – qui me permettait de contourner en partie ma crispation. La main basculait, tournait davantage la paume vers l'intérieur, ainsi je n'avais pas à serrer mes doigts et surtout j'évitais la pression du pouce qui restait relâché. Cela me donnait des allures de crabe. Je procédais par étapes très courtes, trois lettres

179

suivies d'une pause, puis de nouveau le même trio laborieux, juste avant que mon stylo ne dérape.

Laurence, qui s'était rapprochée, vit le manège, ma
lenteur, mes mots tracés bizarrement, mon écriture
méconnaissable. Elle s'élança et répéta le conseil qu'elle
m'avait déjà donné, une fois, d'aller voir un type extraordinaire qui obtenait des guérisons miraculeuses,
grâce à une technique dont il avait le secret... Mais tout
le monde se réclamait, ainsi, qui, d'un ostéopathe de
génie, d'un kiné mirifique, d'un magnétiseur, d'un spécialiste de la thérapie faciale ou d'un réflexologue
adepte de l'innervation subtile de la plante des pieds...
J'avais déjà fait les frais de deux ou trois champions de
cet acabit et devenais de plus en plus sceptique. Laurence insistait, implorait, dans un élan de tendresse
adorable. Elle avait eu, la veille, une conversation avec
un ami psy, sculpteur et amateur d'arts martiaux qui,
justement, avait recours au faiseur de miracles, quand
sa sciatique sévissait.

– Je te le jure, ce type va te sauver !

Le mot « sauver » m'aurait presque fait rêver. Mais il
me paraissait bien définitif.

Laurence avait posé doucement la main sur mon
épaule et me pressait :

– N'attends plus, téléphone tout de suite à mon ami
psy, il va te convaincre !

Je fis le numéro qu'elle m'indiqua. Le psy connaissait
mes symptômes, Laurence lui avait tout expliqué. Il me
brossa un portrait impressionnant de son thérapeute.
Oui, le mec l'avait sauvé. Il ne pouvait plus marcher ni
sculpter ni pratiquer la lutte. Grabataire ou quasi ! Et
en Ardèche – certes, ce n'était pas tout près –, il avait

180

rencontré son homme, un vieil homme, peut-être plus de quatre-vingts ans, mais justement ! de l'expérience, une méthode bien à lui, longuement mûrie, méditée, d'une redoutable efficacité. Du coup, tous les lutteurs, les comparses en arts martiaux du psy faisaient le pèlerinage ardéchois dès qu'ils avaient un problème. C'était un as, un caractère, une sorte d'autodidacte inédit, un magicien !

Sur ma lancée, je téléphonai au vieillard providentiel. Le psy lui avait déjà fait part de mon cas, de ma résistance aux habituels traitements. Mais le médecin ne pouvait pas s'avancer sans m'examiner. Tout dépendait de ce qu'il découvrirait. Alors il pourrait agir ou pas. Tel était le suspense. Les vacances de la Toussaint arrivaient. Je me jetai à l'eau et lui proposai de lui rendre visite. Je prendrai le train jusqu'à Montélimar puis je louerai une voiture. Il me précisa qu'il me faudrait rester cinq à six jours dans la région. Le traitement exigeait un certain laps de temps. J'acceptai, je descendrai à l'hôtel, ce seraient des espèces de vacances. Alors, il entonna un hymne à la splendeur sauvage de son pays. Il était installé en pleine nature, pas loin de Ruoms. Au lieu-dit des Trois-Pierres. Le seul voyage valait la peine ! Ces Trois-Pierres m'attiraient tel un carrefour de pistes indiennes !

Laurence ramena Marion de l'école avec une expression de dépit, de désarroi, de désolation. Qu'était-il donc arrivé encore ?

– C'est affreux ! me souffla la mère, en m'entraînant

au fond du jardin. Après la classe, l'institutrice de Marion m'a abordée avec un air embarrassé et mystérieux. À la question qu'elle a posée aux enfants : « Qu'aimeriez-vous faire plus tard ? », Marion a répondu crânement : « Prostituée ! » Aussitôt, un petit garçon a ricané et lancé : « Elle veut être putain ! » Et Marion l'a corrigé en soulignant : « Non, je veux être prostituée ! » Alors, l'institutrice lui a expliqué que ce n'était pas bien, que c'était triste, que cela faisait du mal, qu'on n'était plus libre, qu'on subissait les mauvais traitements d'hommes méchants... Enfin, elle a tenté de faire son métier ! Mais Marion, bizarrement, au lieu d'écouter sa maîtresse qui avait pris le ton le plus grave, s'est acharnée : « Plus tard, je serai prostituée, dans les forêts ! »

Je souris et déclarai à Laurence que c'était un caprice d'enfant... Laurence ne l'entendait pas de cette oreille. Que Marion fasse l'intéressante en jouant sur ce mot prouvait qu'on n'avait pas su lui démontrer à quel point un tel métier était sinistre.

– Alors, tu sais, j'ai pris mon courage à deux mains et je lui ai dit la vérité terrible... Mais elle s'est rebiffée, elle m'a lancé que les filles de la forêt souriaient, avaient l'air heureux, et moi d'insister sur la comédie qu'elles étaient obligées de jouer. Et quand j'ai fini par lui demander de me promettre de ne plus annoncer qu'elle ferait le métier de prostituée, au lieu de venir dans mes bras, de me donner raison, de reconnaître qu'elle s'était trompée, elle s'est tue ! Elle s'est barricadée dans son silence, avec un petit air sournois. C'était affreux ! Je ne comprenais pas ! Je l'ai secouée. Elle voyait bien que j'en étais malade. Pourtant, elle persistait dans son silence buté, oui, sournois... Marion ! Ma petite Marion !

J'essayai encore de rassurer Laurence, la petite fille se vengeait ainsi du divorce de ses parents, de quelque chose comme cela.

– Oui, il y a eu dans sa tête une confusion à propos de l'amour, justement, sur ses parents qui ne s'aiment plus… et j'ignore comment, de fil en aiguille, elle en est venue aux prostituées. Et son père qui, dans ces cas-là, se défile ! Il ne lui expliquera rien. Il sourira comme toi ! Il haussera les épaules, c'est monstrueux !

– J'ai souri pour te rassurer. Marion l'a fait exprès pour nous embêter. Tu lui as dit la vérité précise. Je crois qu'elle a compris, tu sais ! Et que son air sournois était encore une petite résistance pour ne pas perdre la face, pour t'éprouver… peut-être pour en apprendre plus sur nous tous, sur l'amour…

Le soir, nous nous sommes promenés dans les allées du parc. Anny nous accompagnait. Nous sommes tombés sur Marc et Malina, Marduk et Melody. Ils se rendaient à la carrière. Marion voulait les suivre, à tout prix, et voir les chevaux sauter. Mais Nur risquait de survenir avec Balkis. J'interrogeai Malina qui m'affirma que les deux jeunes femmes étaient parties pour toute la journée à Paris. Elles devaient y dîner... J'imaginai leur tête-à-tête sentimental dans un joli restaurant intime. J'eus la brutale nostalgie de nos dîners d'amoureux, à Anny et moi... Et c'est à cela que je pensais en rejoignant la carrière au pas des chevaux. Nous fréquentions toujours le même restaurant, boulevard Montparnasse. Il était tenu par un vieux monsieur et deux dames du même âge, tous trois très sérieux, lents et affairés. Les lieux n'offraient aucun charme particulier, sinon peut-être que ces trois vieillards nous rassuraient. Leur rythme, leur accord. On se sentait bien. Anny mangeait des escargots et une glace et moi du colin à la mayonnaise. Parfois, nous allions déguster un couscous au Quartier latin. Nous rentrions bien vite faire l'amour. Il n'y avait pas un nuage. Je n'imaginais pas un jour désirer d'autres femmes. Le monde était tout clair. Nous étions encore étudiants. L'angoisse éclata juste après notre mariage, quand nous nous sommes installés dans un petit appartement pour y vivre quotidiennement ensemble. La peur me dévora. Oui, cette épouvante du foyer. Ce vertige. Ce sentiment de deuil que j'ai déjà évoqué... soudain, ce rivage gris. Cette perte du paradis. La conviction, aussi, que je ne serais jamais à la hauteur de la vie. Que je serai incapable de la gagner comme tout le monde, alors que mon métier de professeur, objectivement, ne me posait pas de problème. Non, c'était la crainte plus générale de ne pas arriver à vivre comme le faisaient les gens normaux autour de nous, de flancher, de sombrer dans la dépression. Pourtant, je ne désirais pas, je n'imaginais pas une autre vie. Alors que se passait-il ? La simplicité, le naturel avec lesquels ma femme abordait notre existence nouvelle m'effrayaient. J'enviais sa tranquillité, sa confiance. Je redoutais de la décevoir, de trahir mon effroi. C'est l'écriture de mon premier roman qui, alors, me sauva, dissipant, pour un moment, mes doutes, mes obsessions. Cette impression de vide terrifiant autour de nous, de notre couple, comme si nous étions exilés à Paris, fragiles, abandonnés. Oui, des enfants. Orphelins...

Marduk, en déboulant dans la carrière, vint se camper devant un autre cheval. Il se haussa sur ses antérieurs, émit un soufflement de forge, le poitrail grandi, érigé. Marc semblait adorer ce défi de mâle assurant sa domination. Malina filait sur Melody. Tout à coup, une voiture s'arrêta en bordure du manège. Houria, Kahina et Naïma bondirent vers nous en riant. Houria reconnut immédiatement Melody Centauresse, elle vit que la cavalière n'était pas la même. Kahina cherchait, elle aussi, Nur des yeux... Mais leur attention fut bientôt ramenée sur Anny. Quel lien cette blonde aux yeux bleus entretenait-elle avec moi ? De ma vie privée, elles n'avaient entendu que des rumeurs contradictoires. Elles regardaient Laurence et Marion... Avec son audace tranquille, coutumière, Houria me demanda :

– C'est à vous la petite fille ?

Je fis signe que non et montrai Laurence... Cette dernière était restée accotée, en retrait, contre un tronc de marronnier. Rêveuse, la tête inclinée, enveloppée de ses longs cheveux clairs. Elle regardait Marion éblouie par les prouesses successives de Marduk sur les obstacles. Naïma repéra la mélancolie de Laurence. Avec un petit sourire romantique, elle me chuchota :

– Comment dire, elle a l'air...

– C'est vrai, elle est belle comme cela... On la dirait saisie d'une sorte de langueur...

Naïma sauta sur le mot qu'elle répéta, indécise :

– Langueur... C'est quoi la nuance exactement, c'est lente... nonchalante ?...

– C'est plus particulier, c'est alanguie... une mollesse voluptueuse, comme un feu qui doucement te dévore... entre la faiblesse amoureuse et la fièvre qui consume...

Je mettais toujours le paquet avec Naïma. J'adorais la combler de mots.

– Cela m'arrive d'être envahie de langueur ! Presque nase...

– Après tes accès de véhémence !

J'évoquais encore ce mot que je lui avais appris et qui nous liait.

Elle s'enthousiasma soudain :

– Oui, ce sont des mots si beaux : véhémence et langueur...

– C'est vrai qu'ils te vont bien, Naïma...

Et j'admirais son visage doré, profond, épanoui, illuminé par ses yeux verts, sous sa noire crinière. Oui, elle brûlait, tantôt de véhémence et tantôt de langueur. C'était la Naïma, la lionne que j'aimais. Elle savait qu'en revanche me faisait souffrir l'autre Naïma, celle qui pouvait arriver en retard, dans ma classe, le teint terne, presque terreux, l'œil morne, quand elle avait absorbé trop de shit.

Alors, Marc cravacha Marduk pour franchir un obstacle avec un éclat spectaculaire. On entendit le cri de Marc, une brève vocifération de belluaire, de dompteur de fauves, suivi du claquement sec du fouet. Et le cheval s'arracha, dans un grondement ventral, combatif et superbe, ses jambes voltigèrent bien haut, sans effleurer les barres. Je m'exclamai :

– Ils sont pugnaces, tous les deux !

Oui, le jeu des mots continuait avec Naïma !

– Pugnace ?

Comme elle était tentée ! Ses yeux exprimaient une concupiscence claire. Je ne me lassais pas de l'attiser ainsi, de la faire flamboyer de plaisir.

– Tu es pugnace, Naïma, dans tes rébellions, quand tu te cabres, lutteuse, quand tu réponds à la conseillère d'éducation ou à la proviseur. Pas quand tu exagères, que tu es de mauvaise foi, non, quand tu as trouvé la faille de

leur discours, que tu as raison et que tu enfonces le clou.
Là, oui, belle et pugnace. Superbe dans l'attaque, la
riposte cinglante.

Kahina nous entend. Un peu jalouse... Elle se cambre
dans la lumière du soir, use de son arme, de son corps
souple, de ses longues cuisses, de ses œillades écarquillées de khôl. Parade de domination, de séduction.
Façon Marduk et Melody. Pavane à laquelle Naïma
rétorque, brutale, mais sans haine :

– On sait que tu déchires ta race !

J'aime cette formule ardente de mes élèves pour définir et chanter la beauté. Kahina déchire sa race ! Elle
nous arrache un cri de convoitise, elle déchire les appa-
rences grises et moches. Un coup de griffe dans notre
chair. La beauté nous saigne... L'autre jour, pour me
signifier à quel point son amie Salima était amoureuse,
Naïma me dit : « Elle saigne ! »

Alors, Nur et Balkis parurent. Et cela saignait, déchi-
rait toutes les races du ciel et de la terre. Plus de dîner !
Capricieuses, les amoureuses avaient changé de programme. Elles avaient soif des chevaux.

Nur, aussitôt, vit Anny. Elles s'étaient souvent croi-
sées, mais pas ainsi, dans l'intimité, la complicité de la
carrière. Pas dans cette lumière, au milieu de la joie des
élèves. Et Balkis me vit. Nur lui parla, choisit de lui
révéler que oui, c'était moi. Il y avait Bachir au Caire et
moi, ici... Nur s'approcha alors et me présenta la jeune
femme. Balkis me considérait sans hostilité. Avec, dans
le regard, une lueur aiguisée par l'ironie.

Nur n'eut pas besoin d'appeler Malina. Cette dernière
ramena Melody. Alors, mon amante tint la promesse
qu'elle avait faite à Houria, lors de leur première ren-

contre. Elle l'invita à monter à cheval. Cette dernière ne se fit pas prier. Son voile immaculé lui entourait toujours le visage, tandis que Nur la guidait dans la carrière. Houria se balançait au rythme de la jument et son professeur lui apprenait comment on arrêtait le cheval, comment on le faisait partir. Non… pas tant avec une pression des jambes qu'en jouant d'infimes tractions du bassin. Houria, en élève zélée, exagérait le happement de ses hanches, comme dans une incitation érotique. Ce qui déclenchait les rires malicieux de Balkis et de Naïma. Mais Houria n'en avait cure. Toute à son apprentissage. Déjà elle coulissait sur l'échine avec un mouvement plus fluide. Nur s'exclamait qu'elle était douée ! En tout cas, elle paraissait royale, plongée dans une sorte de ravissement concentré et lucide. Comme si elle avait trouvé sa voie, un complément inattendu de sa passion religieuse. Un prolongement de son aventure orgueilleuse. Le cheval était-il secrètement une figure de la prophétie, un avatar de Dieu ? N'était-elle pas hissée à la cime d'un coursier doré pareil à la monture de Mahomet partant à la conquête des tribus ? Il ne fallait rien exagérer…

Kahina regardait Balkis et cette dernière lui rendait ses curiosités. Elles semblaient émerveillées l'une par l'autre. Leur ressemblance les troublait, les séduisait. Elles avaient la même taille haute, élancée, la même minceur, les mêmes cheveux noirs et la même peau blanche. Mais Balkis avait un visage un peu plus charnu, peut-être plus épanoui que l'ovale de Kahina. Les fesses de Balkis remplissaient son jean – qu'elle venait sans doute de s'acheter à Paris – avec une plénitude tendue que n'offrait pas le derrière de Kahina, aujourd'hui plus déguisé, plus dérobé, sous une étoffe plus molle, volontairement moins ajustée. De telle sorte qu'on devinait, sous ce pantalon large, des rondeurs fuyantes, deux fantômes ravissants, deux revenantes dont le roulement transparaissait par à-coups, ce qui satisfaisait tous les caprices de l'imagination, toutes les chimères du désir mieux que ne le faisait, paradoxalement, la croupe parfaitement circonscrite et décalquée de l'épouse de Bachir. Mais le fait que Balkis inaugurât, étrennât la magnificence de son derrière profane, non sans une volonté de transgression quasi sacrilège, fit basculer soudain ma préférence... En fait, je ne cessais d'osciller entre les deux trésors, l'implicite et le manifeste, comme si l'un était le secret, le mystère de l'autre, et le second le miracle et l'extase du premier.

Nur qui finissait de donner sa leçon à Houria aperçut, de loin, la symétrie qui unissait Balkis et Kahina. Cette attraction frappante. Dans la lumière rasante, orangée, sur le fond d'une nouvelle colonne de chevaux qui entraient dans la carrière, elle eut cette vision fulgurante. Une espèce d'aura, de sphère narcissique, se dilatait voluptueusement autour des deux femmes. Tandis que les flancs des bais rouges et des alezans brûlés leur faisaient une frise bachique. Houria laissait errer son regard sur les lignes nues de Melody que Nur n'avait pas encore montée. Laurence embrassait doucement le cou de sa fille. Ô Naïma, quelle langueur s'emparait du monde! Anny ébauchait dans ma direction son petit sourire intimidé, étonné, ironique, amusé.

comme si quelque chose encore, chez moi, pouvait la toucher. Et Marc s'éloignait sur son cheval noir, avec Malina, comme d'habitude, calée entre ses cuisses. Le pur-sang avançait doucement, très noir, tout luisant de muscles et galbé dans son suint. Sa cadence imprimait à la croupe de l'amante enchâssée dans l'enfourchure de son amant une danse câline et lascive qui plongeait sous les frondaisons rousses, engluait leur couple sinueux dans une volupté dont l'assouvissement semblait, au fil des allées profondes, ne devoir jamais se tarir.

Cinq jours de délices. Et la foudre ! Nur me téléphona, affolée. Bachir avait découvert le pot-aux-roses. Sa femme n'était pas en Jordanie, chez sa cousine. Elle était partie rejoindre Nur ! Précédant Balkis, qui veillait à l'appeler, la première, chaque matin et chaque soir, à la même heure, il prit l'initiative, tomba sur la cousine et demanda sa femme. Il saisit l'hésitation au bout du fil. Balkis était sortie... une petite course, oui, toute seule, c'était à deux pas. À son retour, elle lui téléphonerait. Dès qu'il eut raccroché, la cousine prévint Balkis et lui dit de faire vite, de rassurer son mari. L'épouse ne se fit pas prier. Mais Bachir posa des questions, soupçonneux. Quelques heures plus tard, la situation empirait. Bachir avait mené son enquête, interrogé ses parents qui avaient appelé la mère de Nur. Celle-ci avait révélé l'adresse de sa fille à Chatou, le numéro de téléphone de la tante chez laquelle elle habitait. Bachir avait interrogé, illico, la logeuse qui s'était montrée bien embarrassée. Car Nur, depuis la venue de Balkis, n'arrêtait pas de découcher... Bachir menaça la tante qui donna l'adresse de Roland où Nur était employée...

Nur était sûre qu'il allait prendre le prochain avion et venir récupérer sa femme. Balkis partageait son sentiment. Bachir était un militaire plutôt pacifique, affable, mais capable d'impulsions, de colères, surtout sous l'effet de la jalousie. Il adorait Balkis. Il ne l'avait laissée partir que sous son insistance caressante, gagné par les arguments qu'elle lui prodiguait. Sa cousine était sa meilleure amie. Elle s'ennuyait d'elle. « Qu'elle vienne, donc, elle ! » avait lancé le mari déchiré. Balkis lui avait fait croire que ce n'était pas possible, que c'était à elle-même de se déplacer. Le stratagème n'avait tenu que cinq jours. Bachir, tout flammes, allait débarquer, pleurer, menacer, crier. Une catastrophe. Alors, Nur voulut tester son amante. Si elle le désirait, elle pouvait annoncer à son mari son retour immédiat au bercail. Balkis se jeta dans les bras de Nur. Non, elle ne voulait pas repartir si vite, elle voulait même rester auprès de Nur. La vie, à Paris, était plus palpitante qu'au Caire. Elle s'ennuyait au Caire. On ne pouvait pas porter des jeans moulants, on ne sortait jamais. Il n'y avait pas de chevaux dorés. Son mari était gentil mais un peu silencieux. Le soir, il regardait la télé... Sa mère surveillait tout. Balkis voulait divorcer ! Oui. Changer de vie. Vivre ! Nur était bouleversée. Elle promit de parler à Bachir, de tout lui expliquer... Mais Balkis devait disparaître temporairement. Elle ne devait pas tenter elle-même de convaincre son mari, quel que soit son ascendant sur lui. C'était beaucoup trop dangereux. Il la remmènerait de force. Ce serait cuit. Les hommes sont faibles mais impulsifs... Surtout les jaloux, un geste fatal était vite arrivé. Balkis avait peur, mais cette atmosphère de mélodrame l'excitait. Elle se pressait contre Nur. Elle disait que Bachir était plus faible que fort... mais qu'on pouvait redouter ses coups de sang. Le bouillonnement soudain des timides. Leur audace effrayante quand ils sont lâchés. Alors, soudain, Nur me fit cette proposition gigantesque. Il fallait que j'emmène Balkis avec moi, en Ardèche, puisque je devais aller m'y faire soigner. Bachir ne pourrait pas retrouver son épouse au fin fond de l'Ardèche. Il ne savait même pas qu'un tel bled existait !

Je demandai à Nur s'il ne serait pas plus simple de cacher Balkis, à Paris, chez Malina. Depuis que cette dernière vivait, à présent, presque continûment dans le pavillon de Marc, sa colocataire, une amie étudiante, pourrait partager le petit appartement parisien avec Balkis. Mystérieusement, cette solution ne semblait pas séduire Nur. Et si Bachir rencontrait Malina chez Roland, s'il réussissait à la faire parler ! Je répondis que je n'imaginais pas Malina faillir à ce point. Elle qui n'avait peur de rien. Nur n'en démordait pas. Balkis devait quitter Paris. Je soupçonnais des raisons plus secrètes, quelque chose de nouveau qui chiffonnait Nur. Et je pensai soudain à ce cercle enchanté qui, dans la carrière, enveloppait Balkis et Kahina. Nur les avait vues. Frémissante d'angoisse et de jalousie. Elle connaissait les tentations de Balkis. Sa nonchalance, son ardeur, ses langueurs. Toutes inclinations que le séjour parisien avait dû attiser, exaspérer. Un climat contagieux de fruit défendu, de liberté, d'ébriété. La joie... C'était donc ça. Nur n'avait pas tant peur de Bachir que de Balkis. De ses nouveaux élans. Nur était jalouse ! Dévorée de jalousie. Et si Balkis et Kahina avaient eu le temps de se parler ? Dans le faisceau des ondes dorées qui les baignaient, le temps d'échanger un numéro de téléphone... Pendant que les chevaux tournaient, que Houria se pâmait, que Marc exécutait son numéro de macho. Nur était donc sur les charbons ardents. Elle répétait son antienne : je devais embarquer la belle coûte que coûte ! Je lui fis remarquer qu'elle n'était même plus jalouse de moi... Qu'elle n'avait pas peur de Balkis et de moi...

Quand je racontai toute l'affaire à Laurence, aussitôt elle s'enthousiasma. Le « signifiant amour » était à son comble d'incandescence ! Elle me reprocha de me moquer des péchés mignons de son vocabulaire ! Mais elle se mit à considérer le cas de ce Bachir, de sa misère, de son pathétique naufrage... Balkis était si belle, il ne devait donc pas être laid... Il finirait bien par se calmer, par accepter, tôt ou tard, le libre arbitre de son épouse... J'entrevis le parti que Nur et moi pouvions tirer de Laurence qui jouerait volontiers et, avec un talent très sûr, les intermédiaires, comme sur un terrain de neutralité. Modératrice, en quelque sorte, le métier était à la mode... Anny pourrait s'y mettre de son côté. Le sortilège de vraies femmes. On devait surtout éviter que Bachir ne fasse le pied de grue devant notre résidence, sous les fenêtres de Roland, guettant Nur, la harcelant pour lui extorquer la vérité sur la disparition de Balkis. Laurence saurait lui expliquer tout doucement les aléas de la vie, les avatars de l'amour, le travail du deuil et du temps. Anny, là-dessus, en connaissait aussi un rayon.

Nur, à qui je fis part de nos spéculations, les trouva passionnantes. Oui, il fallait prendre en main ce Bachir, ce militaire transi, ce matamore déconfit. Le désarmer, le désamorcer petit à petit. Le dévier de sa trajectoire… Ce n'était pas elle, bien sûr, qui pouvait remplir ce rôle. On le ferait donc adroitement atterrir chez Laurence, pendant que je serais au vert avec l'épouse, que le vieux magicien se pencherait sur ma crampe. Et qui sait ? me sauverait !… Nous sauverait tous !

Le taxi venait me prendre, à onze heures, chez Laurence, nous irions chercher Balkis et ce serait le départ, la fuite...

Je descendais l'escalier avec mon sac, quand j'entendis leurs rires, carrément de grands éclats de rire. Je frappai à la porte, elles me laissèrent entrer. Anny et Laurence étaient branchées sur le Net, un site rare, connu seulement des initiés, pratiqué par des célibataires friqués, bouffés par le boulot, et qui ne faisaient plus de rencontres, des divorcés aussi, quelques veufs encore vaillants... Tous, en principe, directeurs de ceci et de cela, et qui n'avaient jamais eu envie de coucher avec leur secrétaire. Laurence venait de rompre avec l'un d'eux. Leur aventure avait commencé par un long flirt, un flot de messages sans se voir. Puis les choses étaient devenues plus intimes. Au bout de cinq fois, le type s'était révélé impuissant. Comme cela, sans raisons apparentes. Incompréhensible. « C'est mystérieux, les mecs... » méditait Laurence, partagée entre la curiosité que lui inspirait ce cas psychologique et la déception. Mais le vrai problème était ailleurs. De profondes divergences avaient surgi, de goût, d'analyse, des disparates encombrants que les messages, plus maquillés, camouflaient. Laurence reconnaissait volontiers que c'était surtout elle qui les rédigeait, dans l'enchantement de ces proses brèves et suggestives, toute à ses trouvailles. En face, le type était plus discret, mais courtois, clean et charmant. Laurence avait adoré sa photo. Son beau visage mâle et triste, au tréfonds.

Mais aujourd'hui, ce n'était pas sérieux, elles s'amusaient franchement et concoctaient, au petit bonheur, des messages qu'elles voulaient lacaniens ! Des aphorismes sibyllins, des parodies du Maître ! Sentences sur le besoin, le désir et la demande : « Il ne faut pas confondre, mes chéris ! Réfléchissez... » Puis, en chœur, elles se gargarisaient, se pâmaient sur le grand A, le grand Autre, l'abominable grand A !... Elles poussèrent, alors, des « A ! A ! A ! » comme des cantatrices. Marion, qui, du fond du jardin, les entendit, reprit la comptine en écho : « A ! A ! A ! », tout en allant, sautillante « A ! A ! A ! », discrètement bombarder le cygne...

Elles écrivaient : « Voulez-vous jouer avec moi au jeu du furet ? » Certains types, alléchés, croyaient à quelque manigance et perspective perverse : furet, fourrer, furtif, tout un programme dans les fourrés... Elles répliquaient : « Ah ! nos phallus, ce matin, ne sont pas très futés ! Cultivez-vous ! » Ou bien, quand un don Juan annonçait trop la couleur, elles tapaient : « Vantards ! Le phallus, personne ne l'a, c'est écrit, cette semaine, dans *La Revue des Deux Mondes*. Abonnez-vous, ignorants ! » À d'autres, elles lançaient : « Voulez-vous entrer dans mon fantasme fondamental ? ! » Un malin plus informé se fendit d'une réponse en miroir, sur le modèle de Lacan. Elles s'écrièrent, déchaînées : « Ah, un lacanien !

la barbe ! un intello ! le fléau ! qui ne nous niquera pas dafond ! » Elles pouffèrent de rire, sous cette bouffée de verlan des lycées, écroulées sur le clavier. Puis s'exclamèrent, revendicatives et toutes rengorgées : « Nous, on veut des bombes de keums ! Des OP, du pur Bachir, des militaires du Nil, des Osiris bien construits, des pharaons de foutre, pas de la friture ! »

Anny ne semblait donc pas trop s'inquiéter de mon départ. L'arrivée de Balkis ne lui avait pas déplu ! J'étais floué, exclu. Cela rééquilibrait la balance des damnés... Elle non plus ne croyait guère que Balkis tomberait amoureuse de moi. Ou que je tenterais de la séduire. C'était une certitude établie : Balkis et moi n'étions pas destinés à l'idylle. Tel était le décret qui décidait de notre destin. Et si, par miracle, la chose advenait, après tout, elle aurait le mérite d'évacuer Nur. Ce serait donc un jalon positif ! Ainsi, Anny envisageait mon escapade avec sérénité, humour, un zeste de curiosité...

Laurence et elle avaient beaucoup bavardé de moi et de l'enlèvement, mais surtout de Bachir, le soldat perdu... C'était lui, le cas, la star, le Messie morfondu... « Je crois qu'il sera beau ! soufflait Laurence. Un mec viril et malheureux. »

Le TGV filait. Balkis souriait, abandonnée au fond de son fauteuil douillet. Elle dégustait un soda, le sirotait, son regard pétillait. Elle aimait les voyages. De temps en temps, elle projetait vers moi un visage angoissé.

– Mon dieu! Et Bachir qui va débouler! Le malheureux... Comment Nur va-t-elle s'y prendre? Oui! C'est vraiment une bonne idée de faire intervenir Laurence, elle est fine...

– Tu l'aimes Bachir, tout de même un peu...

– Je l'aime encore, oui...

– Mais tu préfères Nur.

– C'est compliqué...

Elle hésitait, les bras tendus en avant, joignant ses belles mains longues en les tordant de perplexité.

– L'amour, c'est tout en nuances inconnues! dis-je avec acuité.

– Oui, Bachir, au fond, il est facile à vivre...

J'attendis un instant, avant d'insinuer:

– Nur, à sa façon, est plus difficile...

Elle me regarda, finaude, en étouffant un gloussement:

– Tu la connais aussi bien que moi! Même si ce n'est pas pareil, évidemment...

– Elle est assez autoritaire.

– Oui, répliqua Balkis, mais j'aime plutôt cela, quoique... pas tous les jours...

Alors, j'avançai le pion central. Je sentais que je pouvais oser. Balkis était une fille fluide et franche, elle avait très envie de parler. La vitesse du train, son roulis moelleux invitait aux confidences. Mon âge aussi. J'aurais pu être son père, un papa idéal auquel on ne craint pas de tout dire. Au fond, Nur ne m'avait jamais vraiment dénigré.

– La question, c'est le plaisir... C'est, malgré tout, ce qui nous attache...

Elle me glissa un long regard ondulant, mordoré.

– Oui, c'est doux, le plaisir...

– C'est le même avec Nur, avec Bachir?

– Non, évidemment, non.

– Tu préférerais Nur?... Plutôt...

Elle dilatait ses prunelles noires.

– Oui, pour le plaisir... On se ressemble. On sait ce qui nous fait... Surtout, depuis qu'on s'est retrouvées, c'est fort...

– Et Bachir?... Ce n'est pas pareil... C'est normal.

– Je ne sais pas si c'est normal, mais Bachir est un homme. Alors, il agit comme un homme. Ce n'est pas forcément le geste que j'attends. Mais parfois, il m'a donné du plaisir. Quand il était autoritaire mais doux, je ne sais pas comment dire... Les femmes préfèrent les caresses, n'est-ce pas?

– Pas forcément, il y a des cas où elles désirent d'abord le sexe de l'homme, il y a tous les cas, c'est cela qui est émouvant...

Elle aimait bien ce détour par l'émotion, juste après

200

l'allusion au sexe masculin, pour en gommer un peu l'intrusion...

– Oui, c'est émouvant... la diversité, la vie!...

Elle découvrait les prodiges de la vraie vie... les surprises, le merveilleux érotique. Son visage en était comme approfondi de nuances, d'une lueur, d'une luisance secrète, telle une coulée d'or. Oui, Naïma!, une langueur encore... Je poursuivis mon idée:

– Tu vois, Laurence, par exemple, je ne voudrais pas commettre une indiscrétion, mais c'est le sexe de l'homme qui lui plaît. Pas tant les préliminaires que la chose même. Elle ne s'en cache pas. Bien sûr, à condition que cela se passe dans un climat amoureux.

– C'est étrange, quand on la voit, on pense surtout à la tendresse, aux caresses, à l'intimité.

Le train révélait des paysages verts. Les prairies l'émerveillaient. Balkis regardait tout, réclamait des explications sur les villes traversées, les châteaux entrevus. Elle adorait les hautes murailles et les tours, au sommet des collines rondes et douces... tachetées d'agneaux. Elle reçut bientôt un appel de Nur. Et les deux femmes se chuchotèrent mille choses. Je plongeai dans un magazine pour ne pas gêner. Parfois je glissais un œil sur le visage de Balkis dont les mimiques exprimaient tantôt le bonheur ou la crainte. Tous ces états se succédaient, mais sans trop de heurt, de brutalité, tant le plaisir du train la berçait. Alors, elle se ressaisissait et je voyais bien qu'elle renouvelait les marques d'amour, de ferveur que l'autre lui réclamait. Elle me jetait un joli regard, en souriant, avec une touche d'indulgence, comme si je devais comprendre qu'elle devait presser le ton, l'intensifier, pour rassurer son amie.

Nous nous sommes installés dans un petit hôtel au bord de l'Ardèche, à la lisière d'un village pittoresque qui s'appelait Voguë... Ce nom nous amusait, on ne savait pas comment le prononcer. Nos chambres étaient contiguës et, avant de nous coucher, nous avons regardé par nos fenêtres respectives. Balkis s'est penchée pour me faire coucou ! Je lui rendis le même signe vif et ludique...

Au petit déjeuner, elle était fraîche, enjouée. Dans une jupe assez courte et un débardeur sur son torse gracile. Une frange de tulle transparent dépassait dans l'échancrure. Ses seins étaient petits mais saillants. Sa nuque longue, ivoirine, s'inclinait vers les tartines qu'elle croquait avec délicatesse. Puis elle rajouta à ses cils très recourbés une couche de mascara. Ses prunelles s'élargissaient, figées pendant la manœuvre. Elles se plissaient, tandis qu'elle appliquait le fard, sous un autre angle, en coin, avec une expression de ruse involontaire, presque de perfidie... Alors, d'un coup, elle les écarquillait toutes grandes, s'observait, battait de ses longs cils plus noirs sur ses grands yeux lacustres et magnifiés.

Le docteur L. m'attendait dans une baraque perdue au cœur d'une vallée. Il ne consultait pas chez lui, mais préférait ce cabinet en pleine nature. Les murs étaient quelque peu maculés. Le docteur ne faisait pas souvent le ménage. C'était un vieil homme petit et ventru, aux épaules larges et aux grands yeux bleus émerveillés de tout. J'étais professeur: «Quel métier magnifique!... Écrivain! Il n'y a pas mieux!» Justement, il était en train de relire *Candide*: «Quel chef-d'œuvre!» Je lui aurais déclaré que j'étais boucher qu'il se serait exclamé avec le même enthousiasme: «La viande, mais c'est la vie, ce beau sang rouge et fort!»

Le docteur était affligé d'un discret Parkinson qui lui donnait une sorte de frétillement encore plus gai. De temps en temps, un tic lui faisait sortir le bout de la langue, à toute vitesse. Alors, il avait l'air avide et empressé. Il m'amena dans une pièce à peu près nue, n'était le matériel dont il avait besoin et qui était posé par terre. De grosses bonbonnes étaient disponibles. Elles regorgeaient de ses fameux produits homéo-pathiques qu'il allait m'injecter en me massant. Sa méthode relevait d'une mésothérapie aménagée, affinée par de longues années d'expérience.

Il m'interrogea d'abord sur mes troubles. Cette his-toire de cervicales le chiffonnait.

– Avec les cervicales, on marche sur des œufs, vous comprenez!

C'est à peine s'il osa effleurer la zone sensible, cet ostéophyte, en C7, pour parler comme les spécialistes. Il se dérobait drôlement. Je me demandai si, dans sa longue vie de praticien, il n'avait pas eu un pépin sévère en manipulant un cou délabré. Mais il parut tout à coup rassuré ! Le problème, en fait, n'était pas là. C'étaient mes sterno-cléido-mastoïdiens qui étaient bloqués ! Je lui fis répéter plusieurs fois ce chapelet de mots tarabiscotés. Il m'expliqua qu'il s'agissait des muscles compris entre mon sternum et mes clavicules. Les muscles, c'était son affaire ! Il pourrait donc agir. Ce qui me raidissait, coinçait mes nerfs, c'était ce bloc soudé, car l'usure cervicale, à mon âge, était fréquente. Il soupçonnait que j'avais dû faire une chute, avant mes crises. Et je lui révélai qu'en effet j'étais tombé chez moi, en arrière, le dos heurtant un coin de porte. Mais l'incident précédait de plusieurs mois l'apparition de mes maux.

– Normal ! Les muscles subissent une extension brutale, puis se rétractent et restent en l'état, jusqu'à se pétrifier, oui, dans une quasi-atrophie. Les problèmes commencent à se manifester plus tard. C'est cela le piège !

Il me demanda de me dévêtir, me fit allonger sur une table de travail décrépite. Alors, avec une énergie extra-ordinaire pour son âge, il se hissa, à son tour, sur la table, à genoux au-dessus de moi. Un hybride d'acro-bate et de Quasimodo bossu ! Il entreprit de pousser sur mes épaules, de toutes ses forces. Il fallait déverrouiller le carcan qui m'entravait ! Il manœuvrait, soufflait, tirait furtivement la langue, arrondissait ses gros yeux bleus. C'était un sacré spectacle que cet octogénaire en plein labeur. Après m'avoir tiraillé, pincé, martelé les muscles, il descendit de la table et me demanda de me mettre debout. On allait passer aux choses sérieuses, à sa méthode !

– Je vais vous injecter des extraits d'os, de muscles, de nerfs, assortis de produits végétaux. Oui! Ma composition, mon secret... Il m'a fallu cinquante ans pour mettre au point la formule idéale que je nuance selon les cas.

Et, lyrique, épique, il énuméra:

– Atlas! Axis! Muscle strié! Muscle lisse! Os total! Nerf! Bryonia! Arnica Montana...

Il plongea sa seringue dans une bonbonne et m'attaqua sur toutes les facettes à la fois. Il était prodigieusement souple, le docteur L. Ailé, alerte! Il dansait, sautait autour de moi comme un Sioux, il opérait par des myriades de courtes injections sous-cutanées... Il vous criblait de fléchettes! Vous vous sentiez piqué par un essaim de guêpes. Il ajustait, visait, plissait les yeux ou, avant de projeter un dard plus décisif, écarquillait ses prunelles bleues, dans une sorte d'extase. Comme si lui-même s'étonnait des coups radicaux qu'il infligeait à ma carcasse bloquée. Il réveillait des influx, irriguait, faisait saigner la peau, afin que les produits se diffusent dans les vaisseaux. C'était une boucherie émerveillée, étourdissante... De temps en temps, dans l'euphorie de son art, le docteur se figeait, soudain tenté par mes cervicales... Et il expédiait un petit coup de lancette vers ma nuque, mais rien qu'un zeste, une furtive giclée, pour ne pas se l'interdire complètement.

Le docteur me demanda de tourner mon cou à droite et à gauche. Il trouva que j'avais plus de latitude, d'ampleur. En profita pour repérer une contracture... Il sautait derechef, aiguisait son œil, me fichait une nouvelle volée d'aiguilles, s'arrêtait, recommençait, selon l'inspiration, ses cabrioles, ses fulgurantes intuitions, ses

206

visions de tortionnaire thaumaturge et radieux. Comme il était beau, le docteur, dans sa scientifique transe ! C'était une manière d'opéra, de théâtre, du Chéreau charnel et puissant... Un relent de Saint-Barthélemy et de *Reine Margot* ! Bouche bée, ensanglanté, je développais déjà un mélange de syndrome de Stockholm et de gérontophilie. Tant le bonhomme exerçait sur moi une emprise enchantée, propice au masochisme. Je faisais un transfert sur Nosferatu ! Au vrai, le docteur était bon, généreux, certes zélé !

À mon retour à l'hôtel, j'étais couvert de bleus, d'œdèmes, constellé d'ecchymoses, avec des nuances verdâtres de bronze ou d'obsidienne plus noire. Le mystère est qu'il ne me semblait pas avoir mal. Du moins, la douleur n'était plus locale, cervicale, obsédante à force d'être la même. Elle devenait autre, inanalysable, indicible, sorte de douleur globale, en bloc opaque, aveugle. Avais-je mal ?

Balkis vagabondait au bord de l'Ardèche. Elle s'aventurait dans le fleuve, tanguait sur les cailloux, retroussait sa jupe dans les remous. J'admirais la longueur de ses cuisses entièrement découvertes, immaculées, dont la chair éclatait, intacte, miraculeuse. J'aurais voulu que la jeune fille en applique toute la fraîcheur, la nudité, oui, sur mes plaies. Ses belles cuisses tendres et fermes et douces et suaves contre ma peau percée.

Le soir nous sommes allés dîner dans un petit restaurant sur pilotis. Il y avait des clapotis, des reflets. Balkis but du vin blanc. Ses joues rosirent.

Avant de me coucher, je lui dis que le docteur L. m'avait prescrit une pommade antalgique, mais que je me sentais trop ankylosé pour m'en enduire. De bon cœur, elle entreprit d'étaler la pâte onctueuse et parfumée sur mes membres tuméfiés. Elle poussait des exclamations de pitié devant mon état. J'aimais sa compassion, le massage de ses longs doigts d'Isis.

Cela faisait trois jours que le docteur m'avait pris en main. La moitié du traitement était effectuée. Mais Nur venait de nous avertir de l'arrivée de Bachir! Il avait débarqué, en proie à un mélange de colère et de dépression. Nur avait essayé de le raisonner mais dans son désarroi, sa rage, son humiliation, sa détresse, il réclamait Balkis, voulait la voir tout de suite, avançait sur Nur comme pour la menacer, la frapper. Elle s'était dressée devant lui et lui avait fait comprendre qu'elle n'était pas femme à recevoir des coups, que cela coûterait très cher à l'agresseur... Elle avait réussi à lui expliquer que Balkis s'était mise en retrait d'elle et de lui. En terrain neutre, en quelque sorte. Elle avait besoin de réfléchir, peut-être de choisir sa vie. Bachir s'était exclamé que ce choix avait été scellé par le mariage, une décision sacrée sur laquelle on ne pouvait pas revenir ainsi, par caprice, par immaturité! Nur lui fit valoir qu'un choix pouvait toujours être interrogé, médité, transformé... que rien n'était irréversible. Mais Bachir voulait voir Balkis, lui parler, l'écouter! Elle! Pas des intermédiaires, pas Nur, surtout!, qui avait exercé sur son épouse une emprise sournoise, l'avait obnubilée, avait distillé son influence pernicieuse... Il voulait l'adresse de Balkis, il l'exigeait! Nur, alors, lui avait promis que Balkis l'appellerait, qu'elle avait besoin d'un peu de temps, pour se retrouver, dans le calme, aviser, mettre au clair ce qui se passait dans son cœur. C'est alors que Laurence avait sonné à la porte de Roland.

Laurence était d'abord restée postée dans mon appartement, embusquée dans les toilettes, pour mieux suivre – par le biais de la tuyauterie qui répercutait tous les bruits – l'évolution des pourparlers. Au bout d'un moment, comme convenu, elle s'était manifestée, feignant une visite fortuite, d'amitié. Nur lui avait ouvert. Et Bachir s'était retrouvé en face des deux femmes. Laurence était naturellement tendre et voluptueuse. Lorsqu'elle voulait séduire, sa chair de rousse à l'épiderme laiteux devenait pulpe, palpe... ruisselait de sensualité. Cela vous enveloppait, vous tentait, vous happait... La bouche, les lèvres ourlées, toute sa chair ourlée...

Laurence avait regardé Bachir avec son incroyable douceur, de tout l'envoûtement de sa chair attendrie et comme dotée d'une porosité propice à recevoir le désir de l'homme même... Ses yeux bleus exprimaient à quel point elle compatissait, comprenait les affres du garçon, ce soldat blessé. Elle s'était mêlée au différend, avait fini par proposer à Bachir de le loger provisoirement. Car, dans l'état où il était, une chambre d'hôtel anonyme ne ferait que l'accabler davantage. Bachir avait d'abord eu un réflexe de méfiance. Mais il saisit toute la mansuétude qui baignait les prunelles de Laurence... Il connaissait peu la blondeur, encore moins le charme des rousses à la peau immaculée, translucide et veinée

210

de bleu. Il fut pris dans la buée de ces atomes lumineux... Sa frustration, sa douleur étaient telles qu'il avait soif d'un baume, d'un asile. Il protesta mollement, mais déjà Laurence l'avait invité à déjeuner. Nur, prise par son tour de garde, n'assisterait pas au repas. En fait, c'était un choix tactique pour ne pas indisposer le mari jaloux.

Laurence, bien sûr, s'empressa de me téléphoner, elle aussi. Pour me parler du guerrier égaré, de Bachir trompé. Elle me le dépeignit ainsi : « Il est très beau, viril et frontal... Les cheveux noirs et courts, une belle nuque fine mais puissante, luisante d'une légère sueur : l'émotion ! C'est un sensible ! C'est un athlète sensible... » Aucune femme au monde n'égalait Laurence quand elle prononçait ce qualificatif de sensible. L'adjectif, mièvre et galvaudé dans des bouches vulgaires, reprenait, entre ses lèvres, toutes ses résonances de fragilité, d'émoi contagieux. Elle le faisait vibrer comme les cordes d'une lyre intime. Et cette sensibilité devenait indicible. C'était la qualité souveraine de l'être qu'on allait aimer, celle qui vous faisait fondre. Bachir était viril, frontal et sensible... Phallique mais tendre. Et blessé...

Le soir, nous sommes retournés dîner au bord des minces eaux de l'Ardèche dont les méandres disparaissaient derrière les vignes et les saules. On avait toujours envie d'en remonter le cours, de découvrir au-delà de ce qui bornait la vue une nouvelle rive paradisiaque, une plage de sable plus fin, plus blanc, une anse semée de jolis galets et cernée de feuillage. De s'y baigner...

Balkis était tourmentée...

– Bachir m'obsède... J'imagine son visage, son malheur... Je me sens méchante! J'ai des remords. Je ne sais plus quoi faire. Je manque soudain de courage. Jusqu'ici, j'ai agi en toute spontanéité, sans me retourner. Mais depuis qu'il est arrivé là-bas, qu'il me cherche, qu'il me réclame... Je mesure... Je suis pleine d'angoisse.

Je lui rappelai qu'une telle crise était normale, dans sa situation, mais qu'il était plus sage de réfléchir encore, d'attendre, de laisser Laurence apaiser son mari.

– Il faut pourtant que je lui téléphone, je ne peux pas me dérober trop longtemps...

– Attends un ou deux jours encore... que Laurence lui explique, qu'elle le prépare...

Alors, je la toisai de mon regard le plus sérieux et lui demandai:

– Tu ne veux toujours pas repartir avec lui?

– Non, je veux du temps, avec Nur, avec moi-même... Je veux rester à Paris, mais sans lui faire du mal. C'est un type bien, gentil... Je m'adresse des tas de reproches! Je ne suis pas comme lui, j'ai besoin d'autre chose... Je me le cachais quand je me suis mariée. J'ai accepté avec une facilité bizarre de me séparer de Nur. Comme si, au fond, cet amour était trop compliqué. Bien sûr, je tenais à Nur, mais je me suis accommodée du mariage. Nur n'a pas manqué de condamner ma souplesse, ma docilité. J'étais assez malléable... Et puis, en recevant ses lettres, où elle me parlait de sa vie, de Melody Centauresse, de sa liberté finalement, de toi... j'ai eu envie de la rejoindre, d'ouvrir mon existence, de découvrir... J'ai perdu, petit à petit, ma nonchalance. J'ai été brûlée

212

d'un feu, d'un autre désir. Je me suis mise à rêver. Il m'arrivait souvent de rêvasser. Désormais, j'eus envie de réaliser certains de mes rêves.

– Il faudra qu'il comprenne que tu as changé, qu'on peut tous changer...

– Et pour toi, comment cela s'est passé, quand tu as compris qu'une autre femme qu'Anny t'attirait?...

Je lui ai parlé de mon histoire, de mes contradictions criantes... Elle m'a glissé un long regard sinueux et m'a demandé :

– Tu aimes Nur ?

– Je suis accroché.

Et les prunelles de Balkis, d'un marron presque noir, me fixèrent avec plus d'insistance...

– Mais elle te désire quand même, d'une certaine façon... Autrement, je ne vois pas ce qui vous lierait... Tu sais, tu peux me répondre ! Il me semble que je ne suis pas jalouse du désir, mais de l'amour. Les histoires de désir, les formes singulières du désir me rendent curieuse. C'est comme si cela me promettait des choses, à moi aussi...

– Elle ne t'a rien révélé là-dessus ?

– Des allusions seulement, quand elle était jalouse de ce que je faisais avec Bachir. Un jour, de façon provocante, elle m'a tout de même avoué vos caresses... Mais cela ne m'a pas blessée. J'avais envie d'en savoir plus, oui, des détails, pour mieux me représenter... Quand elle a vu qu'elle obtenait le résultat inverse de celui qu'elle recherchait, elle a été furieuse !

Balkis se tut. Elle était belle, avivée et profonde, en confessant ses curiosités érotiques. Comme si elle se préparait à une longue aventure de surprises, de décou-

213

vertes, de péripéties insoupçonnées. Balkis avait la vie devant elle. Moi, la mienne se refermait. Je l'agrippais... Je m'évertuais à tout retenir. Ma crampe n'était que le symptôme de cette lutte. Ma main se cramponnait à ma vie, à mes désirs. Elle ne voulait pas lâcher prise, elle ne voulait plus rien perdre. Elle ne pouvait plus aller de l'avant, inventer d'autres rencontres. Elle ne savait plus faire qu'une chose : retenir, désespérément. Mon père était mort, ma mère, un jour... J'allais continuer de perdre... Toutes les femmes de ma vie.

Je chassai ces pressentiments, je préférais encore sonder les contradictions prometteuses de Balkis. Sans pitié, je la relançai :

– Mais tu aimes vraiment Nur... C'est absolu...

Alors, j'ai senti qu'elle allait se jeter à l'eau. Elle allongeait vers moi ses longs bras nus, si blancs, si fins, si polis, ombrés d'un duvet juvénile, entre le coude et la main. Une touche d'animalité au milieu de tant de délié et de grâce. J'adorais les petits poils noirs de Balkis. J'en avais entrevu l'écho sous son aisselle, certes rasée, mais qu'une mince repousse déjà noircissait. Ses longs cils noirs qui battaient sur chacun de ses regards étaient la version sublimée de ses pelages plus secrets. Mais, dois-je le préciser ?, je n'avais nul désir précis de Balkis. Mon désir était gommé, neutralisé. Il ne me serait pas venu à l'idée d'esquisser un geste de séduction. Elle n'attendait pas cela de moi. Elle avait surtout envie de me questionner, de regarder, d'écouter, de deviner un homme qui avait beaucoup plus vécu qu'elle et qui avait traversé l'aventure de l'amour. Elle avait envie de connaître, de savoir... Et moi, je me satisfaisais de sa présence, de sa compagnie jolie, parfumée, de ses

214

manières fluides. Je la contemplais, tout près d'elle. Parfois je mettais ma main sur son épaule, parfois je lui prenais même le bras en marchant pour lui expliquer quelque chose. Il y avait bien un contact physique entre nous, une forme d'intimité suave et confiante où n'entrait pas l'emprise sexuelle...

Ses longs bras s'entrelaçaient donc devant moi, ses mains tordues dans le désarroi, ses doigts d'ivoire qui se pinçaient, ses ongles carminés entrés dans la paume. Les deux couleuvres s'accouplaient dans une étreinte complexe, sinueuse, où il y avait de la douleur et de la caresse. Elle me dit soudain :

– Comment pourrais-je savoir si Nur est l'amour de ma vie ?... J'aimerais vivre un amour durable. Et j'aimerais, aussi, exactement le contraire !

Je répliquai qu'une telle hésitation me paraissait naturelle :

– On veut tout, Balkis ! L'infini...

Puis nous avons glissé vers des propos moins radicaux. Balkis était intéressée par mon métier de professeur, mes rapports avec mes élèves qu'elle avait vues surgir auprès de la carrière. La chevauchée de Houria voilée l'avait amusée. Elle me parlait d'elle, de Naïma... Je voyais qu'un autre nom la tentait, qu'elle tournait autour. C'est moi qui pris l'initiative d'évoquer Kahina, si belle, un peu narcissique, toujours tentée par on ne savait quel désir de transgression, quelle impulsion du diable dont l'idée l'enchantait. C'était la moins religieuse de la bande. Je n'ignorais pas qu'en faisant un tel portrait je jouais de la ressemblance avec celui de Balkis, d'une troublante gémellité, d'un effet de miroir qui attisait les prunelles de la jeune femme. Elle semblait adorer que je parle de Kahina, que je suggère la symétrie entre la Française et l'Égyptienne. Elle osait des questions sur le milieu auquel appartenait l'adolescente, sa famille, ses petits amis... Je lui avouai que je ne savais rien de sa vie privée... Était-elle une bonne élève ? Assez bonne, littéraire, oui ! Elle aimait écrire et cela joliment. Elle avait de l'aisance sur ce terrain. Elle préférait les exercices spontanés aux travaux réglementés. J'avouai être attentif à sa manière de s'habiller ou de se dévêtir habilement. Nombril à l'air, pantalon bas et moulant, effets de jambes sous ses longues jupes. Et une meute de jeans pailletés, mouchetés, faussement crasseux, galvaudés de traînées fauves ou bleuâtres, à poches, tout lisses, plus ou moins flous ou calqués sur les fesses, fleuris, écussonnés, graffittés, tatoués, étoilés, corsaires et courts ou à pattes d'éléphant, tuyautés... Des myriades. Car j'avais eu en classe la sœur aînée de Kahina, d'un gabarit voisin de sa cadette. Elles échangeaient donc des vêtements. Ces transactions s'accéléraient du fait de l'existence de deux autres sœurs plus jeunes mais déjà montées en graine, oui, géantes, qui faisaient des ravages au collège. C'était un fabuleux quatuor de donzelles fringuées, aux longues chevelures libres, bouclées ou collées au crâne par des gels, attachées par des peignes, des barrettes d'écaille ou de fantaisie...

Un jour, j'avais cru les reconnaître toutes les quatre, au bout d'une avenue, marchant de front, à grandes enjambées. J'attendis qu'elles se rapprochent, posté, oui, hypnotisé, submergé du désir de les voir, comme multipliées jusqu'au vertige, semblables mais différentes. Chacune d'elles relançant l'éclat des trois autres, tout en en décalant l'effet, la réfraction plastique, telles les fleurs d'un bouquet, les robes des pur-sang dorés, des cavales brun chaud, daim clair… Je les convoitais. Il me semblait que, si mon désir n'était pas exaucé, toute ma vie serait privée de cette révélation. Oui, j'étais excessif et superstitieux. Je voulais être comblé, m'extasier, repartir l'imagination saturée, assouvie de visions… Elles dansaient au bout de la rue. C'étaient bien elles… Longues, chavirant, se bousculant gaiement, élégantes, allègres et sveltes, dégingandées, en jupes ou en jeans, libres dans l'euphorie du soleil. Débandées ou serrées les unes contre les autres… Mêlant leurs chevelures dans leur course. Chahuteuses, Mélusines rieuses. Leurs ventres seraient peut-être nus, les nombrils enfoncés dans leur trou brun ou ressortis en colimaçons, trônant sur l'épiderme si velouté à cet endroit. Je les laisserais me dépasser et je me retournerais vers leurs reins entièrement révélés, un prodigieux quadrige de croupes rondes, délicates ou musclées, reflétées par la variété des tissus moelleux ou secs comme du sable, ou huilés tel un film collé aux galbes, enfoui dans la fissure fine et remuante de la raie…

Balkis nullement gênée, s'esclaffait, étonnée, ravie de l'avalanche des mots et des images aiguës…

– Hélas ! Elles ont tourné au coin d'une rue, à cinquante mètres de moi, me dérobant le paradis. Je les vis s'envoler dans une ultime flambée d'espièglerie, un grouillement final de jambes et de cambrures presque animales, mais, en même temps, incroyablement fémi-

nines, comme l'essence de la féminité aérienne et frin-
gante, physique, charnelle, chevilles légères, cuisses
amples, bombées de jeunes muscles, sous les jupes qui
se tordent dans une bouffée de vent, sous le tissu tendu
des jeans élastiques, étirés à craquer. Oui, leur brasier
me prodigua un dernier éblouissement. Je les vis. Je ne
les vis pas. Les avais-je vraiment vues, toutes les quatre,
ce miracle ? Car elles avaient disparu. La rue s'était
éteinte. Le monde ruiné, désaffecté. Avais-je été la proie
d'un mirage ? Me manquait de les avoir possédées dans
la plénitude des yeux, quand elles auraient été proches
à me toucher, qu'elles se seraient arrêtées au signe de
Kahina qui m'aurait reconnu. Alors j'aurais plongé au
cœur de ma vision, de ma chimère réalisée. Oui, j'aurais vécu le véritable bain de l'incarnation. Dans l'épanouissement de la ronde, dans la transe des formes
ensoleillées. Transpercé, mitraillé par tous les détails à
la fois des corps, nuques, avant-bras dénudés, ourlets
de l'oreille piquetés d'un clip, nombrils percés d'une
perle diamantée, mèches sauvages, touffes des cheveux
écarquillés... Bourgeon gonflé des lèvres, éclairs des
prunelles mobiles, enchantées, traversées de joies fulgurantes. Dans l'échancrure : pli brun entre les mamelons frais, bec gourmand du sein, petit groin grenu,
presque noir, muselé de dentelle, transparaissant sous
le tee-shirt, aisselle tatouée d'un semis de sueur et de
duvet... Oui, chaque plan, chaque méplat, chaque
recoin de chair, oui, d'envie... Les embrasser dans leur
splendeur globale et dans leurs facettes innombrables.
N'était-ce pas, à mes yeux, le but de l'art que de restituer le moindre grain de peau nue, concrète, dans la
fresque et le volume de la beauté totale ? Il en allait

ainsi des arbres, des chevaux, des fleuves et des forêts, de l'arc-en-ciel entier du monde désiré. Et de la crinière des étoiles.

Balkis m'écoutait, avide. Elle serait presque tombée amoureuse de moi, de mon désir sans frein.

Le docteur L. continuait de me harceler de son essaim de guêpes, d'aiguilles perfides. Il assiégeait mes ankyloses, mes courbatures, mes blocs de contractures. Il attaquait ma forteresse, tentait d'y ouvrir des brèches. Il était belliqueux, le bon docteur. Il me répétait sans cesse qu'il voulait me guérir ! Et son regard bleu était alors empreint d'une telle humanité que je lui pardonnais la dureté du traitement. Il invita même Balkis à venir pour qu'elle apprenne, le soir, à faire bouger mes épaules qui étaient comme engourdies, nouées, mortes ! Il lui montrait comment procéder. Il fallait bien saisir la main et tirailler le bras, par petites secousses volontaires, afin d'arracher les muscles de l'épaule à l'inertie. Le docteur y allait franchement, il se courbait, il respirait plus fort et manœuvrait mes membres avec vigueur, me halait comme si j'étais un navire enlisé. C'était un monstrueux mélange de Quasimodo, de gargouille de cathédrale, d'ange... Il mettait ma main dans celle de Balkis qui tentait d'imiter ses gestes. Me tarabuster ainsi lui faisait pousser des petits cris et des rires. Elle ne trouvait pas l'angle, le bon rythme et la juste traction. Avec patience, il répétait l'opération jusqu'à ce qu'elle réussisse. Au bout d'un moment, je demandais grâce, alors le docteur me fichait quelques derniers coups de seringue : du muscle ! de l'atlas, de l'axis ! Il ne se lassait pas de sa ritournelle, tout en ajoutant de nouveaux produits à sa liste : Hypericum ! Angustura ! Actea racemosa ! Kalmia !... Il injectait, sur tout le large de ma poitrine et de mon dos, l'averse de ces substances vivifiantes ou apaisantes. Les noms latins impressionnaient Balkis qui voyait des espèces de plantes, de fleurs fantastiques dont le pollen allait me régénérer ou m'empoisonner. Ma peau se couvrait de bleus qui n'empêchaient pas le docteur de poursuivre. Car il découvrait toujours une facette, un recoin oublié. Son œil m'épiait sous toutes les coutures. Et il fondait sur sa proie avec une stupéfiante précision. Balkis qui voyait le sang m'inonder lentement émettait de brefs gémissements. Je n'étais pas insensible à leur timbre pâmé. Le docteur piquait et Balkis lâchait ses minuscules plaintes en cadence. Je soupçonnerais presque mon thérapeute d'avoir été secrètement attisé par le chant de Balkis, rauque ou mélodieux, court ou prolongé, selon le coup qui m'était porté, le répit qui m'était accordé. Il jetait, de temps en temps, un regard à la belle jeune femme dont le torse ployait, la chevelure roulait vers moi, au cours de mon supplice. Peut-être allait-elle essuyer mes plaies de ses cheveux nus...

Il l'entreprit sur ses convictions en matière d'homéopathie, de mésothérapie réaménagées à son idée... Là où un élément semblait manquer, il l'instillait. C'était simple. Il remplissait les vides, corrigeait les carences. Il recollait des lambeaux, façon Frankenstein ! Il dériva ainsi doucement vers la sexualité. J'avais deviné assez vite que c'était la grande affaire de sa vie, une curiosité, une quête, une obsession.

– J'ai soigné des hommes impuissants. Je leur injectais du corps caverneux !

On se demandait, Balkis et moi, d'où provenaient ces extraits de tissus. De cadavres ? De cobayes, d'embryons, de singes, de rats ?... De porcs, sans doute. Mais je n'ai jamais osé poser franchement la question. La vérité m'eût peut-être répugné. Il continuait sur sa lancée et déclarait que, pour les insuffisances féminines, il recourait à la même alchimie. Il infusait des fibres, des atomes de muqueuses. Il possédait, en outre, la formule d'une pommade extrêmement efficace qui permettait de retrouver une lubrification satisfaisante, avec l'excitation en sus. On massait, cela entrait et le tour était joué. Balkis était tout de même un peu intimidée par ces détails intimes. Le bon docteur s'excusait, mais il lui fallait partager le secret de ses connaissances. Il raconta qu'il avait connu une période de gloire, dix ans plus tôt. Une vaste clientèle affluait au lieu-dit des Trois-Pierres. Des tentes étaient dressées autour du pavillon où nous étions. C'était un véritable campement. Les gens logeaient dans la nature et attendaient le moment de la séance. Ils passaient ainsi plusieurs nuits, jusqu'à la fin du traitement. Et le docteur, tel un colosse infatigable, piquait, injectait, irriguait, insufflait. Il avait des bonbonnes pleines de toutes sortes de produits... Et les hommes repartaient ragaillardis, les femmes transfigurées. Le docteur adorait ces dernières... leur sensibilité, leurs larmes, leurs requêtes, leurs affres spécifiques, leurs beaux désirs. Je l'imaginais grimpé, comme il l'avait fait avec moi, sur sa table de travail, nez à nez, corps à corps, avec les patientes, torse nu. Leurs grappes secouées sous les tractions, voire mouchetées de fines perles de sang. Non, le docteur n'était pas sadique, mais il croyait dur comme fer à sa technique, à ses aiguilles, à ses produits. Comme il devait s'escrimer, haleter, tirer lestement la langue! C'est alors qu'il avait peut-être attrapé ce tic de caméléon. Ce furet fulgurant de son organe, de ses papilles entre les lèvres. Ce qui lui donnait un air perpétuellement alléché.

Après tous ces développements, je lui ai demandé si finalement je souffrais bien d'une crampe d'écrivain... Dois-je avouer qu'en posant cette question je restais dans le droit-fil de notre conversation? Un psychanalyste, devant lequel j'avais évoqué ma crampe, m'avait tout bonnement déclaré qu'il me fallait la tirer! Cela paraissait presque trop simple, presque trop beau. Je répondis que je ne traversais pas une période de continence. Mais il était vrai que je me freinais avec Nur pour ménager Anny. J'anticipais mon sevrage... N'était-ce donc que ça? Un tiraillement du désir dégénérant en catastrophe, me démantelant morceau par morceau, me désossant par pans, me castrant à petit feu! Non, je pensais que mon mal était plus vaste, plus intérieur, plus fondamental, plus ramifié... une angoisse originelle de rupture, de mort, réveillée brutalement par la prémonition de tous les deuils qui m'attendaient au tournant de mon âge.

Le docteur L. évitait la psychologie. Il n'établit aucun rapport entre ma crampe et mes désirs. Il me répondit que ma crispation avait partie liée avec l'état de mes sterno-cléido-mastoïdiens. Il y tenait! Telle était la clé du problème. Quand j'aurai réussi à faire sauter ce verrou, alors, la crampe, privée de soutien, se dissiperait. Tout était musculaire pour le docteur L. Quand vous lui faisiez part d'une douleur dorsale, cervicale, lombaire, il vous regardait avec un petit sourire apaisé et prononçait la formule miraculeuse : « C'est musculaire... » Alors, enchanté de son diagnostic, le docteur apprêtait ses fûts, tout son arsenal de récipients, de seringues et de substances. Il paraissait émerveillé, il dansait son leste menuet. Sa silhouette corpulente et bossue, son embonpoint disparaissaient, il avançait vers vous avec un vigilant amour. Son grand œil bleu s'écarquillait de désir. Le bout de sa langue commençait à le démanger et il se ruait dans son vertigineux ballet de piques et d'épées, sans muleta, dans une arène tout intérieure où il régnait en matador. Vous étiez son taureau noble et brave, son préféré. Il vous asticotait sans jamais vous infliger l'estocade fatale. Il entendait des olés intérieurs, il virevoltait, dessinait ses passes sublimes, véroniques, naturelles, chicuelinas... Balkis aux prunelles en amande se changeait en Andalouse de Séville. Il lui offrait ses prouesses. Parfois, il y avait aussi du flamenco dans la façon dont le docteur serrait les talons, se haussait, agitait, au-dessus de son épaule, l'aiguille de côté, tel un éventail, du fait de son léger Parkinson, avant de glisser, d'un pas de ballerine, vers votre chair.

Nous devions pourtant nous quitter, c'était la dernière séance. Il faudrait que je refasse le voyage, que je revienne pour une nouvelle cure. Mon mal ne s'évanouirait pas comme ça. Il en viendrait à bout, au fil d'une série d'interventions. Dans l'intervalle, il allait potasser encore mon cas, affiner ses mixtures, réfléchir... Sa recherche n'avait pas de fin. C'était sa foi, sa vie. Oui, il me jurait qu'il me guérirait! Il en aurait presque pleuré, le bon docteur. J'en étais profondément touché. Je l'embrassai sur le front avant de partir. Et, dans un élan lyrique, Balkis, elle aussi, le serra contre elle, en déposant, à plusieurs reprises, ses baisers sur sa joue ridée. Il était tout figé, tout petit, à côté de la géante aux cheveux noirs. Elle l'enveloppait de ses bras. Il baignait dans son parfum. Il sentait l'odeur de sa chair, il entrevoyait la rondeur de son sein. Il ne tirait même plus la langue. Il paraissait tout étourdi, enfoui, tout transi, tout stupéfié, comme si on lui avait injecté, au moyen d'une seringue d'or, un élixir inouï.

Le docteur nous avait conseillé, avant de quitter l'Ardèche, de visiter le gouffre d'Orgnac :

– Cela vaut le détour ! Vraiment, quand vous allez entrer sous la terre, ce sera comme un chemin initiatique, vous plongerez dans les profondeurs... C'est fatigant, il y a des centaines de marches, mais on en sort transformé. Un authentique rituel à ne pas rater, une renaissance, en somme !

Oui, le gouffre était bien le clou du voyage ! Pas du chiqué.

Nous avancions, Balkis et moi, au fil des méandres et des goulets glacés. Quand l'espace s'ouvrit sur un théâtre gigantesque. Le guide nous expliqua que Notre-Dame de Paris aurait tenu aisément dans l'enceinte. C'était un colisée de calcaire hérissé d'idoles. Elles se dressaient, au centre du cirque, comme sur une scène. Des stalagmites pareilles à des monstres mitrés, à des tiares de titans. Dans le silence. Elles apparaissaient. Telles des statues, tantôt effilées, longilignes, érigées à une hauteur vertigineuse, tels des totons, des cocons écarquillés comme des champignons aux lamelles énormes, des cactus ébouriffés, des palmiers protubé-

226

rants. Un monolithe formidable dominait l'aréopage. Il dessinait un parfait losange, figurant une tête, coiffant un tronc, un corps trapu, évasé. Toute la tribu des formes semblait tournée vers ce patriarche tellurique, cette espèce de Saturne nocturne dont la puissance vous aimantait, élargissant, autour de lui, l'impression de vide auratique, de gouffre chargé de sacré. Une cérémonie millénaire avait l'air d'être suspendue à l'intérieur de la terre. Pendant des millions d'années, goutte à goutte, l'infiltration des eaux déposait ses molécules de calcaire, une à une, pour élever ces mastodontes qui escaladaient l'abîme. Un sablier impassible qui survivait à l'Histoire, aux piètres épopées humaines. Un architecte lent et tenace qui bâtissait des pyramides dans les ténèbres.

En face de nous se haussait une manière de buffet d'orgues, dans un fourmillement de plis, de colonnes, de fanons ivoirins et luisants. C'était l'autel à la mesure de son temple. Et l'on finissait par distinguer, sur une corniche, un objet plus vert qui n'était pas de la facture du calcaire. On s'approchait, à pied, en faisant lentement le tour de l'enceinte, en découvrant, sans cesse, sous de nouveaux angles, le cercle d'idoles. Leurs visages pétrifiés de Pluton, leurs goules, leurs crânes couronnés, leurs cuirasses, leurs toges… leur taille étroite ou leur giron dilaté. Arrivés près du buffet d'orgues, on identifiait l'objet dans sa niche. C'était une urne de bronze contenant le cœur de celui qui avait découvert cette caverne cosmique. Une relique au sein du sanctuaire. Le sceau infime de l'homme dans les Enfers.

Balkis se pressait contre moi, comme écrasée par les échos d'un coup de tonnerre cataclysmique qui aurait ouvert la Terre et révélé son secret. Elle paraissait plus fragile, plus petite, sa peau frissonnait de froid, et je tentais de la réchauffer contre mon corps. Ses cheveux étaient tout mouillés par un invisible brouillard émané des pierres.

À la verticale de nous s'ouvrait l'aven. Un trou de ciel bleuté. Au sommet de la voûte de la Sixtine, dominant ses baldaquins de calcaire, l'œil béait. Prunelle inaccessible. On aurait dit la version surnaturelle du regard du docteur L.

Nous continuâmes notre chemin par des galeries de plus en plus suintantes et resserrées, décorées de végétations marbrées, de textures à l'aspect de corail ou de porphyre. Parfois un long canal muqueux nous happait jusqu'à une nouvelle crypte, une chapelle moins vaste que la grande cathédrale, mais drapée, elle aussi, de téguments bizarres, de volutes et de bouffants. Tandis que d'autres statues se dressaient, répliques des premières, en plus petit. Une symétrie s'organisait à tous les étages du gouffre, des effets de miroir et des anamorphoses. Balkis redoutait presque d'être prise, avec moi, dans un impalpable piège qui nous eût garrottés lentement, fossilisés, à notre tour. Nous aurions été les amants purs et glacés de la Terre. Agglutinés l'un à l'autre dans une étreinte de calcaire. J'eus soudain besoin de la toucher, de chercher sa peau, sa chaleur. De son côté, elle me prit la main pour entrer dans un nouveau tunnel où nous devions ramper, le long d'une eau verte, avant de déboucher tout au fond du dédale dans la poche ultime. Une espèce d'ove où nous nous tenions recroquevillés et trempés, fondus l'un à l'autre.

228

Quand nous sommes sortis, nous avons été possédés par l'envie violente de nous exposer en plein soleil, presque nus. Mais Balkis n'avait pas de maillot de bain. Nous avons trouvé une petite plage déserte, incrustée au milieu des rochers, au bord de l'Ardèche. Je me suis mis en slip et Balkis, après une courte hésitation, a fait de même, en gardant son soutien-gorge dont elle a descendu les bretelles. Sa peau était d'une pâleur transparente, sortie d'un moule, comme vierge de toute empreinte, de toute usure. La beauté, la vénusté de sa chair me subjuguaient, mais je le cachais pour ne pas la troubler. Elle souriait doucement en s'orientant vers le soleil. Nous avions soif de sa chaleur. Nous voulions son contact torride afin d'exorciser les hallucinations noires de la terre. Le ciel écarquillait son aven illimité. Au-dessus de nous, un aigle volait, son envergure superbe s'équilibrait dans les spirales du vent. Balkis admirait les voltes régulières de l'oiseau. Je voyais son torse dressé. Le soutien-gorge glissa, découvrant la pointe grumeleuse, presque noire, de ses seins. D'un mouvement preste, elle remonta les balconnets. Je l'invitai à se débarrasser de l'encombrante parure, elle avait besoin du soleil sur toute sa chair. Elle se détourna légèrement de moi pour se dénuder davantage. Il me semblait que sa gorge invisible, que tout son corps mûrissaient, fécondés par les rayons, qui, en s'infléchissant, donnaient maintenant à sa peau une couleur plus dense et dorée. Soudain, tout fut mélodieux... L'ombre du désir qui s'était levé en moi avait disparu. Ne demeurait plus qu'un sentiment de lumière et de beauté. L'envergure de l'aigle s'amenuisait à la cime du ciel, telle une lettre claire.

– Bachir, c'est moi...

Balkis avait entendu le silence de son mari. Un gouffre. Il ne s'était pas précipité dans une semonce, une algarade ou des supplications. Bachir était sans doute resté frappé de stupeur, muselé par l'émotion. Balkis aurait préféré une réaction, un mot...

Elle répéta :

– Bachir...

Bachir se taisait. Balkis ne savait plus comment interpréter ce silence. Colère blanche, toute la masse d'une condamnation muette, effroi sidéré ?

Alors, elle se lança :

– Bachir, j'ai besoin de... distance, de réfléchir à ma vie... Je ne peux pas rentrer au Caire. Je ne te reproche rien. Mais j'ai soif d'une autre vie. Je veux vivre autrement, ailleurs. J'aime Nur, j'aime vivre en France. J'aime tout ce qui peut advenir. J'ai envie que des choses adviennent... Cela s'est passé en moi, tout s'est retourné, cela a éclaté... Je veux une vie nouvelle. Je ne reviendrai pas, Bachir. Je le sais.

Il y avait toujours le même silence au bout de la

ligne. La mort. Quelle menace ou quel anéantissement ?
Et puis, dans un souffle, il a balbutié :

– Tu ne peux pas faire ça. Jamais tu ne t'es plainte, pas
le moindre signe. Nous étions heureux. Et, tout à coup,
tout bascule. Mais pourquoi ? Qui t'a ainsi transformée ?
Tu subis le pouvoir de Nur, son emprise. Elle t'envoûte, tu
n'as même plus de liberté. Je suis ton mari, nous sommes
mariés. Tu as accepté ce mariage. Tu avais compris que
tes relations avec Nur n'étaient pas tenables, que c'était
une passion adolescente, immature... Pas la vie !

– C'est la vie, Bachir... Ma vie commence. J'ai cette
certitude violente en moi. Rien ne pourra m'arracher
cette vie qui commence. Entends-le bien, Bachir, personne ! Ni toi ni même Nur... Cela va au-delà de mon
amour pour Nur, de mon passé.

Le ton de Balkis était si intense, sa voix si belle, si
profonde, si résolue que Bachir en subit le choc. Pendant qu'elle parlait, Balkis sentait, savait que sa voix
était magnifique, qu'on ne pouvait rien contre ce qui
explosait en elle, s'imposait comme une évidence radicale, rayonnante. Mais, en même temps, elle ne pouvait
ignorer qu'elle brisait le cœur de Bachir, qu'elle le
détruisait. Et la conscience de cette douleur, au lieu de
la faire chanceler, renforçait, au contraire, la gravité, la
puissance de sa conviction. Elle vivrait même au prix
de la souffrance qu'elle détestait infliger. Ce qui lui permettait de ne pas reculer était le sentiment qu'elle sacri-
fiait Bachir, non pas égoïstement à sa vie, mais à la vie
même dont la révélation s'était épanouie en elle. Une
vie inconnue... C'était à la merveille de cet inconnu
qu'elle cédait. À une vague qui les dépassait, elle, lui et
Nur. C'était ce qu'elle avait découvert, l'onde allait plus

231

loin que Nur… Elle débordait et cette sensation la remplissait d'enthousiasme, c'était quelque chose de sublime: l'immensité océanique de la vie!

Alors, elle entendit Bachir éclater en sanglots. Et il se passa en elle quelque chose de contradictoire et de terrible. Les larmes de Bachir la bouleversaient, elle en aurait presque pleuré elle-même, mais elle éprouva aussi, comme en filigrane, l'affleurement d'un plaisir qu'elle n'aurait su nommer. Ce n'était pas de la vengeance, était-ce la fin de son amour pour Bachir? À la fois, au même instant, elle aurait pu pleurer brusquement ou ne rien éprouver, assister du dehors à la douleur de Bachir. Et elle finit par pousser une sorte de sanglot, à son tour, peut-être justement parce qu'elle ne partageait pas vraiment la souffrance de son mari et que cette insensibilité la surprenait comme une découverte monstrueuse, inconnue…

Les choses avaient évolué très vite. L'embarquement de Balkis dans son autre vie. Elle ne pouvait plus revenir habiter en cachette chez Roland, depuis que Bachir était installé en voisin dans la maison de Laurence. Malina avait dépeint la situation à Marc, son amant. Ce dernier possédait un studio à Paris qui venait d'être libéré par son locataire. On y accueillerait la fugitive. Malina, elle-même, quand elle ne coucherait pas dans le petit pavillon de Marc, au fond du jardin, pourrait partager le logement parisien avec Balkis qui se sentirait moins seule. Nur accepta le marché. Il était plus sage que les deux amantes se voient à Paris. Cependant, je sentais à quel point cette vie parisienne de Balkis tourmentait Nur. Cette dernière était obligée de passer ses nuits, chez sa tante, à Chatou, pour fournir à Bachir la seule preuve qui pouvait le contenir : la certitude que Balkis avait réellement choisi de prendre ses distances, de s'éloigner du mari et de l'amante pour retrouver son chemin intérieur. Ainsi Nur était censée partager le sort de Bachir. Balkis était bien en terrain neutre. Dans sa nouvelle vie. Hélas, Nur pressentait que cet alibi destiné à neutraliser le mari jaloux risquait de se changer en vérité. Balkis aimait Paris. Balkis se promenait librement dans Paris. Prise par son travail dans la librairie de Chatou et par ses heures de garde chez Roland, Nur ne pouvait pas toujours l'accompagner. Balkis adorait les rives de la Seine. Elle flânait pendant des heures. Elle me révélait que sa vie était délicieuse. Se lever le matin, prendre son petit déjeuner dans un café, bondir dans un métro pour visiter un jardin, un musée que je lui avais conseillé. Lire dans un square. Regarder. Attendre. Respirer. Acheter un collant corsaire dont la mode revenait, oser cette longue gaine de Lycra sensible. Marcher. Être regardée. Rentrer, sortir. Faire l'amour avec Nur, quitter son amante, se retrouver seule à Paris pour de longues heures. Être libre, la nuit, après le dernier coup de téléphone de Nur. Ouvrir la fenêtre, entendre la rumeur de l'immense ville, baigner dans ses reflets, être entièrement zébrée de lumières mobiles, de halos changeants. Emmaillotée, tigrée, se caresser en contemplant sa propre image transfigurée, inconnue, dans le grand miroir. Tromper Nur. Tromper Bachir. Voyager loin de ceux qui vous confisquent. Même s'il arrivait à Nur de tricher, de raconter à sa tante une fable qui lui permettait de passer une nuit à Paris, après s'être assurée que Bachir ne la suivait pas. Alors, les amantes se reflétaient dans l'eau du miroir, leurs nudités se mêlaient, roulaient dans des courants luminescents qui les rendaient mystérieuses l'une à l'autre. Et Nur me dévoila qu'elle souffrait de deviner, au cours de ces jeux, que Balkis prenait autant de plaisir à déchiffrer son propre corps moiré, strié, moucheté, métamorphosé qu'à reconnaître celui de son amante.

Laurence avait tout loisir de s'occuper du misérable. Le soldat aux abois. De l'entendre, de l'aiguiller, de l'apaiser. De le surprendre, par la porte entrouverte de sa chambre, dénudé, gémissant, agité de tourments ou immobile, comme mort, allongé sur le dos, les yeux fixés au plafond, plongé dans un dénuement absolu. Elle s'émerveillait de sa beauté mâle et pâle. Comme elle disait... Des sueurs d'angoisse qui soudain l'inondaient, collaient son tee-shirt contre sa peau. Elle l'aimait englué, ainsi abandonné, ruisselant, macérant, exhalant, disait-elle, encore une odeur de Nil, de sauvage mousson, ou tout rasé, tout propre, épongé, au sortir de sa douche, alors puéril, fleurant le savon de Marion. La fillette dont il s'était épris. Dont les élans, les caprices, les curiosités réussissaient à le sortir de son accablement. Marion attrapait la main de Bachir, l'entraînait au bord de la mare, lui plaçait des petits cailloux dans la paume et lui commandait, en jetant derrière elle un regard en coulisse, de faire mouche sur le vilain oiseau, car un soldat comme lui visait juste, à tout coup! Bachir avait d'abord été surpris par l'ordre cruel qui lui était donné, puis il avait pris plaisir à faire glapir et déguerpir ce cygne pur et hautain qu'il trouva, lui aussi, bientôt, détestable. Ce plumage immaculé, miré dans l'eau, à longueur de journée, et cette tentation perpétuelle de vous charger, de vous mordre les chevilles quand vous aviez le dos tourné.

– Je crois qu'il est pervers... soufflait Marion en scrutant le cygne.

Elle répétait « PER-VERS ». Elle adorait le mot qu'elle

avait entendu dans la bouche de sa mère à propos des types qui rôdaient dans le bois des PROS-TI-TU-ÉES...

Laurence éprouvait parfois une bouffée de jalousie à voir la complicité de Marion et de Bachir qui couraient dans le jardin, tournoyaient en une ronde effrénée, jusqu'à ce que Marion lâche la main du garçon pour tituber dans l'ivresse du vertige et s'affaler doucement dans l'herbe, comme évanouie. Bachir se penchait plein de zèle et la relevait comme une princesse. Marion revenue à elle, avant de se laisser soulever, fixait un instant, de ses yeux brillants, le prince qui était à sa dévotion.

Mais Bachir était sensible à la voix suave et tendre de la mère qui savait le remuer, le troubler. Par ses discours intelligents, subtils, jamais secs mais toujours constellés de nuances si douces. La célérité du verbe de Laurence, d'autres fois, le sidérait, la vitesse de toupie, les formules à l'emporte-pièce, les flèches inopinées, la drôlerie, l'impatience presque, quelque chose de grisé, de speedé qui vous étourdissait, vous coupait le sifflet, vous donnait l'impression que votre propre pensée se traînait, impotente et balourde. Laurence avait l'art de ne pas abuser de ces vertigineuses vrilles. Aussitôt après, elle changeait de ton et de rythme et reprenait le cours de son discours plus intime, plus creusé, plus charnel. J'avais vu déjà une lueur pointue s'allumer dans le regard de Bachir pris dans ce débit lucide et langoureux.

Anny n'était pas en reste. Elle se taillait, elle aussi, son petit succès auprès du visiteur du Caire. Après tout, ils partageaient le même sort. N'avaient-ils pas été tous les deux trahis par Nur !? Cette promiscuité dans la disgrâce risquait de les rendre un peu répugnants l'un à l'autre. Bien au contraire, leur différence d'âge les pro-tégeait de la confusion. Anny aurait pu être la mère de Bachir. Une maman blonde aux yeux bleus, fine et coquette, à l'échancrure toujours ouverte sur des den-telles, des franges noires et diaphanes, au derrière extraordinairement leste, qui avait oublié de s'alourdir, de vieillir. Il se campait dans des jeans d'un beau bleu usé, ton sur ton avec les yeux. Rien, en elle, ne trahis-sait l'épouse trompée. Mais elle écarquillait de longs cils peints de mascara. Quelque chose de pailleté dans ce regard, une ironie enjouée, une impertinence sen-suelle, un rire refoulé ainsi que de jolis moments de mélancolie, comme une authentique compassion. Bachir était très sensible à ces tonalités qui étaient le propre d'Anny. Car Laurence qui détenait le sens du pathétique au plus haut point y mettait un excès, une secrète palpitation de désir qu'Anny, plus âgée, plus expérimentée ignorait. Elle savait tout adoucir d'une humanité simple et touchante. Désintéressement auquel Laurence n'était pas parvenue tout à fait avec Bachir...

Ce dernier aurait pu être au paradis au milieu de ces femmes troublantes et secourables. Mais la fugue de Balkis le taraudait toujours. Balkis envolée vers son autre vie, sa vie inconnue. Tout à coup, la douleur le lançait, lui crevait les entrailles, un sentiment horrible de vide, à l'idée de cette destinée aventureuse dont il était exclu, les journées enchantées de Balkis, sans lui. Il les imaginait. Halluciné ! Il était au supplice. Les nou-veaux désirs de Balkis, ses joies égoïstes, exaltées, ses émois complaisants et secrets, tous les fantasmes de son amante délivrée... rieuse, vagabonde, amoureuse, étincelante. Elle ne lui avait jamais paru si belle que depuis qu'il se la représentait loin de lui, dans une lumière allègre et féroce. Elle ne pensait plus à lui, il pensait toujours à elle. Alors Laurence essayait d'atténuer ce disparate qui le torturait, elle lui remontrait que Balkis ne pouvait pas ainsi l'effacer de sa pensée, que, bien sûr, elle aussi souffrait et que sa liberté était plus relative qu'il ne le croyait. Anny ne cherchait pas à le raisonner. Mais elle lui parlait plus doucement, avec une empathie qui l'aurait porté à venir dans ses bras pour y pleurer tout son saoul.

Soudain, il se révoltait, repoussait tout secours. Hérissé de colère, d'une rage de vengeance. Il haïssait Balkis. Il voulait la retrouver. Il accusait les deux femmes de tricher, de lui cacher la vérité, car elles savaient évidemment où Balkis s'était enfuie. Il avait envie d'étrangler Nur, de griffer son visage de nacre, de casser son cristal rebelle et dédaigneux. Laurence, alors, rejoignait Anny dans sa chambre pour exhaler une de ses tirades de Phèdre qui nous laissaient pantois :

– Non, c'est insupportable, comme ça, il est trop beau ! La crise donne à ses traits un relief, un éclat qui le transcendent. Il est tendu et beau à craquer. Il est galvanisé. Pourtant, j'ai horreur de la violence. Mais je ne sais comment dire : il en devient noir, éthéré !... Tous ses nerfs braqués, décalqués. On voit le moindre de ses muscles vierges. Oui, ça le rend vierge ! Sa nuque et son cou, ses bras dénudés par le courroux et la détresse. Ses pommettes coupantes et superbes. Il reste incroyablement juvénile et innocent. Il se dresse dans sa rage, son tee-shirt se rebrousse, et on voit les sangles de son beau

238

ventre brun qui bat. L'artère… son sang violet… C'est à tomber ! J'en tremble, je n'ai plus de jambes… Je me sens transpirer… Je suis en nage ! J'ai chaud, là, dans la coulée du dos, des reins. Cela me remonte au visage. Je deviens écarlate, j'ai honte ! C'est dingue !… Il est romain, racinien, incroyablement égyptien… Il va éclater. Il est blessé, furieux. Tout en armes, il est désarmé ! Il est mignon à mourir. Son accent me ferait crever, sa raucité haletante, époumonée… Il va mourir. J'ai envie de lui ! Merde, je le veux, ce con ! C'est trop tendre son ventre de mec, c'est félin, ça palpite jusqu'à la naissance de son duvet noir sous le nombril. Ça mousse, merde ! Je vois ça : dans sa transe, il exhibe l'abdomen qui se creuse et se bombe et s'allonge, passe sous la ceinture… Il y a un vide mince et noir qui bâille entre la peau et le cuir… Toute sa chair brune se muscle et serpente dans les affres de la jalousie… ça se contracte, c'est animal ! Il a des spasmes, des torsions de Christ qui me tuent. Je suis écorchée vive… Il bouge devant moi, pivote, je vois sa nuque baignée de sueur. Je sens son odeur… Il tourne en rond. Les fesses et les épaules boulées. Il est musqué, j'ai la fièvre… Me fait chier sa Balkis ! Sa cigogne à la con ! L'évaporée ! Je n'ai jamais vu un cocu si transi, craquant ! Sa peau, merde, je l'ai dans la peau ! Je brûle, je fonds ! Je suis dingue, raide d'amour.

Depuis l'aube, j'ai envie de Nur. J'entends sa voix, là-haut. Roland est un peu sourd. Il faut hausser le ton. Les gutturales de mon amante traversent le plafond. Je ne comprends pas ses mots. C'est comme si l'essence de sa voix m'était offerte, déliée des anecdotes sonores. Rien que le timbre, sa saveur, ses orgues d'Orient. Elle se fait couler un bain. Comme chez elle... Car seule Malina aide Roland à faire sa toilette complète. Nur a des pudeurs. Elle sait, en outre, que le héros préfère Malina pour les séances d'ablutions approfondies. C'est donc le bain de Nur qui se déroule. Les robinets ronflent. Le vacarme devient plus plein. La baignoire est à point. Nur grimpe dans la vasque. Nue, elle s'abandonne à la sensation de l'eau très chaude. Son corps livré, cuisses béantes... Elle ouvre la douche dont j'entends claquer le jet. Elle s'arrose les épaules, elle plonge le pommeau jusqu'à son ventre, elle jouit du bouillonnement, de la différence de température, elle passe un gant sur son pubis, remonte entre ses fesses. Elle a des bains brefs, mais actifs. Je l'ai vue faire. La mitraille de la douche darde sur ses seins, le long de ses reins, tandis qu'elle s'étire, se cambre, s'étrille, remue sans cesse,

240

s'agite, puis se laisse aller un moment, la tête renversée contre le marbre, les jambes allongées, repos total, les yeux fermés. Pas plus de trois minutes. Elle se redresse d'un coup, lissée, guerrière, mamelons tout pointus, le toupet du pubis noir vif. Peut-être que c'est l'instant que choisit Roland pour venir, à la dérobée, glisser un œil par la porte entrebâillée. Suzanne et le vieillard... Les mythes ont soif d'être perpétuellement revivifiés. Roland admire Nur nue, telle une pépite étincelante. Oui, or, joyau noir. Quand Malina prend son bain, le vieux pillard saisit au vol un autre spectacle. Chair blonde, seins opulents, croupe plus puissante, plus épanouie que le derrière coriace et menu de Nur. La haute fille se lève dans la baignoire. Ses longs cheveux gluants lui collent aux mamelons. On voit la végétation de ses veines bleues, les boucles du pubis vermiculées, vrillées sur les commissures renflées du sexe que mire le vieillard légendaire, subjugué par la rayure, oui, la raie d'envie, dans ses ourlets d'amour, la nervure de vie que Malina a tournée vers lui. Elle rayonne. Elle sait qu'il la contemple. Il s'est à peine caché. Elle lui prodigue sa profusion. Elle l'a avoué à Nur... Elle ne déteste pas combler le regard d'un héros aux portes des ténèbres. Qu'il emporte dans la nuit noire cette vision profonde et solaire. Qu'il entre au royaume des ombres illuminé par la torche de sa chair.

Au moment où Nur quitte la demeure, je sors en même temps qu'elle et lui propose de la conduire au RER. Je devine qu'elle va rejoindre Balkis à Paris. Elle monte dans ma voiture. Ma main ne peut s'empêcher de lui caresser le cou, de gratter, entre les deux tendons, ses courts cheveux noirs que prolongent deux pattes de duvet descendant sous son col. Elle sourit. Elle va vers son amante qui l'attend. Elle me révèle cependant l'ombre d'un souci. Melody Centauresse a un problème de dos, un rhumatisme qui l'inquiète. Ce serait bien de passer à l'écurie avec Roland et Malina pour masser l'ensellure crispée de la jument. Je le lui promets. Alors, juste avant de s'échapper de ma voiture, ses lèvres déposent un baiser qu'elle entrouvre pour faire glisser le bout retroussé de sa langue contre la mienne. Elle fait cela avec beaucoup de précision, de douceur. La sensation voluptueuse, son toucher exact et mouillé. « Je bande. J'ai envie de toi, de tout ton corps accolé ainsi au mien... »

Elle me jure qu'elle va venir bientôt reprendre son travail sous ma dictée... Elle voudrait que j'évoque encore les belles images des centaures, que je dépeigne leur destinée fougueuse, ardente. Balkis est sa centauresse. Elle se gorge donc de cette vision pour préparer, attiser son désir et le rendre plus sauvage. Comment ne serais-je pas jaloux ?... Mais déjà le train bondit, coulisse, rouge et bleu, toutes ses vitres miroitent... Elle franchit lestement les marches de l'escalator. Sa fine silhouette fuse et ses fesses paraissent me narguer de leurs galbes envolés, de leur trémoussement étroit et dansé. C'est le jour de ma mort, de mon exil. Je suis le rebut largué. Assis dans ma bagnole, assommé. Alors la transe cervicale me saisit au collet, se ramifie le long de mon bras. Et ma main n'est plus qu'une caricature, une vilaine feuille d'automne anguleuse et rongée, promise à la décrépitude. Un crabe crevé sur le rivage des centauresses heureuses.

En début d'après-midi, j'accompagne Malina et Roland à la promenade. Notre héros est gai, facétieux. Il fait des moulinets avec sa canne. Et cela me remonte le moral.

Malina me raconte ses amours avec Marc. Il va l'emmener à Bali. Elle en saute de plaisir au milieu de l'avenue : « Dis, Bali ! » La sonorité aiguë du mot est pour elle la sonnerie du plaisir même. Elle répète « Bali », fait jouer dans sa gorge la beauté plus mate du *a* qu'elle prolonge et aggrave comme dans Baal... Baali... Et l'île jolie cesse d'être un cliché, paraît plongée dans je ne sais quel bain de volupté barbare et profonde.

Et je renchéris, je la pastiche :

– Mââlina à Bââli... C'est comme un rââle d'âââmour...

Elle nous fait face à Roland et à moi, le visage tendu vers nous comme pour nous dévorer, elle s'exclame :

– MAALINA...

Elle en module le roucoulement rauque, le cri qui roule de la gorge aux reins... Décidément, c'est ma journée !

Puis, tandis que Roland marche un peu devant nous, sans le secours de son bras, Malina me confie qu'elle a fait l'amour, cette nuit, dans l'écurie de Marduk. Je ne commente pas, mais agacé, je trouve cela un tantinet stéréotypé. Elle doit le deviner, elle corrige immédiatement le tableau que j'imaginais et me dit :

– Le grand cheval dormait... immense, il dormait. On était venu lui dire bonsoir, Marc et moi. Ses flancs luisaient dans la paille. Alors, on s'est embrassés, pressés contre le mur, puis on a croulé tout doucement dans la litière. Et on l'a fait sans bruit, sans se déshabiller. On a ouvert juste ce qu'il fallait… On s'est aimés étroitement, muets. Sans un halètement. Dans le plus grand secret. Veillant à ne pas réveiller le pur-sang endormi. Sa masse si noire dans la paille. On voyait son flanc se soulever, sa respiration lente. Un moment, il a soupiré, soufflé. Je crois qu'il rêvait. On s'aimait dans un rêve de cheval… dans la couleur de Marduk rêveur, dans le chaud de l'odeur… si tu savais…

Oui, je savais… Et je ne savais pas… Elles s'étaient donc toutes liguées, aujourd'hui, pour me harceler de centauresses et de rêveries fauves.

Melody, debout dans son box, semblait nous attendre. Je caressai la fleur de ses naseaux humides. C'était pareil à de la chair d'oisillon, de petit hérisson trémoussant et nu. Malina entreprit de masser le dos de la jument qu'elle trouva en effet très contracté. Elle ne procédait pas avec la brosse mais avec une serviette de bain qu'elle faisait tournoyer doucement, en glissant de l'encolure aux reins. Elle remontait, elle descendait, elle irriguait tout le volume sensible, tentait de l'assouplir, de le chauffer…

Nous étions sortis dans la cour. Et une femme, pas loin de nous, avait des démêlés avec son cheval rétif, dressé sur ses antérieurs. Rebelle. C'était une femme de petite taille et de carrure menue. Mais elle s'était plantée en face du cheval et lui administrait des petits coups de cravache sur le col, elle le tançait, cherchait à imposer sa domination. Malina m'expliqua qu'il fallait éviter ce type d'affrontement, car le cheval pouvait se cabrer et vous cogner d'une volée de sabots. N'empêche que j'aimais le duel entre ce petit bout de femme tendue devant la proue de la bête, dont l'échine chaloupait, dont le cul ondulait, tressautait. La tête tout écarquillée de colère et d'effroi. Tandis que les fers faisaient un concert percutant.

Malina continuait de soigner la grande Melody. La jument se laissait faire en frémissant. Elle semblait se couler sous les vagues de la serviette ferme et douce. Roland, comme moi, était pris dans cette espèce de danse, de roue, de rosace dorée. Tant la peau de la centauresse était fine, délicate, parcourue de mille frissons de nerfs et d'artères. Tant elle brillait, électrisée sous l'ampleur des caresses. Peut-être que la jument cédait à un flux de sensations nouvelles et troublantes dispensées par une autre femme que Nur. Les chevaux n'apprécient guère ces changements. Cependant Melody connaissait bien Malina. L'odeur qui s'ouvrait sur elle, qui l'envahissait, semblait la remplir, l'abreuver. Comme si elle percevait l'essence même de cette blondeur de la Polonaise, dont nous n'avions qu'une appréhension humaine et superficielle.

Mais la contracture résistait encore, toute une plaque musculaire dont Malina sentait les cordes au relief presque rugueux. Elle alla chercher un tabouret sur lequel elle grimpa pour avoir plus de prise. Elle lâcha la serviette et procéda mains nues. Elle pétrissait, creusait en suivant le courant des tendons. Elle cherchait, elle sondait dans la masse de chair rigide, y ouvrant des espèces de sillons, de pistes, de passages à partir desquels elle gagnait du terrain et des souplesses.

La blonde et la jument dorée semblaient maintenant se comprendre au sens le plus intime, le plus profond, dans un effluve commun monté du plus secret de leur sang, de leurs glandes. Elles devenaient poreuses l'une à l'autre. On le sentait au rythme plus rayonnant des paumes de Malina, nues, grandes ouvertes sur la peau de Melody brûlante. Tout à coup, j'entendis le déclic sourd, la détente du muscle qui se relâcha. Alors, toute la plage du dos vibra et se déploya, libérée, plus tendre, telle une coulée d'or vivant.

J'avais soif de ces mains trempées d'or dont l'alchimie sensuelle pouvait dissoudre au fond de votre chair le nœud du malheur.

Sur le chemin du retour, nous avons croisé Mélissa. Gaie, elle aussi, et facétieuse, comme Roland qui, du bout de sa canne, lui harcelait les mollets. Mélissa sautait de côté, en riant. Roland, alors, me chuchota tout bas : « Avec un bon coup de canne sur le crâne, on lui ferait sans doute retrouver la jugeote… »

Je laissai Malina rentrer avec Roland et poursuivis la promenade, en compagnie de Mélissa. L'air de rien, nous nous sommes rapprochés de la forêt. Alors, elle m'a regardé avec une expression de connivence fine.

– Cela sent le Titus ! Le Noir n'est pas bien loin…

– Croyez-vous qu'après toutes ces années il soit encore vivant ?

Elle se dressa maigre et formidablement saine de peau, le regard net.

– C'est un cheval immortel !

Elle divaguait. Je ne détestais pas les préceptes de sa folie. Alors, de loin, nous avons aperçu Bachir qui se promenait en tenant Marion par la main. La fillette pavoisait comme une reine. Elle m'adressa un signe négligent du bout des doigts. Peu de temps après, le long de la lisière, tout à coup, Mélissa et moi, nous avons vu filer le renard roux. Il se dérobait comme un voleur. On eût dit l'esprit d'un dieu pillard et rusé. Ce feu nous brûla de bonheur. Mélissa en était toute contente. Et je regrettai que Marion ait raté cette apparition. Mais le renard l'aurait distraite de cette fusion sublime qui semblait l'unir au prince des contes d'Orient.

On arrivait aux abords des écuries secrètes, pour reprendre le mot de Mélissa... Le long du sentier des prostituées, l'on vit « l'homme qui marche » mystérieusement arrêté, immobile. Un cavalier faisait brouter sa monture sur le talus. Les prostituées restaient invisibles. Même si, çà et là, brillaient les sacs de plastique qu'elles accrochaient pour signaler leur cachette. « L'homme qui marche » contemplait l'animal qui se révéla être, quand nous nous sommes approchés, une ravissante pouliche noire et nue, sans selle ni harnais. J'adorais ces moments où le cavalier renonce à la chevauchée pour s'adonner au seul plaisir de promener son cheval, de le laisser vaguer à la recherche d'une herbe fraîche. C'est toujours un moment paisible, soyeux, serein. « L'homme qui marche » jouissait de ces instants délivrés. Sa longue main pâle, délicate et osseuse s'allongeait vers l'encolure noire comme la peau d'une anguille. Il semblait oser toucher l'animal. Il en éprouvait le contact vivant, miraculeux. Il souriait. Il n'avait plus cet air d'ironie un peu douloureuse, cette façon d'excuse qu'on lui voyait habituellement. Non, il était restitué à lui-même, dans l'aura de la jeune pouliche noire, humide et si douce.

Nous ne nous sommes pas incrustés, craignant de troubler par notre présence une union si bienfaisante.

J'ai demandé à Mélissa ce qu'elle savait de l'homme…

– Il marche ! Tu le sais autant que moi, il ne fait que marcher. Je ne connais rien d'autre. Tantôt, on me dit qu'il vit avec sa mère, tantôt qu'il partage son logis avec un amant plus malade que lui. On me révèle qu'il a le sida, le lendemain, c'est une hépatite grave… On veut me rendre folle !

Elle me toisait de son air finaud. Que savait-elle donc de sa folie ? Personne, bien sûr, n'osait aborder avec elle ce sujet crucial.

– Tu sais, peut-être qu'il nous la joue… Si cela se trouve, il imite son amant malade. Hop ! il sort et s'affuble de l'apparence de son copain, si tu me suis… Il fait l'autre… il entre dans son rôle. C'est pourquoi il a toujours l'air de poursuivre son idée fixe… une drôle d'idée… peut-être… un fantôme…

J'aurais aimé l'entendre développer davantage ses divagations très intéressantes. Mais elle se braqua soudain et me souffla :

– Oh ! Là, on brûle, c'est l'arôme du grand Titus tueur… On va tâcher de pénétrer dans les écuries louches, les écuries sacrées…

On nous laissa entrer dans la cour. Et les box s'alignèrent devant nous. C'est vrai qu'un climat de désinvolture semblait régner partout, une impression de nonchalance, de paresse… Des chevaux étaient encore à la promenade, d'autres sortaient la tête pour nous regarder, certains hennissaient, soufflaient, se retournaient comme pour ne plus nous voir. Les lads ne faisaient pas attention à nous. Mélissa excitée me dit :

– Ils font mine, ils prennent des airs dégagés… Je suis certaine qu'ils planquent Titus dans une niche, un box à double fond, derrière un trompe-l'œil. On passe devant lui et on n'y voit goutte. Son fantôme nous voit. Mais pas nous. Tu sens quand même ce magnétisme… Tu le sens ?

Mélissa s'énervait car je ne percevais rien.

– C'est une trace, une piste, un éclat, cela irradie le Titus à tout coup. Il était là encore, il y a dix minutes, peut-être qu'ils l'ont lâché dans la forêt, quand on s'est pointés… Mais, peut-être, je me tue à te le dire, qu'il est là devant nous, dans l'invisible. Le grand Titus ténébreux. Il nous hume. Dans sa transparence, il a envie de nous tuer… Qui sait ce qui se passe dans la tête du cheval caché ? Un pur-sang capricieux, colérique et sacré… Il est venu de l'Inde… C'est pas rien l'Inde, ça en dit long… Roland l'a ramené de là-bas, avec son ami Jeff. On ne sait pas ce qu'ils ont mijoté en Orient… trafiqué… Mais moi je ne crois pas à la mort de Titus. Titus est vivant !

Elle s'exaltait, Mélissa, mais ne haussait pas le ton, dissimulait aux lads son émotion.

Elle me fit remarquer que les noms des chevaux étaient inscrits au-dessus des portes des box. Elle se mit à rigoler tout bas, en me donnant des coups de coude.

– Dis ! Avise, avoue qu'ils ont des noms bizarres ces canassons. Je sais qu'en la matière on peut tout se permettre, mais quand même…

Mélissa ricanait en prononçant les noms des chevaux :

– Fille de Sade… Cela commence fort…

Elle continuait, elle voyait les noms, elle énumérait toute la liste, tandis que des chevaux entraient dans les écuries, que les lads apportaient des litières fraîches pour la nuit.

– Crimen Amoris, voilà du latin, maintenant, c'est comme Titus, c'est romain, c'est une piste !... Hard Horse, on brûle, cela sent le Titus à plein nez... Impudique Entier, tiens ! Qu'est-ce que je disais... Grand Oiseau de Sodome... Là, ça devient vicieux, ils nous embrouillent... Crazy of Your Ass, c'est de l'english ou quoi ? Ils nous la jouent !... Juicy Lover, ça continue !... Koy, c'est quoi, ça, quelle langue ?...

Je suivais Mélissa qui épiait, dont l'œil dardait sur les noms qu'elle découvrait, un peu haletante, hébétée... Puis son regard fonçait, débusquait le nom caché :

– Rubis de ma Rage, Tout Soleil est Amer, C'est de la Balle, Rump of Cumba, Extase de Merlin, Guilty Lolita, Longtemps Je me suis Couché de Bonne Heure. Là, c'est un peu longuet, on s'endort ! Royal Catante, Mirifiques Buttocks, Ganmore, Tu me Fais Ierch, Aminata Dream, Rayon Violet de tes Yeux, Je suis en Sang...

Elle s'arrête, elle se tait, étonnée par un nom, différent, brusquement pathétique :

– Mémoire de la Douleur... Là, c'est plus étrange, hein ! C'est le seul nom qui soit triste. C'est beau Mémoire de la Douleur. Je me demande pourquoi ils ont appelé ainsi un cheval ? C'est beau, mais ce n'est pas du tout un nom de pur-sang victorieux...

Elle égrène d'autres noms. Et, tout à coup, elle se hérisse, galvanisée, le doigt tendu vers le nom :

– Fils de Titus, ça y est ! En plein dans le mille ! Titus, nous voilà.

Je nuance son appréciation:

– Fils de Titus, ce n'est pas le père...

– C'est pas loin, c'est presque pareil, c'est comme la trinité, tel père, tel fils, tel esprit, c'est l'esprit de famille... son parfum spécial. Cela sent le crime, oui, le tueur noir de jadis, les Atrides... oui... De père en fils. Kif-kif!

C'est un choc pour Mélissa que cette vision du nom, même un peu décalée. Elle en reste raide, électrisée. Hélas, le box est vide... Elle masque son impatience et lance à un lad:

– Où il est Fils de Titus?

Le lad répond:

– Sa maîtresse l'a emmené en vacances, à Deauville. Il doit galoper sur la plage...

– Quand vont-ils revenir? demande Mélissa.

– Cela dépend du temps, s'il fait beau, ils ne reviendront pas de sitôt!

Mélissa me souffle:

– Tu as vu comment il a escamoté ça: «Ils ne reviendront pas de sitôt!» Toc! Circulez, la visite est terminée, l'oiseau s'est envolé...

Mélissa scrute le box vide. Elle regarde autour d'elle, excitée... Un lad la fixe des yeux. Je l'entraîne vers la sortie... Elle me dit:

– De toute façon, ce n'est pas comme cela qu'il faut s'y prendre. C'est trop frontal. On assure leur parade. Il faudrait s'infiltrer en secret... comme un fantôme...

J'approuve cette tactique... Maintenant, elle penche la tête en marchant, elle ne s'adresse plus à moi. Je la reconduis à l'orée de la ville dont on distingue, au loin, la rumeur, le brouillard lumineux. Elle est perdue dans son rêve. Voit-elle le cheval caché? Que lui dit-elle? Elle marmonne tout bas. Aux prises avec son grand démon. Le crépuscule tombe. Les arbres ont perdu presque toutes leurs feuilles. Ne demeurent que quelques esseulées, d'un jaune rare, très doux, comme phosphorescent, dans l'ultime rayonnement du soir. Au moment de nous séparer, elle me jette un regard de détresse et me dit :

– Je suis folle...

Je la prends dans mes bras, je la serre en l'embrassant.

– Nous sommes tous fous, Mélissa, hantés par nos fantômes...

Je rentrais chez moi, lorsque Tara vint assurer sa garde de nuit. Je n'ai pas hésité et je lui ai demandé :

– Tara, est-ce que Noir Titus est mort?

Il m'a regardé, intimidé. Il est resté muet. Puis il a murmuré :

– C'est un passé douloureux. Roland refuse qu'on en parle.

J'ai insisté :

– Parce que Titus a tué le mari de Mélissa?...

Tara a souri tristement. Comme si la vérité était toujours antérieure, plus ample, plus profonde, plus poignante. Comme si le mari de Mélissa, ce n'était pas la vraie douleur... Puis il s'est sauvé. Il était en retard. En effet, Malina était partie, elle avait laissé le héros tout seul.

J'ai perçu bientôt des éclats de voix, là-haut. Une colère de Roland. Cela arrivait depuis quelque temps, assez souvent. Comme une entaille, un déraillement, un accident de sénilité. Il tempêtait. Sa canne frappait le parquet. Était-ce dû au retard de Tara ? Malina avait été obligée de rejoindre son amant, elle n'avait pas attendu Tara. Roland, seul, avait-il été repris par le raz-de-marée de l'angoisse ? Aurait-il poussé encore son cri indéchiffrable en « ra... bra » ?... Était-il possédé par ce hurlement qu'il n'avait pas exhalé ? Il arpentait les pièces de son appartement et lançait des invectives contre Tara. Que pouvait-il bien lui reprocher, en fonction de quel passé ?

Alors, j'entendis de nouveau le tonnerre des robinets sous la pression. Roland n'aurait jamais pris un bain à cette heure, même énervé, exaspéré. Tara se préparait à l'immersion. De guerre lasse, il s'esquivait, se lavait des insultes, de la fureur du vieux. J'aurais tant aimé plutôt percevoir les notes de cette espèce de sitar qu'un soir j'avais cru reconnaître. Tara préférait se plonger dans l'eau brûlante. Peut-être avait-il vu, au fond de la vasque, quelques cheveux noirs de Nur... Mon amante n'avait pas eu le temps de les faire disparaître. Elle était partie avec une telle impatience rejoindre Balkis pour une nuit d'amour. Peut-être qu'elle avait laissé sa trace sur le marbre de la baignoire, l'anneau impalpable et plus brun de son bain dans lequel l'Indien nu allait se glisser.

Melody Centauresse brûlait, ruisselait. C'était la période de ses feux. Nur aimait la monter dans ces moments de crise. La jument devenait imprévisible et Nur adorait se trouver confrontée à chacun de ses caprices. C'était un défi pour la cavalière. L'espèce de fusion qui l'unissait à Melody éclatait, se dissolvait. Et ce chaos excitait la jeune femme. Car s'y révélait un animal inconnu, discordant, braque et outré qui ne laissait de prodiguer de délicieuses surprises. Le trouble où la plongeait sa passion pour Balkis ajoutait encore à cette sensation de péril et de tumulte sensuel.

Dans sa promenade, elle s'était arrêtée, un moment, juste devant ma porte, pour échanger quelques mots avec moi et me donner le spectacle et le désir de la centauresse tourmentée. Marc et Marduk déboulèrent d'une allée qui longeait la résidence. Une avenue goudronnée séparait le mâle de la jument ardente. Marc, de son côté, recherchait les instants de défi qui lui permettaient de vérifier sa maîtrise de « l'entier » comme il disait. De son pur-sang complet, fougueux, dangereux. C'était comme si Nur avait résolu de provoquer Marduk et son maître, ce duo de machos disposés à l'épreuve.

Elle fit exécuter une volte assez douce à Melody qui offrit soudain la vision de sa croupe à Marduk toujours maintenu au bout de l'allée, sur l'autre bord de l'avenue qui la coupait. Nur ne se contenta pas de cette provocation, mais elle arracha une série de ruades à sa jument dont la queue se releva sur la masse béante et jumelée des fesses. Je vis la fissure rose et gonflée du sexe inondé de sa sève. Marduk se dressa sur ses antérieurs, érigeant son poitrail d'assaut et de domination. Il soufflait, il grondait, et ses yeux prenaient une expression d'égarement devant le sexe baigné de Melody, son volume rougeoyant et soyeux que le panache de la queue balayait, voilait, découvrait par bonds, tant la jument s'agitait de cette tension du mâle qui la convoitait. Marc savait, sentait, que Marduk avait dégainé sa hampe géante et violâtre. Nur reconnaissait l'espèce de grimace de complaisance bestiale qu'adoptait Marc quand il était question de sexe et de domination. Un mélange de prestance et de veulerie sournoise. Il parlait à son cheval, on eût dit qu'il lui grognait des obscénités. Nur savait que c'était justement ce qui avait séduit Malina. Mais, elle, cette parade féline et friande la remplissait d'une sourde colère. Cela remuait au fond de ses entrailles des élans de dégoût, de rivalité, de rébellion, de rejet furieux. Oui, une haine l'envahissait qui lui faisait presser les flancs de Melody, l'éperonner, pour que la jument exaspère sa transe et ses coups de croupe, découvrant la fosse renflée de sa vulve en proie à des spasmes qui la submergeaient de son jus d'amour. Marc sentait bien dans ce jeu une provocation hostile plutôt qu'une complicité audacieuse. Il retenait le cheval dont le corps se déformait, le poitrail hissé, le cou allongé, puis rabattu,

255

reculant, le faisceau formidable de ses forces refrénées, contraintes à des sautillements douloureux, de massives, d'obliques contorsions sous le mors. Nur sentait qu'en même temps Marc aurait pu céder à l'impulsion de l'entier, épousant sa charge d'un coup. Marduk fonçant sur Melody, l'enfourchant en dépit de sa cavalière dans une confusion terrible, tonitruante. Elle n'eut pas le temps d'écarter Melody. Au moment où la Mercedes longue, muette et blanche, fila le long de l'avenue, Marc avait sans doute un peu desserré la bride et le prodigieux cheval s'était élancé avec une frénésie de typhon. Il culbuta sur la carrosserie blanche, la voiture l'entraîna sur quelques mètres. La bête se releva, cabrée, rebroussée de côté, émettant un hennissement effrayant, ses sabots cognaient sur l'arrière de la Mercedes qui avait réussi à passer, presque à échapper au vacarme et au choc. C'était le cheval pris de plein fouet qui avait été happé, sa robe distendue, ses membres désarticulés, refoulés vers le coffre de l'automobile. Marc avait roulé au sol. Il se redressa, vacillant, boitant... Marduk s'était finalement renversé, couché de côté, pantelant, soufflant, relevant son grand cou, le laissant retomber, battant le sol de ses fers. La Mercedes blanche s'était arrêtée, à peine bigornée, vierge, longue, lumineuse. Une jeune femme à chignon noir en sortit, accourant vers Marc qui se traînait vers son cheval terrassé. Mais moi je voyais Nur, qui avait fait reculer Melody entre les arbres, la détournait du spectacle, la bridait, l'enserrait de l'arceau de ses jambes, tentait d'apaiser la vénusté de l'alezane tétanisée, tout en se retournant, regardant le désastre avec une sorte de stupeur immobile. La catastrophe semblait l'absorber dans le faisceau d'une

contemplation insatiable, inexpressive, écarquillée...
Elle parlait à Melody continûment en lui caressant le
cou. Maintenant, avec un effroi hébété, elle regardait le
cheval noir et couché, ses convulsions géantes, le cavalier rampant et le vaisseau fuselé, immaculé, de la Mercedes qui brillait doucement dans la lumière.

Marc n'eut que des contusions et des tendons froissés, des cartilages malmenés. Mais Marduk avait les
antérieurs fracturés. On l'emmena rapidement dans
une clinique vétérinaire où il fut opéré.

Il se révéla bientôt que le cheval serait condamné à
boiter, ses chances de récupération totale étant nulles.
Trop de tendons fichus et de vilaines brisures que des
attelles, des plâtres recouvraient. Marc pensa le faire
euthanasier, comme on disait, plutôt qu'abattre qui
était plus brutal. Malina s'y opposa, y voyant un augure
mortel qui allait noircir leur amour. Marc écouta longuement la supplication de Malina qui parlait au cheval
blessé, le caressait. Cette scène l'émut. Il renonça à
l'exécution. Marduk vivrait, serait promené lentement
à la longe, claudiquant et soigné. Il vieillirait dans son
box.

C'était la saison des désastres. Au lycée, Naïma, ma préférée, l'amante des mots inconnus, tomba sous une inculpation de trafic de haschich. La formule excédait la gravité des faits. Deux barrettes seulement furent découvertes dans son cartable, un peu par hasard, sans qu'il y ait eu fouille. Elle l'avait laissé ouvert, un matin, en classe, un de ces mauvais jours où elle restait affalée sur sa table, l'œil éteint. Le prof s'était approché et avait vu les deux barrettes que rien ne camouflait. Il avait appelé la conseillère d'éducation et la procédure s'engagea contre ma favorite. Oui, j'assume le mot. J'aimais Naïma, ses curiosités, ses colères et ses stupeurs qui me désolaient. Je n'avais pas chaque année ainsi une élue. Loin de là. Des velléités parfois, des attirances voilées. Pas plus. Il y avait toute une classe à encadrer et je n'avais pas le loisir de trop m'attacher à tel ou tel. Mais Naïma m'avait bien accroché, par son indifférence, d'abord, son éloignement de mon cours, ses retards, ses absences, ses somnolences, mais surtout la magnificence de ses retours, de ses sursauts, de ses périodes de lucidité pugnace. Alors, elle dévorait les mots. Et j'aimais sa fringale juvénile. Elle était merveilleuse quand elle me demandait d'épeler le mot neuf. Qu'il fallait que j'en détaille toutes les facettes et les emplois. J'adorais quand elle revenait à l'assaut, parfois le lendemain, réclamant une ultime précision sur «luxuriance», «séditieux», «sagacité»... « Sagace», c'était notre dernier souvenir de mot. Comme elle avait aimé ce coup de dague ou de lance du vocable dont l'éclat zébra sa prunelle noire : «Sagace, monsieur !» et je lui répondais en écho : «Oui, Naïma, sagace, sagacité !» Chaque fois, c'était un mot de passe, un nouveau talisman entre nous.

Naïma ne passa pas devant le conseil de discipline, on en avait édulcoré la formule pour le transformer en un aréopage plus psy mais toujours un peu policier. C'était tout un rameutement des instances du lycée et de certains responsables extérieurs. Figuraient des profs, les conseillers d'éducation, la proviseur et son adjointe, mais encore l'infirmière, l'assistante sociale, des délégués des parents et une ancienne élève qui, avec les ans, avait fondé une association dans sa cité et était devenue une manière d'avocate des lycéens menacés d'exclusion. Car tel était bien le péril qui pesait sur Naïma. Virée ! Naïma pouvait compter aussi sur Houria, déléguée de sa classe, cheveux refoulés sous son bandeau, chignon planqué dans la résille rigoureuse... Œil noisette et face nette de madone rompue à la dialectique.

Je vis aussitôt que mon élève était fraîche et belliqueuse. Irrésistible. Elle portait haut sa crinière de cheveux noirs, bouclés. Ses prunelles vert doré nous toisaient sans ciller.

La veille, j'avais eu d'abord une discussion avec elle. Elle essaya de me bercer de fables. Les barrettes avaient atterri mystérieusement dans son cartable. Telle serait sa défense.

– Naïma, je ne supporte pas que tu me mentes, à moi ! Me raconter ces conneries ! Que tu me méprises et me confondes avec les autres. Là, tu me blesses !

Elle me regarda, ses yeux s'adoucirent d'un joli sourire. Et elle m'avoua tout de go qu'il s'agissait bien de sa dope, mais qu'elle ne revendait rien. Nul trafic ! Elle m'annonça alors que tout le monde dans le lycée procédait comme elle, que la drogue circulait, qu'il suffisait d'ouvrir les yeux. Elle s'insurgeait contre l'injustice qui lui était faite, car elle n'était qu'un cas parmi les autres, et pas le plus grave ! Dès qu'elle passait à la révolte, Naïma retrouvait une rage et une haine qu'elle et les siens, en butte depuis des générations aux contrôles et à la suspicion, avaient en quelque sorte programmées. Cela fusait, d'un coup, au paroxysme, après un préambule de dénis ou de mensonges systématiques. Mentir, d'abord, on ne sait jamais. Ne pas dire une vérité qui pourrait se retourner contre vous. Puis laisser éclater sa rage, quand le mensonge n'a pas marché. Telle était la batterie de réflexes dont disposait Naïma. Elle avait vite renoncé à me mentir. Le pacte des mots reçus qui nous liait lui interdisait de tenir cette ligne bien longtemps, elle en était donc venue à la tempête. On la faisait trinquer pour tous les autres. Je la calmai et lui jurai de la sortir de là si elle disait la simple vérité. On savait que son père avait filé depuis belle lurette, laissant sa mère

260

débordée par sa progéniture. Mais ce plaidoyer en faveur de Naïma qui avait déjà beaucoup servi était usé. Il fallait donc avouer que son lien au shit résistait et réclamait un renouvellement du suivi psychologique dont elle reconnaissait avoir un peu relâché l'observance. Surtout ne pas tenter de nier l'évidence.

Elle se tenait donc devant nous ainsi qu'en présence de sa mère. Avant qu'on entre dans la salle, j'avais surpris de brèves répliques échangées entre elles, où la domination de la fille éclatait, une violence de ton foudroyante. Mais Naïma m'avait confié depuis longtemps à quel point elle aimait sa mère, aurait voulu lui faire plaisir, plutôt que de l'inquiéter, la frustrer. Telle était la contradiction dans laquelle elle pataugeait, un mélange de révolte, parfois de mépris refoulé, et de réelle compassion. Le rêve de Naïma était de combler sa mère, de lui rendre sa fierté.

Les chefs d'accusation tombèrent de la bouche de la proviseur. Naïma par essence n'aimait pas les représentants de l'autorité. Mais elle sut refréner sa colère et assuma, expliqua avec calme la présence des deux barrettes dans son cartable. Elle ne recourut pas à une tactique doucereuse qui pouvait faire partie de son arsenal et que je détestais, car elle tentait par là d'amadouer, de susciter la pitié de son interlocuteur, en éprouvant évidemment pour lui un mépris profond et caché.

Non, Naïma était claire et superbe. Quand les accusations étaient excessives, elle attendait que Houria module des déclarations adroites et limpides en sa faveur, combinant le social et le psychologique sans forcer. Se concentrant plutôt sur les qualités, les mérites de son amie. Puis Naïma assumait sa propre défense, elle ripostait aux attaques avec force mais en évitant toute insulte. Et c'est là que ma préférée éblouissait même ceux dont elle avait lassé la patience. On sentait en elle un formidable potentiel de virulence lucide. Elle en contenait le déchaînement avec un contrôle magnifique, volontairement séduisant. La proviseur et son adjointe refoulaient, sous le masque de l'autorité, une curiosité intense. Elles admiraient en secret le tempérament de Naïma, son aptitude au combat, aux situations perdues. Elle était d'une race qu'on ne pouvait dompter par des ordres et des représailles codés. Elle écoutait les doléances. De temps en temps, sa mère poussait une plainte et je craignais que Naïma ne décharge alors contre elle un grand flot de rage qui l'eût fait passer pour une fille indigne. Je ne la quittais pas du regard, toujours son regard revenait vers moi. Nous étions habités par le même rayonnement d'autorité claire. Il ne fallait pas qu'elle dévie de cette ligne d'admirable lumière. Ses vertus les plus intérieures y éclataient. Sa ténacité, son inflexibilité. Je l'adorais alors. Car elle était très belle. Tout le monde le voyait, le sentait. Elle était d'une supériorité innée, de fibre, de complexion. Et d'un grand et puissant épanouissement de la chair. Et j'enrageais qu'une telle nature succombe aux apathies, aux amnésies de la drogue. Mais je la comprenais. Moi aussi, j'avais mes somnifères à foison, mes cocktails d'hypnose, mes déchéances, mes catastrophes dépressives qui me réduisaient à l'état d'épave plus ou moins bien maquillée, en cours, où je m'interdisais de dégringoler. On a chacun son radeau. Trente élèves adolescents excluaient que j'étale mon désespoir et que je les contamine de mes angoisses. Une grâce a toujours fait que, dans les pires moments, sans prendre un congé maladie dont je n'aurais pas émergé, la seule présence de mes élèves, de mon angélique, de mon féerique troupeau – Nul n'est méchant ni perdu à cet âge – me fouettait les sangs, réveillait en moi un goût des mots, des textes, attisait une croyance qui me permettait de faire face et souvent fête, au cœur même de mes drames.

J'avais confié à Naïma certaines de mes faiblesses pour qu'elle se sente plus à l'aise avec les siennes et plus à même de les surmonter. Un psychologue de mes amis réprouvait ma manière de faire. Je devais garder mes distances et ne pas en démordre. Laisser les autorités attitrées faire leur travail. Je rétorquais que ces fameuses autorités se révélaient parfois défaillantes, par excès de rigidité, et que c'était à moi de me débrouiller même si le risque était – comme c'est souvent le cas dans de telles circonstances – que je mêle mes problèmes avec ceux de mon élève, que je les confonde avec mes affects et mes fantasmes et que cet amalgame manque finalement de clarté et d'efficacité. Cependant, j'étais sûr d'agir dans le droit sens avec Naïma, et non pas en m'armant de la fameuse neutralité bienveillante préconisée par Freud, mais en combattant les yeux dans les yeux. On ne pouvait pas toujours rester neutre et distant avec Naïma, il fallait payer de sa personne. Mes cours de lettres étaient du même feu.

Naïma était ma fille de foudre. Elle répondait point par point aux accusations, aux insinuations, aux déplorations, à divers témoignages aussi accablants les uns que les autres, sur ses insolences, ses menaces, ses injures… tout le palmarès y passait. Je ne la quittais pas du regard. Et ce regard était sans distance ni bienveillance ni neutralité. C'était un regard fort et fraternel. Nous menions la même bataille. Je me ressouvenais des humiliations de mon adolescence, d'un dérapage dans un journal lycéen qui m'avait valu le plus indigne des interrogatoires par l'espèce la plus triviale, la plus lâche, la plus chienne de l'autorité enseignante. J'étais dans le camp de Naïma. Je pris la parole. La belle lionne regardait son vieux guerrier qui était entré en lice. Et mon plaidoyer fut semé de nos mots magnétiques, oui, de langueur et de véhémence, de pugnace, de luxuriance, de séditieux, de sagace. Je célébrais notre aventure, notre épopée, tout simplement notre histoire. Car les mots sont des arcs tendus et des flèches claires.

La bataille fut gagnée. Naïma fut autorisée à demeurer parmi nous à condition de bannir les maudites barrettes. Et les poursuites judiciaires furent levées.

Nur vint miraculeusement me voir pour une nouvelle séance de dictée. J'avais justement soif d'entonner le chant des centaures et des centauresses ardentes.

Nous n'avons pas attaqué immédiatement le boulot. Nur m'a posé une question, je la sentais travaillée par des doutes...

– Et Bachir, il est neutralisé, le mari ? Complètement...

– Il est bien en main, comme tu sais, mais il a des rechutes assez imprévisibles. Hier, il a faussé compagnie à ses belles gardiennes. Il est venu se poster derrière les arbres, là, autour de la résidence... Il savait que tu allais quitter Roland et il entendait te prendre en filature jusqu'à votre nid d'amour, mes chéries !

– Je l'aurais vu...

– En tout cas, Laurence a remarqué très vite que l'oiseau s'était envolé. Elle a deviné où il était, l'a débusqué derrière les chênes, lui a expliqué qu'il faisait fausse route, qu'après tes heures chez Roland, tu rentrais à Chatou. Elle a encore assené l'argument de choc qui devrait le désarmer. Elle lui a répété que Balkis avait pris ses distances avec tout le monde, qu'elle voulait « se reconstruire », seule.

– « Se reconstruire »… c'est la rengaine des médias psy, c'est à gerber, elle ne recule devant rien, ta Laurence. Et comment elle a réussi à ramener le toutou au bercail ?

– Convaincu qu'il n'avait aucune chance que tu le conduises à Balkis, il a fini par la suivre. Elle lui a pris le bras tendrement, pour lui remonter un peu le moral…

– Elle te dit tout, Laurence, vraiment tout… Je crois que vous avez été amants.

Nur, quand elle parlait d'amants, était toujours un peu en terrain étranger, insolite. Elle marchait sur des œufs, prononçait une autre langue, surtout s'il s'agissait d'amants hétéros. On sentait un décalage primordial, un blanc. Pour elle, fondamentalement, le coït était resté ce qu'elle avait nommé au tout début de nos relations : « de l'eskimo »…

– Vous avez été amants, n'est-ce pas ?

– Oui, Nur, il y a plus de quinze ans, désormais… Notre liaison a duré six mois. Nous parlions et nous faisions l'amour en boucle. Volubiles et grisés. Les mots, l'amour par cascades. Tu nous connais. Nous étions engouffrés ! C'était intarissable ! Des tourbillons avides, allègres. À satiété. La luxuriance… Elle a rompu quand elle a vu que mes liens avec Anny allaient nous faire tomber de notre grande boucle d'amour et d'euphorie verbale… Puis des années après, elle s'est mariée, s'est installée à la lisière de la forêt. Ses parents habitent pas loin d'ici. Son type voulait du calme pour élever Marion, puis ils ont divorcé… Quand Marion est née, un jour, Anny s'est penchée au-dessus du landau, comme cela, dans la rue. Elles sont devenues amies. Tant d'années s'étaient écoulées…

266

– J'ai du mal à imaginer de telles distances. Cela me paraît immémorial !

– Tu verras, quand tu évoqueras, dans vingt ans, ta passion pour Balkis... C'est comme si c'était demain, maintenant ! C'est fait, c'est posthume...

– Arrête ! C'est affreux, je n'arrive pas à l'imaginer. C'est inimaginable et cela me terrorise, c'est comme si tout était appelé à mourir.

– C'est moins cruel que tu ne le redoutes, plus vaste, plus mystérieux, ce n'est pas la mort... Pas encore...

J'ai marqué un temps d'hésitation et je me suis lancé dans une nouvelle coulée du grand roman du temps. Pour que Nur puisse espérer, deviner, entrevoir une vie plus immense que celle qu'elle imaginait.

– Eh bien, écoute, il y a trois jours, tard, le soir, j'ai reçu un coup de téléphone d'une femme que j'ai adorée, il y a vingt ans. J'ai même consacré un roman à cette passion, tu sais, ma saga orageuse et paradisiaque...

– Paule t'a téléphoné !

Nur connaissait mes romans, surtout celui-là qui, à ses yeux, avait été de l'eskimo absolu.

– Oui, son prénom réel, c'est Catherine, tout simplement. Elle m'a appelé, elle a quarante-deux ans, quatre enfants. Je crois qu'elle est restée belle. Elle me l'a laissé entendre. Vingt ans, Nur, c'est vraiment cinq minutes ! Un éclair !

– Et tu as été bouleversé ?

– Je n'ai pas encore fait le tour des sentiments que cela m'a procurés. Depuis vingt ans, je faisais le même rêve sur elle et sur moi. Une ou deux fois par an, elle me visitait, au fond de la nuit... Désormais, je ne sais pas si Catherine, la jeune fille de jadis, va revenir, toujours et encore.

Nur désirait en savoir plus sur la teneur des rêves des amants séparés, depuis presque une vie, à son échelle !

–C'était quoi, ce rêve… Tu peux me le dire…

–Elle revient me voir, ce n'est pas facile de la rejoindre… Je sais qu'elle est mariée, qu'elle a des enfants. Mais son visage reste celui de ses vingt ans. On a rendez-vous dans un hôtel à Paris. Je traverse un labyrinthe assez compliqué, dans le métro, c'est souterrain… Mais c'est un parcours somptueux. Tout le rêve est tendu d'une sorte de velours somptueux. C'est un rêve profond, à des profondeurs… Enfin je remonte dans un palace, une tour de la ville. On pourrait être à New York, mais c'est à Paris. Et je vais entrer dans la chambre où elle m'attend. Et j'éprouve un sentiment de bonheur inouï. Mais je n'ai pas de mot pour décrire ce bonheur. Son exubérance profonde et chaude. Un sentiment de dilatation de tout mon être, glorieux, bienheureux. Oui, toute une somptuosité intérieure, paradisiaque… Le monde est un royaume profond, secret, feutré. Rien ne parvient de l'extérieur. C'est l'intériorité qui crée la chambre des amants retrouvés. C'est intime, et d'un lyrisme immense, d'une vie sans mélange, radieuse. Il y a une sorte de couleur pourpre. C'est doux, c'est rayonnant. On ne peut plus mourir. C'est la Joie, une croyance qui chante au tréfonds de l'être. Un hymne. Une rosace. On est au cœur. Dans le cœur, dans la palpitation éternelle et profonde. La joie. La joie même, ramifiée, immortelle… Je ne sais pas le dire…

– C'est beau de me décrire cela… Ce n'est plus de l'eskimo, tu sais…

Je retrouvais le regard de Nur qui avait permis que nous devenions amants, malgré ce problème d'eskimo, entre nous...

Nous nous sommes tus...

– Tu aurais dû me dicter cela ! Tu aurais dû...

– Peut-être que je ne pouvais te le dire que par surprise, je ne pouvais pas prévoir... Mais ce n'est pas perdu. La tonalité du rêve persiste en moi, ce royaume, cet enchantement, oui, pourpre et doré, la gloire... à des profondeurs. Au cœur du rayonnement même et du chant.

Je savais bien que cette sorte d'extase nous dépassait, Catherine et moi. Que le rêve mobilisait un champ plus originel et plus ample que l'histoire de notre passion juvénile. C'était comme si, à chaque fois, je renouais avec le fleuve de vie, un ravissement océanique.

Nous nous sommes tus encore. Il n'y aurait pas de séance de dictée aujourd'hui...

Au bout d'un moment, Nur est revenue à Laurence...

– Alors, elle a emmené Bachir...

– Oui, et quand elle est arrivée dans sa maison, elle s'est mise à sangloter soudain. C'était blessant d'aller chercher Bachir qui ne pensait qu'à Balkis. Elle a pleuré dans les bras de Bachir. Il s'est mis lui aussi à pleurer. Et ils ont coulé dans leurs larmes. Ils ont fondu dans une fluidité douce. Ils se sont mêlés, les bouches, les langues, le sel des larmes, la peau battante, leurs moindres veines. Et Bachir a éclaté littéralement de désir. Et Laurence s'est ouverte comme la mer. Tu sais, ce sont les mots de Laurence. En matière de langage, elle ne craint rien... Elle est le lyrisme incarné.

– Alors, Bachir a lâché Balkis... On peut quand même avancer cela...

– C'est vrai, c'est plus nuancé maintenant entre Bachir et Balkis...

– Et Anny ? Elle était dans la maison.

– Marion était à l'école mais Anny, oui, était quelque part dans la maison...

Nur, provocante, m'a regardé.

– Peut-être qu'elle aussi avait beaucoup trop de larmes à verser. Qui sait si un jour précédent, tandis qu'elle retenait Bachir qui s'apprêtait encore à fuguer pour retrouver Balkis, le même scénario ne s'était pas déroulé ? Version Anny... Moi, Bachir, c'est le summum de l'eskimo, pour ma part ! N'empêche qu'il leur plaît drôlement... Tu imagines Anny... Coquette, secrète, feutrée, mutine ! Ce n'est pas de l'eskimo, elle ! Je pige, je l'ai tout de même croisée plus d'une fois... Malice et doigté. Moins d'exaltation que Laurence, de lyrisme... Oui, j'ai vu que ses grands yeux bleus peuvent devenir violets de malice ou de désir. Des améthystes qui irradient, vous cuisent...

» Alors... Dis, Bachir, c'est un veuf comblé... Plus il pleure, plus il nous emmerde, car il nous fait chier, n'est-ce pas ? ! Mais ça roule, les reines se penchent sur son drame, s'épanchent dans son sillage... Tous les don Juans ne sont des eskimos que pour moi ! Bon débarras !

– Bachir... Tu sais qu'il doit repartir en Égypte, sans tarder, l'armée le réclame, la patrie... Le Nil, les pharaons !

– Qu'il déguerpisse ! Les reines s'en remettront... elles n'auront pas eu le temps d'approfondir...

Ce matin, j'ai entendu leurs voix soudaines. Oui, deux chevaux se sont mis à se parler, carrément, dans les allées du parc, sous ma fenêtre. Habituellement, la troupe défile, lisse, régulière, presque monotone, avec les lads balancés lentement, le torse un peu creusé, le portable à l'oreille, tandis que hoche la tête du cheval à chaque pas. C'est nonchalant et négligé. Quand, tout à coup, l'appel éclate à un bout de la chaîne. Un autre cheval répond à l'autre bout. Dans le silence profane, c'est une fanfare surhumaine. Les deux chevaux se claironnent tour à tour des signaux d'une expressivité formidable. Oui, ils se parlent, entament un dialogue cataclysmique. Le parc entier paraît suspendu à cette intensité, cette profusion de présence. Une voisine penchée dans l'embrasure de sa fenêtre. Une vieille dame dans son jardin. J'entends le colonel s'extasier à l'étage supérieur. Les hennissements se prolongent, volontaires et revendicateurs. Je vois passer les deux ténors, d'abord, le premier qui redresse la tête et clame sa sérénade, les autres s'échelonnent lentement. Enfin, le comparse qui ferme la colonne entre dans mon champ de vision. Oreilles pointées, tout frémissant, vigilant. Tête

271

haute, alerté, relançant son complice de hennissements tonitruants. Chacun semble magnifiquement habité par la présence de l'autre. Leur duo de prodige.

Je ne suis pas sûr qu'il s'agisse d'un rituel de domination ou d'une parade sexuelle. Non, c'est plus ouvert, plus gai, plus allègre, comme si les deux chevaux étaient des compagnons manifestant soudain leur connivence, leur reconnaissance, leur plaisir surtout. Nous étions les témoins de cette intimité, de cette camaraderie colossale. Le dialogue des chevaux nous émerveillait plus que n'importe quelles voix humaines. Un autre monde, inconnu, plus plein, plus païen, plus total que le nôtre, venait de jaillir, d'éclater. Son évidence mystérieuse et vivante nous prodiguait son enchantement. Le colonel au-dessus de ma tête s'était mis à chanter à tue-tête. Je l'entendis traverser l'appartement à grands pas, ouvrir les portes de son balcon. Je me précipitai à mon tour sur le mien. Le colonel chantait, Malina riait auprès de lui. Alors je vis tomber, cascader devant moi un jet doré, ruisselant qui étincelait dans la lumière. Au mépris du monde. Le colonel pissait comme les chevaux hennissaient. C'était vital, incoercible. Le colonel nu, comme d'habitude, dardant, épanchant sa jubilation par-dessus les étages. Animal et prodigue.

Le lendemain, j'ai su que cette fois-là nous étions mûrs pour la dictée... Pour le chant des centaures...

Elle est venue. Nacrée. Intouchable. Sa peau d'un ivoire doré. Ses courts cheveux de jais. Ma Nur noire et dispose. Ses grands yeux ne s'ouvraient qu'à mon langage... Je lui dictai :

– Nur... Cette nuit, j'ai vu un vieux centaure en songe. Était-ce Roland, le héros de la guerre, était-ce mon père, ou le tien, ou moi... Ou un fils qui serait né de nous et aurait vieilli bien après notre mort...

Les centaures meurent à l'aurore. Au premier coup de poignard du soleil rouge. La mer est encore sombre, sillonnée d'artères lentes et mauves.

Le centaure entre dans son velours somptueux. Il hennit, il parle. Il sait que la douceur de son râle fera venir le requin. Son âme humaine frémit à l'instant suprême. Sa part animale veut fuir. Mais le centaure est un monstre très profond. Il désire aussi cette mort qui l'entraîne dans l'abîme. Il a soif de ce dévorant voyage.

Il attend, l'eau à mi-cuisses, comme englué dans un linceul de lave. Son regard ardent de mélancolie voit le soleil grossir, irradier tout l'horizon des vagues. Il sait que l'odeur de son sang aimantera le squale.

Voici l'aileron qui fend la surface du flot. C'est un couperet discret, fatal. Le requin surgit dans une éclaboussure brutale. Il mord la chair du vieux cheval barbare et sentimental. Il mange dans son visage et son poitrail. Il égorge. Il secoue sa proie en tous sens, dans une transe de rage, en soulevant des crinières d'écume resplendissante. Il massacre le centaure dans le diadème éclaté de la mer. Il se vautre, il se saoule dans sa mangeoire d'entrailles. Puis le fauve plonge, disparaît...

Son fuselage de squale épuré qui sinue dans les fonds fut toujours le mausolée des centaures, de leur race généreuse et pathétique. Le sépulcre et le fourreau de leur choix ancestral.

Les autres centaures savent. Ils se tiennent debout, agglutinés, au-delà des dunes. Leurs robes tremblent et brûlent, piquées de chardons des sables. L'écrivain, dans son rêve, les regarde et les admire. Il aime leur visage et leur torse planté dans l'échine du cheval. Cette union l'émeut, le trouble et l'entaille. Il désire leur peau, leurs courbes, leurs cambrures, la fougue de leur robe vive.

Les centaures ne sont pas tournés vers la mer où l'ancêtre a été englouti. Leurs visages s'écarquillent, tout barbus de soleil. Leurs lèvres paraissent saigner dans l'aurore qui les abreuve.

Une jeune centauresse, éloignée de la troupe, gémit en proie à un désir irrépressible. Et son odeur ruisselle dans le vent, vogue jusqu'aux lèvres des mâles. Bientôt, ils reprendront leur course. Et leurs cris sonneront dans l'azur. Car la joie des centaures est originelle et profonde. Elle irradie du sel, de la richesse de l'air, de son rythme. Et du velours marin flamboyant de soleil qui les rengorge et dresse leur proue dans l'émerveillement vital.

– C'est toi le centaure qui désire et qui meurt et désire encore...

Puis Nur a pris ma main dans la sienne. Elle l'a caressée comme une chose misérable et belle.

– Je voudrais, maintenant, que tu m'écrives une phrase de ta main, dans la foulée des centaures, vas-y !

C'était la cavalière ardente qui me suppliait. J'ai pris un stylo à encre et j'ai écrit : « Nur et Balkis, Melody Centauresse. » La torsion s'est produite quand il m'a fallu enchaîner les lettres qui composaient le nom de la jument. La longueur du nom. Mais je n'ai pas capitulé, j'ai fait une pause et j'ai procédé par étapes. Les deux s de centauresse étaient même assez beaux dans leur assaut, leur élan contre la crampe. Deux crosses, deux encolures de centaure. Et elle m'a dit : « Signe ! » Elle savait que ma signature était restée intacte, puisqu'il s'agissait d'un seul geste vital qui transcendait le détail des lettres et leur enchaînement logique. Ce n'était plus du langage, mais la rébellion de mon sang, mon cri de vie.

Alors, elle m'a embrassé. La pointe de sa langue humide et douce se collant à la mienne. Comme un sceau. Et la centauresse s'est déshabillée pour chevaucher l'écrivain qui l'avait nommée. Elle s'est lentement frotté le pubis contre mon sexe. À la racine, c'était sa coutume. Jusqu'à ce que se forge sur ses lèvres une petite grimace exquise et savourée. Puis elle a enfourché le membre huilé, très doucement, l'ajustant à son rythme et à son gré.

Elle m'a prodigué, tour à tour, la vision de ses seins en crosses, oui, comme les deux *s* de « centauresse » à moins qu'il ne s'agisse de ses deux fesses drues. Elle opérait des volte-face adroites, plus ouvertes et plus obscènes, à chaque étape. Ô Melody ! Ô Centauresse des écuries célestes.

Le tuyau, cette fois, venait de Malina. Le lad qui s'occupait de Marduk et de ses jambes brisées connaissait une sorte de gourou, entre marabout et vaudou. Un Malien qui obtenait des merveilles, surtout dans le domaine articulaire, maladies du dos, genoux rompus, paralysie graduelle, blocages des vertèbres, un spécialiste de la mécanique humaine. Du genre : « Lève-toi et marche ! » On ne fait pas mieux depuis la Bible. Lui prétendait reprendre le flambeau.

J'arguais que j'avais rencontré déjà un médecin inspiré et vénérable au fin fond de l'Ardèche et que son alchimie avait été sans effet matériel. Même si je ne regrettais pas d'avoir connu le bon, le lumineux docteur L. Je ne me sentais pas mûr pour une nouvelle odyssée. Le lad m'avoua qu'il n'avait osé proposer à Marc, son patron, d'amener Marduk chez le guérisseur. Marc se serait fâché illico. C'était un incroyant. Mais moi, à défaut de Marduk, je pouvais toujours tenter le coup. Le lad me garantissait un résultat merveilleux. Le Mali, c'est un pays immense... me disait-il. Il ignorait que j'y avais voyagé. Et que je gardais le souvenir exubérant d'une pirogue chargée de femmes et d'enfants,

278

de boubous bambaras et bigarrés m'entraînant dans la traversée du Niger, un lundi matin, pour assister au marché de Djenné. Que de rires! Quel corps à corps dans le courant qui déviait la pirogue de son axe... La merveille des bébés endormis dans le dos des mères. Leur angélique silence. La joie ensoleillée de toutes ces femmes qui jacassaient, s'esclaffaient en chœur dès que j'esquissais quelque clownerie. La magnificence des corps, des chairs, des mouchoirs de têtes, des couffins rebondis, des paniers débordant de fruits dorés, de légumes, des parfums qui m'enveloppaient, m'engloutissaient, oui, la splendeur du matin de Djenné, dans les remous, le charivari du Niger géant.

J'ai cru que le guérisseur allait ressusciter l'alchimie de ce matin luxuriant. Je suis allé le voir, à Cergy-le-Haut.

C'est au sommet d'un coteau dont la vue porte jusqu'à la tour Eiffel. À quinze kilomètres au moins. Là, Ricardo Bofill, l'architecte mégalo, a construit un invraisemblable Versailles académique et immaculé. De l'intérieur, on dirait la cour d'une mosquée. D'ailleurs les habitants, pour la plupart d'origine africaine, y circulent comme devant la mosquée de Djenné. Derrière cet auguste périmètre discrètement délabré ou retapé, se développe un quartier plus serré, plus dense, plus vivant, plus aléatoire. Beaucoup de rastas s'alanguissent sur les murets, des types esquissent un tempo de reggae dans le va-et-vient nonchalant des passants. C'est au premier étage d'un immeuble recrépi que j'ai rencontré le guérisseur Traoré.

Vêtu d'un boubou bleu clair et brodé. Il avait l'air d'un septuagénaire bien conservé, l'air sain, la peau fine, quelques belles rides d'intelligence. Il m'a fait asseoir et raconter ma misère.

– Tu es écrivain ! Les mots sont des portes, mon frère...

Il prenait en disant cela une expression légèrement emphatique et pédante qui, bizarrement, le rendait facétieux. Je sentais, sous le couvert de sa majesté, que Monsieur Traoré était porté au rire, à la malice.

– Tu ne peux plus écrire. Ta main est morte. Comme un chameau terrassé par les esprits jaloux. Les mots ont cessé de fleurir dans ton désert. Ta main est une termitière creuse et cassée...

Il m'a fait signe d'avancer ma main. Il l'a prise entre ses doigts longs et subtils, il l'a retournée, l'a contemplée, avec sagacité. Puis il m'a prêté un simple stylo-bille et m'a demandé d'écrire son nom sur une feuille de cahier d'écolier qu'il a été chercher dans un tiroir.

– Tu écris Auguste Traoré. Va !

Je m'en tirai pas mal, car son nom composé de voyelles et de consonnes charpentées m'évitait les nasales terribles et enchaînées, les *m* et les *n* qui avaient tendance à s'aplatir, à flancher, à casser leurs maillons.

– Maintenant, tu écris : « Ma crampe est un mauvais rêve, une chimère, un tour du diable, une transe maboule que papa Traoré va terrasser de sa sérénité... »

J'hésitais... C'était long, une épopée...

Il prit ma main dans la sienne et la soupesa, la pétrit avec une grande douceur et une espèce d'agilité souveraine, comme s'il n'avait jamais connu que cette main familière.

– Tu peux commencer...

Je me lançais dans la caravane des mots. Cette fois les

280

nasales abondaient : mauvais, maboule, chimère... Ma main dérapa sur « crampe », d'entrée de jeu, puis je rampai tant bien que mal, me reprenant, tentant de renverser la torsion, de ralentir le rythme à l'extrême, de tracer les lettres une par une... C'est alors qu'il m'a dit :

– C'est mieux quand tu es plus sage, plus lent, que tu retrouves ta majesté, que tu traces chaque lettre comme si tu la faisais naître, comme si tu la composais tel un peintre ou un prêtre, un marabout merveilleux. Car tu es un marabout merveilleux. Mais la peur t'est tombée dessus, le mauvais œil, les harpies, j'emploie des mots de ta culture pour que tu comprennes. Toutes ces forces ennemies se sont concentrées dans ta main, des bataillons hargneux, des essaims de sauterelles enragées. Toutes les plaies de ton histoire. Tout cela a fondu, tel le faucon, sur ta main. C'est intenable. Il faut retrouver ta majesté. Tu entends : TA MAJESTÉ. Écris lentement, majestueusement, installe-toi à ton écriture comme un guerrier antique dirige son char, maître de ses pur-sang qui se cabrent. Écris sur un trône. Tu ressembles à un roi déchu. Érige ta main. C'est une belle main d'homme d'écriture. Sois bon avec elle et respectueux, retrouve la fraternité avec toi-même. Sois confiant en ta majesté. Remonte sur le coursier de ta main. Chevauche avec calme le champ des pages blanches. C'est ton nom que tu traces à chaque pas. Écris ton nom, maintenant. Tu te redresses, tu t'installes au fond de ton fauteuil, tu es paisible, ton nom est plus ancien que toi-même, c'est le nom de tes pères, ils te soutiennent, tu n'es plus seul. Tu écris ton nom pour continuer simplement leur règne. Tu ne fais que rentrer dans ton royaume. Écris leur nom, écris ton nom.

C'est vrai que j'ai écrit mon nom avec calme et de façon droite, bien campé, dressé sur ma selle.

– Tu vois, tu viens d'ouvrir le chemin.

Je le regardai.

– Non, tu n'es pas guéri, c'est juste l'ouverture du chemin, le passage... Tu dois faire un sacrifice. C'est toujours ainsi. Pour recevoir, il faut perdre, accepter de manquer...

– Quel sacrifice ?

– Ah ! Je vois que tu imagines que je vais te demander d'égorger un coq ou, pourquoi pas, une vache ! Cela ne marcherait pas avec toi. Je te demande un sacrifice plus intime... Tu vois, il faut qu'un matin, tôt le matin, à l'aurore, quand le soleil point, tu écrives une histoire, sans l'avoir préparée avant dans ta tête. Non, tu commences vraiment un conte. Quinze pages exactement. Pas de la camelote. Tu mets le paquet. Mais calmement. Même si ta main dérape, tu reprends, je t'ai vu faire, tu n'es pas totalement désarmé, tu reprends ta main dans ta main et tu continues l'histoire. Et si tu ne peux plus, tu t'arrêtes un moment, tu déposes ta main, tu la reposes comme on le fait pour son cheval. Tu la laisses aller à son juste repos, comme cela, oui, bien à plat, sur ta table. Ta main va trembler, tu attends que les nerfs s'apaisent. Et tu repars, cahin-caha, tu vas jusqu'au bout de l'histoire, tu peux, il n'y a pas de problème, je t'ai vu faire. Tu finis le conte. Tu le signes de ton nom. Lisible et serein.

» Seulement, voilà le sacrifice. Ce texte, tu y renonces. Majestueusement. Souverainement. Sans transe ni crampe ni nostalgie. Tu ouvres ta main, tu lâches le texte. Il ne t'appartient plus. Tu le laisses disparaître au gré de la flamme que tu vas allumer. Tu brûles ton texte. Tu le vois se transformer en cendres, jusqu'au dernier mot.

– Mais si c'est mon plus beau texte !

– C'est justement à lui que tu dois renoncer pour que sa beauté remonte dans tout ton être. Son esprit même.

– Mais je vais me souvenir de mon texte. Je peux toujours tricher, le retrouver, le maquiller, le transposer...

– Tu t'interdis ce micmac. Tu as lâché tes mots, tu as ouvert ta main. Tu es libre... Tu oublies le texte. C'est parce que tu aimes ce texte que tu lui rends sa liberté. Par amour. Tu t'oublies... Tu es libre, ta main est ouverte, elle ne tremble plus. Tu attends quelques jours et tu commences d'écrire, bien droit, bien calme, tu es léger. Par amour, tu as ouvert ta main. Tu chevauches en liberté. Le grand Mali des mots s'ouvre à toi, à perte de vue.

Il m'avait tout de même impressionné, le guérisseur. Ce qu'il m'avait dit recoupait mille choses que j'avais perçues, entraperçues, pressenties. Mais j'avais peur du texte que je devais écrire et sacrifier. Je ressentais en même temps une espèce d'exaltation kamikaze qui ne me semblait pas de mise.

Je n'ai parlé à personne de notre pacte.

Un beau matin, j'ai été réveillé par un rêve. Il est des songes propices aux retrouvailles avec le jour. Et celui-ci perçait, rougeoyait dans ma chambre. Je suis allé m'asseoir à ma table de travail. J'ai pris un stylo. J'étais calme mais extraordinairement éveillé. Je me suis mis à cheval et je suis parti droit devant moi dans le grand Mali des mots.

Je suis arrivé au bout de ma légende, plus facilement que je ne l'aurais cru. Il était un peu plus de midi. Mes mots étaient presque tous lisibles. Et j'avais ménagé à mon cheval des moments d'oasis et de repos.

J'ai brûlé le texte sans souffrir, avec une sorte de soulagement immense et profond. C'est un texte que j'ai écrit dans un état intérieur absolument inédit. Il est venu au-devant de moi comme une belle jument d'amour. Je ne savais plus si c'était ma main cavalière qui galopait vers elle ou si c'était elle qui venait à ma rencontre.

Nous brûlâmes.

Bachir était parti. Balkis était libre. Nur restait inquiète. Laurence n'avait pas pleuré. Marion : oui.

Je suis allé à la carrière voir Nur chevaucher Melody Centauresse. Nos habitudes pouvaient reprendre depuis que la menace de Bachir jaloux était levée. Balkis était là. Elle admirait les sauts de la centauresse, les accélérations méditées, calculées, focalisées, qui la poussaient sur l'obstacle, l'envol volumineux et léger, les grands tours qui suivaient où Nur faisait parcourir tout le cercle de l'enceinte à la jument libérée et joueuse dont se déployait dans les airs le panache de la queue.

Elle ralentit la course... Elle passa devant son amante, redressa avec orgueil son joli torse, le cul calé, compact, légèrement retroussé par le trot qu'elle venait d'imposer à sa jument. Elle jeta un regard de défi à Balkis... Puis avança au pas et se laissa aller très lentement, à fond de selle, lui donnant une démonstration plus complaisante et plus secrète des connivences qui l'unissaient à Melody. C'était comme un gros plan, un ralenti savant où elle aurait fait lire la cadence de son bassin, la saveur de la manœuvre profonde et fluide. Elle effaçait l'impression de maîtrise masculine qu'elle avait

286

tendance à souligner pour adopter une attitude plus féminine, plus livrée, comme si elle cédait au roulis de peau veinée, battante et brune dont l'afflux écarquillait ses cuisses, la faisait se dandiner et paraissait la modeler à son rythme... D'un happement gourmand, elle avalait le filon huilé et musculeux de la bête.

Alors, leur bande parut. Cette fois, elles étaient venues à pied, remontant toute l'esplanade du château. Le terrain formait un ressaut d'où elles surgirent, leur quatuor énergique, enchanté : Houria, Naïma, Salima et Kahina...

Comme Houria avait été privée de cours depuis les péripéties engendrées par l'arrivée de Bachir, elle manifesta un désir spontané de recommencer l'apprentissage. Nur offrit volontiers Melody à la novice avide qu'elle guida dans un parcours assez labyrinthique. Il s'agissait d'entrer dans des couloirs et de les suivre sans déborder en apprenant à changer de main, à tourner, à imprimer des pressions délicates du bassin ou des jambes. La leçon était plus méticuleuse que les premières fois, elle exigeait plus d'attention, de méthode. Et les autres filles s'amusaient de ses difficultés imposées à leur amie... Assises dans l'herbe auprès de Balkis, elles n'en perdaient pas une bouchée, chuchotaient des commentaires, des plaisanteries. Des rires secrets fusaient, des exclamations étouffées, tant le spectacle de Houria chevauchant la centauresse les étonnait toujours, les excitait, les passionnait.

Le soleil, ce matin-là d'hiver, était inattendu et prodigue, il chauffait les épaules des spectatrices. Naïma se défit de sa veste molletonnée et montra son cou, ses bras olivâtres et polis. Kahina l'imita, enleva son blouson pour exhiber un mince gilet sur un corsage échancré. On voyait la raie dorée qui séparait ses mamelons ainsi que son nombril nu entre deux pans d'étoffe satinée. Un piercing étincelait sur le bourgeon de chair roussâtre et sensuelle. Le regard de Balkis saisit au vol l'apparition. Et Kahina surprit non sans fierté cet éclair de convoitise. D'un mouvement naturel, elle s'étira, dans la bonne tiédeur, pour sortir davantage de peau de son pantalon et faire mieux saillir le nœud de son nombril gonflé, étrangement organique et sexué sur la surface vierge et tendue du ventre. Balkis appuyait, concentrait ses larges prunelles d'envie sur cet ourlet dodu, le cerne plus brunâtre et plus creux où il se lovait.

Mais Houria heureuse maintenant galopait en plein soleil. Elle tournoyait sans perdre son assiette. Nur l'avait lâchée. Et Melody semblait se plaire à la sensation de cette nouvelle compagne, à son odeur, à ses impulsions fines. Elle la portait avec entrain et sans caprice, dans une belle danse continue, dénuée de heurts, une cavale ample, régulière et généreuse. Houria eut dans ses vrilles un transport soudain d'exubérance, elle émit un cri de joie victorieuse et radieuse. Toutes les filles la regardèrent. Alors, elle lança la main vers son voile qu'elle défit et qui glissa sur ses épaules. Ce fut, dans la lumière, une explosion, une avalanche de cheveux noirs. La prodigieuse luxuriance éclatait, éclaboussait nos yeux, s'épanouissait. La course soulevait la chevelure, l'exaltait, lui imprimait des vagues, des convulsions brillantes. La crinière et la queue déliées de Melody prolongeaient cette effusion. Les filles, après s'être tues sous l'effet de la stupeur, poussèrent un même cri d'allégresse qui se mua en un chœur de youyous. Je ne les avais jamais entendues moduler ce chant d'ivresse monté de leur terre originelle. J'ignorais qu'elles en connussent encore l'art et l'instinct de liesse. Et la chevelure galopait, épandait son drapeau orgiaque. On en saisissait tous les reflets, toutes les nuances de fleurs et de flammes. C'était comme une plante qui aurait refréné et comprimé longtemps, dans une serre, ses germes, ses énergies, ses sucs accumulés, et qui déployait brutalement, au soleil, le fruit de sa splendeur, dans une expansion d'arborescence vivace, incoercible.

La cavalcade s'arrêta. Houria vint vers nous parée de l'ouragan de ses cheveux nus. Elle souriait maintenant, n'émettait plus son cri de triomphe. On eût dit une épousée pleine de grâce, d'ingénuité, en proie à un ravissement bouleversant et neuf. Elle était l'épouse de sa chevelure. Elle était la monture de cette chevelure qui l'enfourchait, l'éperonnait de partout, lui dévorait joues et bras, se déchaînait en torsades et boucles sur ses épaules, dans son dos. Elle était l'amante de cette chevelure dont le trésor la coiffait, la couronnait, rayonnait autour d'elle. Son corps portait le corps, la chair noire de la chevelure qui se cramponnait à son cou, à sa gorge, déferlait, se retroussait. Et Houria la touchait, la prenait dans ses doigts sensibles, en soulevait les guirlandes et les parfums, nous les offrait... Si rapprochée de moi que, fasciné, je voyais vivre le grand animal de sa chevelure, bruire son minerai éblouissant qui s'épanchait contre mes doigts, contre mes lèvres. Et je humais cette forêt ardente. Je n'y tins plus. Je tendis d'un coup mes mains massacrées, mes mains misérables, mes deux mains mortes vers ce fleuve de jouvence. Je plongeai mes mains faméliques dans la géante houle. Hou-

289

ria se retourna lentement, pivota, inclina la tête en arrière, la secoua doucement pour me prodiguer le maximum de jais crépitant d'embruns et de braises. Elle se mit à tournoyer pour que la masse du trophée m'abreuve de son tourbillon bachique. Mes mains malingres baignaient dans la crue des cheveux de Houria, nageaient dans le firmament de ses flux. Et toutes les filles assistaient à mon baptême, en devinaient l'enjeu de résurrection. Elles connaissaient mon mal d'écriture. Et leurs regards superstitieux m'accompagnaient dans l'extase de la chevelure.

Le lendemain, au lycée, Houria avait mystérieusement retrouvé l'attirail du bandeau et de la résille. Elle le portait pour ne pas précipiter le cours de sa métamorphose. Mais nous savions quel diamant noir était tapi, quel pur-sang attendait sous le mince tissu. Nous étions reconnaissants à Houria d'avoir ainsi ménagé le temps et nos âmes, de nous avoir accordé aussi la grâce de partager son secret. Comme s'il fallait encore préserver un peu le pouvoir de sa chevelure fabuleuse. Attendre que se dissolve le voile, de lui-même, sous le charme, sous le chant, sous le chœur de la crinière revivifiée.

Houria m'avoua plus tard un trait de son histoire familiale. Sa grand-mère avait été humiliée par des soldats français pendant la guerre d'Algérie. Ils lui avaient coupé les cheveux. Et le serment avait été scellé, transmis entre les descendantes, de toujours garder intacte sa chevelure, de la laisser vivre et croître, dans son épanouissement vital et rebelle. Houria, d'instinct, s'était peut-être servie de la religion pour cacher la chevelure de son clan, la retirer temporairement de la vision vulgaire, réparer en secret sa banalisation sous couvert de pudeur. Ne faisait-elle que préparer l'avènement d'un retour, d'un fantastique regain ?... À son insu, sa piété d'adolescente n'avait peut-être masqué, castré, cette partie de son corps que pour répéter la mutilation primordiale, la revivre, la traverser de nouveau jusqu'au réveil, jusqu'à cette bacchanale incendiaire dont nous avions été les témoins.

Mes premiers agacements passés, voire mes réflexes initiaux de rejet, j'avais assez vite senti, bizarrement, derrière le voile de Houria, des intentions singulières, des audaces paradoxales et contraires aux idées de soumission. Comme si elle obéissait à une religion plus personnelle, plus secrète. Une distinction adolescente, un pari d'Antigone, une promesse mystérieuse. Toujours il m'avait semblé que son beau, que son lisse visage allait éclore. Mais je n'aurais jamais rêvé d'un tel cataclysme radieux.

Oui, j'ai écrit de nouveau... Et malgré le sacrifice prescrit par le guérisseur du Mali, malgré le bain régénérateur des cheveux de Houria, la crampe est revenue. Au bout de quelques lignes, j'ai reconnu son visage. Elle ne m'avait pas quitté. Increvable, fidèle comme une chienne. Sans doute était-ce moi, le serf, le chien, l'enchaîné qui n'avait pas renoncé à son bracelet d'acier. Il n'y a pas de miracles à mon âge. Les métamorphoses lumineuses ne sont accessibles qu'aux dix-huit ans de Houria. J'avais passé le temps de la parousie. La crampe revenait, c'était la revenante...

Mais je sentais qu'un autre chemin s'ouvrait. La crampe était plus complexe, peut-être moins massive, moins fatale. Comme fracturée, morcelée, modulée de moments moins opaques, moins obsédants. Je ne m'habituais ni ne me résignais à sa compagnie, mais nos relations étaient moins linéaires, elles se nuançaient de processus plus délicats, sinon de répits en tout cas de détours, de négociations, de méandres plus imprévus. C'était davantage en moi que dans les faits. Je croyais moins à la crampe avec cette foi implacable des damnés. J'étais plus sceptique, plus attentiste. Il n'y aurait pas de miracle, mais des attitudes plus diverses à son égard. Je me cramponnais peut-être moins à la crampe. Je l'oubliais un peu, en pointillés... J'avais cessé de vivre un drame, cela devenait un roman moins univoque, moins théâtral. Je commençais aussi, l'air de rien, sans en parler, de dactylographier certains textes directement sur mon ordinateur. Et après un démarrage laborieux qui aggrava mes douleurs cervicales, j'acquis une progressive fluidité. Le clavier ne sollicitait pas les mêmes muscles que l'écriture manuscrite. Je n'appuyais pas beaucoup sur les touches, je ne serrais aucun stylo entre un pouce crispé et un index torve. Pas d'enchaînement de lettres à opérer, nul nœud de nasales emmêlées, nul lacis qui se bloque, mais un travail clair et frontal où les lettres séparées s'inscrivaient l'une après l'autre. Nul risque de chaos, de confusion organique. Une machine filtrait mes réflexes, mes spasmes, m'obligeait à procéder de façon plus analytique. Devant l'écran de l'ordinateur, je me trouvais confronté à une surface limpide, presque fluide. Les lettres se découpaient sans entrave, elles surgissaient d'un lac immaculé. Je n'avais plus à m'accrocher à mon radeau disloqué, à me tordre sur ma rame qui se dérobait. Un monde flottant venait vers moi où les impacts les plus abstraits de mes doigts ouvraient des signes sans défaut. L'ordinateur me séparait de ma douleur et du lien que j'avais noué avec elle. Il en interdisait la promiscuité.

Si j'acceptai de rencontrer une nouvelle ostéopathe, ce ne fut pas tant pour guérir de ma crampe que pour assouplir mon dos sollicité par de longues stations devant l'écran. J'attendais des séances une relaxation plutôt qu'un dénouement miraculeux de mes doigts.

C'était une femme petite, jeune, assez belle, brune, la peau très blanche dont j'ai perçu l'odeur dès la première séance. L'odeur de sa chair, son odeur à elle. Son torse était gainé d'un maillot à la texture brillante et lisse. Elle était libre des aisselles et l'échancrure de son vêtement laissait voir la courbure de ses seins assez gros. Elle testa l'état de mon dos en me rapprochant d'elle jusqu'à l'étreinte. Elle me serrait contre sa poitrine de manière à exercer des pressions plus ponctuelles et plus profondes le long de ma colonne vertébrale. Sans le chercher, je voyais le pli entre ses seins blancs au grain dru. Je sentais son ventre contre le mien. Mais surtout, je le répète, c'est son odeur qui me conquit, sa tiédeur, sa profondeur, son animalité douce. Je me détendis contre ce corps de femme qui me soutenait et qui m'embrassait selon les impératifs du métier. N'empêche que la situation m'apaisa délicieusement, me captiva...

Très vite un climat de confiance et de confidences

294

s'établit entre nous. Je lui avais révélé l'existence de ma crampe, même si j'étais venu pour décontracter les muscles de mon dos. Elle s'installa, assise à côté de moi, sur la table d'examen. Elle saisit ma main dans la sienne et, en papotant de choses et d'autres, elle entreprit, doigt à doigt, de défaire les nœuds de nerfs qu'elle débusquait. J'aimais lui abandonner ma main. Sentir la sienne, son contact vigilant. Dans le rapprochement de nos corps, je ne savais pas où placer mon autre main. D'un geste naturel, elle la plaça sur sa cuisse. Je la laissais faire et me parler d'elle. On aurait dit qu'elle écossait des petits pois en devisant, décortiquait des écrevisses, tant son doigté précis desserrait mes fibres, une à une. C'était une scène intime, industrieuse. Dans un halo de tiédeur. Je voyais toujours le renflement de ses seins et son odeur me baignait, de sa chair de femme, des minuscules pilosités de son aisselle, de sa sueur discrète. J'aimais ses traits. Ce n'était pas une très belle femme. Je me demande même si elle était vraiment jolie. Je la trouvais aimable et vraie. Comment dire ? Sa présence saillait dans le calme avec un relief extraordinaire. J'étais plus vieux qu'elle et son âge me permettait de la deviner, de la comprendre, comme je l'eusse fait avec certaines de mes élèves. Bien qu'elle fût beaucoup plus femme que ces dernières. Quelque chose dans sa jeunesse me mettait en confiance, m'inclinait vers elle. Mon activité d'écrivain l'intéressait. De son côté, elle se penchait sur ces mains qui ne pouvaient plus écrire. Ainsi nous étions tournés l'un vers l'autre. Elle aurait pu me soigner les ongles, faire quelque chose de ce genre qui aurait permis cette espèce de conciliabule intime entre nous deux.

Un jour, elle me révéla avoir été anorexique dans son adolescence jusqu'à faillir en mourir. Elle me raconta cette expérience de la mort. Le dénuement total... Le désespoir. Elle est couchée dans un lit à l'hôpital, elle ne pèse plus rien, son cœur a cessé de battre. Elle sombre dans le néant. Elle assiste à sa disparition. Soudain, une grande lumière apparaît, un ange, un être ailé, vert clair, l'attire à elle, l'extrait de la mort. Elle sent cette force qui l'arrache à la nuit, qui la sort du gouffre. Un ange qui l'aime.

J'aurais pu fuir, me méfier de l'illuminée. Elle aurait dû perdre toute crédibilité à mes yeux. Mais j'acceptai sa version de la résurrection. Elle y croyait. Elle avait besoin de cette croyance. Elle avait fait surgir d'elle-même, au moment de l'anéantissement, cette ressource ultime et hallucinatoire de l'amour. Elle avait produit l'ange qui la sauverait, elle l'avait engendré avec tout l'amour dont elle avait encore soif. En fait, je ne m'expliquais pas sa chimère. Mais je l'écoutai sans la contredire. Confiant. J'aimais bien cette légende de l'ange vert et lumineux. Cela ne me dérangeait nullement.

Un autre jour, elle me déclara qu'elle avait fait des miracles. Certes, j'aurais préféré en être le bénéficiaire. Mais ce nouvel aveu ne m'étonna pas ni ne me porta à prendre des distances. Car j'aimais toujours son odeur, sa chair, sa présence, sa manière de s'emparer de mon dos ou de mes mains pour les pétrir, les attendrir. Elle était étrange et familière. Je regardais son visage penché sur ma main. Quelques rides d'expression profondes dans sa chair si blanche. Quelques sillons graves sur son front, dessinant ses joues. Elle ne se fardait pas. Je ne peux pas la dépeindre. Sa séduction était si étrangère aux formes habituelles. Elle avait dû être opaque, timide, avoir des difficultés à aimer, à recevoir l'homme en elle. Elle avait dû connaître l'absence, une douleur muette, la révolte, la colère. Sa douceur extraordinaire était faite de son histoire transfigurée par l'ange. Quelque chose émanait d'elle, une lente aura. Elle ne s'exaltait jamais. Elle était secrètement, doucement, lentement exaltée. Il fallait le découvrir sous sa nonchalance. Est-ce bien le mot ? Il y avait en elle un nimbe d'extase un peu triste mais lumineux. Non, ce n'était pas, ce n'était plus de la mélancolie. Je ne sais comment dire : elle était attachante. Je crois que j'étais un peu amoureux d'elle et qu'elle le sentait peut-être.

Ma crampe n'avait pas diminué mais j'allais mieux. Plus souple devant l'ordinateur. Mieux campé. Habité.

Nur souffrait. Balkis avait revu Kahina. Elles s'étaient de nouveau séduites le jour où la chevelure de Houria avait surgi... Prises dans la tempête noire, irradiante. Aimantées dans les ondes des cheveux bruts.

Nur me harcelait de questions. Balkis m'avait-elle fait des aveux, là-bas, dans l'Ardèche, ou depuis ? Elle soup-çonnait Kahina de venir en douce à Paris rencontrer Balkis. Le pire était que, lorsqu'elle s'ouvrait de ses doutes à son amante, celle-ci ne lui opposait qu'un déni nonchalant. Alors, montait, fusait la fureur de Nur jalouse. Elle aurait griffé le visage lisse de Balkis qui lui prenait la main avec une douceur de traîtresse ! Tentait de l'apaiser de sa voix calme, un peu lasse et affectée. Elle se dérobait, elle glissait de partout. Bachir avait capitulé. Maintenant c'était Nur qui se débattait devant Balkis fluide et distraite.

– Parfois, je la sens exubérante, un feu l'habite, mais je n'y suis pour rien ! Alors, elle efface cette flambée qui me crucifie... Elle cache ses sentiments, elle me ment, elle la revoit !

Nur se tut un moment... remâchant cette conviction que les deux filles se rencontraient en secret. Elle marchait de long en large, avec sa dégaine de petit mec, celle des jours de révolte. Son visage pur en proie à l'incandescence de la colère... Elle lança:

– Kahina lui ressemble trop pour ne pas lui plaire! Elle est pourrie de narcissisme! Elles se mirent l'une dans l'autre. Je les vois!... Leur cercle vicieux, infernal! Leurs yeux, leurs cils peints, leurs bouches, leurs peaux! J'ai mal! J'ai vu son nombril nu, l'autre jour, la perle qui le perçait! J'ai tout de suite compris que Balkis l'avait contemplé, désiré... Leurs nombrils... Leurs ventres qui se pavanent, s'approchent... Je sais comment Balkis s'étire, se palpe, se caresse le cul, rebrousse son pubis de ses longs doigts... avec une grimace nigaude, un gloussement de provocation... Déjà elle fond! Je sais exactement comment elles se sourient, comment elles glissent l'une vers l'autre. Des anguilles!... Coulantes. Vaniteuses, voluptueuses, affreuses! J'ai mal! Je les vois luire, les salopes! Je n'arrive pas à m'arracher ces scènes de la tête! Toutes les scènes... Oui, leurs pubis, leurs sexes. Je sais comment Balkis procède, je connais tous ses tours, ses préférences, ses mollesses, sa mouillure, sa voix quand elle chante. Je voudrais incendier leur chambre, qu'elles crèvent brûlées vives!

J'écoutais Nur. Fasciné par une maladie qui m'était familière. Je n'osais lui prendre la main...

Elle avait fini par s'asseoir. Campée toute droite, dans son deuil. Nous étions chez Roland qui faisait sa sieste dans sa chambre après avoir écouté des rafales de Verdi tonitruant. Dans le salon, Nur et moi. Elle me confia ce que je savais déjà par Malina. Au cours d'une promenade précautionneuse où elle exerçait à la marche Marduk mutilé, cette dernière m'avait raconté qu'une amie de Marc avait des relations dans le domaine du prêt-à-porter. Balkis qui voulait de l'argent à elle et davantage de liberté avait été bientôt contactée... Nur s'exclama :

– Elle ne veut plus dépendre de mon fric, elle ne veut plus partager avec moi ! Elle va se constituer un book, si tu vois ça ! Des photos ! Et proposer sa marchandise pour des petits défilés merdiques, organisés par des boutiques pour leur clientèle. C'est le projet, le top ! Son idéal : poser, se dandiner, montrer ses fesses, s'étaler !

Je redoutais qu'elle n'entonne de nouveau sa litanie de rage sur le beau corps perdu de Balkis. Nur était allergique aux photos intimes. Je n'avais jamais pu la photographier nue. Il ne me restera d'elle aucune image crue et drue. Que Balkis entre dans l'arène photographique attisait sa jalousie et la blessait. Elle lui devenait complètement étrangère. Vraiment, elle changeait de camp. Elle trahissait Nur, la rebelle, l'intraitable. Elle se compromettait, se galvaudait...

Je n'essayai même pas de suggérer que Balkis était fille à tirer son épingle du jeu. Souple mais solide. Je l'avais jaugée en Ardèche. Elle ne tomberait pas dans le premier panneau tendu. Elle saurait louvoyer sans perdre de plumes. Réservant son beau plumage aux élus de son choix. Elle mènerait sa barque, Balkis...

Je me tus. Mais mon absence de commentaires lui parut éloquente.

– Tu ne trouves rien à redire, bien sûr ! Les photos, ça t'excite... Tu regardes les défilés à la télé, je t'ai vu, je te connais, les dessous, les strings... Tu en redemandes ! Balkis en string ! Le clou.

Piqué, je souris et lui dis :

– Toi, je ne t'ai jamais vu porter ce genre de truc,

mais je suis convaincu que Balkis t'a gratifiée du spectacle, elle! Et que cela te plaisait, non? Pour toi toute seule...

Je vis combien je remuais le couteau dans la plaie, en suscitant les images les plus secrètes de Balkis. Dans le sang de Nur.

En la quittant, j'ai tout de même serré doucement sa main dans la mienne. Je crois que j'ai agi sans traîtrise. Avec sincérité. Tout ce dont elle avait souffert, je l'avais ressenti, quand Balkis m'avait séparé de son corps, de sa présence... de Nur nue, étroite, intime... enfin disposée... baissant les armes, acérée de désir... attendant ma langue douce et lente, le dard de la vipère subtile qui vibrait juste au-dessus de ses lèvres, frôlait l'herbe de son pelage noir. Je pouvais, moi aussi, pousser mon cri, mon chant de jalousie... quand les retrouvailles énamourées de Nur et de Balkis m'excluaient férocement. Je pouvais énumérer les scènes que j'imaginais, alors. Moi aussi, je voyais, je les voyais, halluciné.

Je méditais sur tous ces retournements qui ne laissaient pas de me surprendre. J'avais été jaloux de Nur, de Balkis. Mais quand le miraculeux Bachir était venu chercher sa femme, j'avais espéré, en secret, retrouver, grâce à lui, l'intimité de mon amante. En même temps, je savais que si Bachir réussissait j'allais replonger dans mes transes, mes tiraillements désastreux. Car je revoyais souvent Anny chez Laurence. Et l'éloignement de Nur dévouée à Balkis me reposait un peu de ma passion.

Marion ne m'emmenait plus voir le cygne. Un matin, elle m'apprit que le renard avait fini par le dévorer. Laurence avait oublié de fermer la porte de la cage. Et l'animal en avait profité.

Je m'exclamai :

– C'est tout de même terrible ! Le cygne…

– Oui, c'est triste, c'est la vie ! fit Marion, philosophe…

Puis elle se ravisa et dit :

– Il faisait le fier ! Mais il était… fascinant !

Le mot me surprit dans la bouche de la petite fille.

– Le cygne ?

– Oui, il était FAS-CI-NANT !

Encore un vocable qu'elle étrennait…

– Il était tout de même un peu dédaigneux…

Elle me toisa, alertée, alléchée :

– Tu as dit quoi ?

– Le cygne n'était pas tout à fait sympathique. Il nous regardait de haut, il nous méprisait un peu, il était dédaigneux…

Alors, pensive et ravie, elle articula religieusement :

– Oui, il était DÉ-DAI-GNEUX…

La finale en GNEUX lui plissait la trogne, la faisait grimacer avec complaisance, avec volupté.

Je racontai les faits à Anny. Elle adorait ces mots que les enfants découvrent, estropient un peu ou répètent, prononcent correctement, lentement, avec emphase et délectation.

Elle faisait à son tour : « DÉ-DAI-GNEUX », comme elle imaginait que la fillette l'avait dit. Et sa bouche, à la dernière syllabe, s'avançait en un bourgeon tout gonflé, tout ridé de dégoût. Elle voyait à quel point cette bouche me remplissait de mélancolie.

Noir Titus est apparu. Lui, le cheval secret. Il a jailli soudain des ténèbres. Dans un afflux de foudre.

Ce soir-là, Tara est arrivé par le RER, selon son habitude, s'apprêtant à rejoindre le domicile de Roland. Il a eu soudain envie de faire un détour, de franchir le pont, de rendre visite à un box, situé dans une écurie, près du Mesnil-le-Roi. Oui, une écurie, en pleine ville. Mélissa l'attendait, le guettait. Elle fut surprise de découvrir que Tara ne la menait pas à la lisière de la forêt où elle était persuadée que Titus se cachait. Il ouvrit une barrière de métal et entra dans le damier des box juxtaposés. La nuit était venue, Mélissa ne le lâchait pas du regard, se penchant pour voir devant quelle porte il s'arrêtait. Il disparut un moment, puis sortit et reprit le chemin de la résidence de Roland. Tara nous révéla que, normalement, il allait voir le cheval le matin, après la nuit passée auprès du colonel.

Mélissa reste seule. Elle vient de découvrir la tanière du cheval fatal. Elle s'exalte. Son esprit chavire. Elle veut le voir, lui, le dieu, le totem qui tue... C'est une tempête d'images qui la ravage. Son cœur bat vite. Elle grimpe par-dessus la barrière de métal. Oui, la grande femme maigre, vieille, aux cheveux blancs. Elle déboule dans le sanctuaire. C'est là qu'il crèche! Le Noir. Sa Noirceur... Elle se faufile. Elle rase les murs. Elle reconnaît la porte. Elle l'appelle, elle le nomme. Il bronche. Elle ne l'a pas encore vu. Elle l'amadoue : «Titus, montre-toi, je sais que c'est toi...» Elle chanterait presque un hymne glorieux et noir pour célébrer leurs retrouvailles... Alors, elle se hausse, elle ouvre le volet au-dessus de la porte. Dans l'ombre, elle perçoit la masse vivante des ténèbres, leur souffle, une brillance mystérieuse. «C'est toi! Je sais que tu es là. Le Tueur que j'adore...» Elle distingue mieux dans le noir. La bête lui tourne le dos. Son monolithe géant la méprise... «Tourne-toi, montre ton visage, je sais que c'est toi!» Elle l'entend respirer. Son parfum de fauve la submerge. Le relent de l'écurie sacrée. Elle attend. Il ne veut pas la voir. Tourné ostensiblement au fond du noir. Elle désire reconnaître son chanfrein de neige, aigu comme une dague. Sa tache sur son masque noir. Son étoile. Son astre.

Et sa pensée flambe, les images tourbillonnent. Elle veut le voir, allumer les bougies, oui, tous les cierges de l'autel et du rite. Le découvrir. Sauvage et nu. Cruel, éternel. Le roi de la mort.

Elle a coutume de fumer, elle possède un briquet. Elle amorce la courte flamme et l'oriente vers le sombre menhir qui frémit. Mais le halo est si court qu'elle ne peut pas vraiment le voir, clairement, indubitablement. Sur son socle. Vivant, trônant. Sidéral. Le pivot du cheval autour duquel les écuries tournoient. L'axe. Le désaxé. Son invisible museau, ses prunelles de meurtre. Elle ne voit que l'arche de la croupe opaque, murée...

Même si cela remue, diffuse des odeurs de musc, dans des reflets de paille.

Elle veut le débusquer, qu'il la regarde. Elle veut baigner dans l'aura du cheval qui tue. Alors, elle cherche dans sa poche, oui, outre le briquet, elle a une petite boîte d'allumettes. En cas de panne, d'épuisement du combustible... C'est plus plaisant qu'un briquet pour allumer une cigarette. L'odeur de soufre, la meilleure, plus intime, étroite, dans le creux de la main. On protège la flamme, c'est comme si on la cachait. Elle rit tout bas. Elle sait qu'elle est folle, elle le sent, elle est heureuse ! Elle se hausse au-dessus du commun des hommes. Puis ça la prend : une convulsion, un cri. Elle jette dans la fraîche litière de la nuit l'allumette qui flambe, puis une autre, une troisième, coup sur coup. C'est une fête, une féerie. Le cheval saute, hennit. Elle l'attend, elle va le voir dans son aura véritable.

Et la paille s'embrase, l'incendie se répand. Tout écarquillée, elle regarde le box, elle entend le martèlement, le boucan monstrueux. Fastueux. Les lads n'ont pas le temps d'accourir. Déjà il fonce, il se rue, il se cabre contre la porte qui cède d'un coup. Il s'élance, hennissant, l'immense cheval éclate, auréolé de flammes. Elle n'a pas reculé. Béate. Elle voit la tête longue, oblique, effrayante, déployée dans la nuit grande ouverte. Titus ! Noir Titus. Les prunelles du dieu fou. Son extase. Sa montagne érigée, les jambes dressées au-dessus d'elle, les arcs-boutants colossaux, la cathédrale noire, démontée, son déchaînement de gargouilles, de crinières, de carillons, de tocsins. Son hurlement. Et tout s'abat d'un coup, l'énorme cataracte de chair tétanisée.

Elle est foudroyée.

Titus est mort d'un arrêt du cœur.

Dans sa chute, son corps s'est affalé de côté, les jambes ont labouré l'air noir. Un sabot a frappé la face de Mélissa.

Elle voit le monde noir. Elle les entend. Elle comprend leurs cris, leurs mots. Elle est terrassée par l'éclair qui grandit. Elle sait. Sa lucidité terrible la foudroie.

Mélissa vient de perdre sa belle folie.

On la relève. Elle chancelle. Le cheval est mort. Dieu est mort. Il n'y a plus de tueur, de mystère, de chuchotements indicibles. De Verbe qui l'abreuve. De vrilles. D'enchantement. L'ivresse s'en est tarie. Le monde est là. Vide. Évacué. Dépeuplé. Les lads sont des hommes tout simples, remplis d'effroi. Ils ne comprennent pas.

Marion écoute. Elle dit :
– Mélissa n'est plus folle... En fait, elle est comme nous maintenant...

Et Tara nous raconta l'histoire de Roland. Vingt-quatre ans plus tôt, Roland avait débarqué à Bombay, chargé d'une mission militaire. À soixante ans. Il s'était lié d'amitié avec Jeff, un Anglais qui faisait des affaires en Inde. Jeff était l'amant de Bahmila, une jeune femme engagée dans l'action politique. Elle défendait la cause des parias. De son premier mariage, elle avait un fils : Tara. Le père était mort accidentellement. Bahmila s'était retrouvée veuve et libre, avec son petit garçon de deux ans.

Jeff offrit à son amante un pur-sang âgé de deux ans, lui aussi : Noir Titus. Roland tomba amoureux de l'Indienne qui éprouva bientôt pour lui la même attirance. Après un temps de crise, Jeff finit par accepter cette liaison. Bahmila se partageait entre les deux hommes. C'était une femme complexe de trente-cinq ans qui exerçait une forte emprise autour d'elle. Son militantisme lui donna un pouvoir qui fortifia, amplifia son narcissisme. Des rumeurs de corruption naquirent autour de la pasionaria des parias.

Deux années passèrent. Bahmila était devenue le grand amour de Roland. Un jour, l'Indienne et ses deux amants étaient partis chevaucher dans la forêt. Elle montait Noir Titus. Jeff avançait en tête. Il ouvrait un chemin dans des fourrés, sur un terrain caillouteux. Bahmila le suivait de près, à côté de Roland. Un cobra se dressa sur le flanc droit de la monture de Jeff, qui s'arrêta pile, recula, effrayée. Les deux autres chevaux qui s'étaient rapprochés encore se trouvèrent coincés par la reculade farouche. Noir Titus se cabra d'un coup et sortit sa cavalière de ses étriers. Dans sa chute, elle alla buter contre une pierre. Le cobra, dans la confusion, s'était, lui aussi, trouvé piégé. Tout dardé, il hésitait entre la fuite et l'attaque. Soudain, il fondit sur ce corps propulsé vers lui.

Bahmila mourut tuée par l'effroi de son cheval et le venin du cobra.

Je comprenais soudain le sens du cri que poussait Roland, halluciné, lors de ses nuits d'angoisse, avant que ne s'organisent autour de lui les tours de garde. J'avais plusieurs fois cru entendre « bra! Obra... ». Était-ce la vision du cobra qui venait le hanter? Le souvenir de Bahmila... Tout cela se cristallisait dans l'expression brute d'une terreur nocturne, du sentiment de mort qui le prenait alors à la gorge.

Jeff et Roland revinrent en France. Ils ramenèrent Noir Titus et Tara. Jeff s'occupa du cheval. Il se trouva que Noir Titus, par un tour de son destin ténébreux, tua, quelques années plus tard, le mari de Mélissa qui avait commis l'erreur de vouloir le monter. Ce fut un cheval maudit dont on cessa de parler. Seul Tara continuait de le voir. Roland payait le box, la nourriture, les lads. Il refusait qu'on évoque le passé, le nom de Bahmila dont l'image douloureuse resta murée en lui.

Mélissa avait toujours manifesté des tendances maniaco-dépressives. La mort brutale de son mari provoqua en elle un excès d'angoisse, l'épouvante de se retrouver seule. La folie l'envahit. Non pas une démence totale qui l'eût fait interner. Mais un décrochage du réel, un déni du monde véritable. Elle se mit à raconter des fables, à se fredonner des comptines, à adopter ses petits airs entendus... Son âme forgea le mythe du cheval caché, l'obsession du cheval fatal.

Noir Titus était mort à vingt-six ans, ce qui était considérable pour un pur-sang violent et fragile.

Roland apprit sa mort de la bouche même de Tara. Il se tut, puis il murmura :

– Ta mère l'adorait.

Le printemps vint. Nur avait désespéré de reconquérir le cœur de Balkis. Son amante trouvait des emplois dans la mode, des photos, des défilés. Elle avait gagné son indépendance. Balkis et Kahina s'aimaient. Elles vivaient même le paroxysme de leur aventure. Nur n'avait pas capitulé aisément. Ce fut Balkis qui se révolta, lassée des colères et des crises incessantes dont Nur l'accablait. Un jour, elle osa lui dire qu'elle ne supportait plus son tempérament autoritaire et possessif, ses critiques sur son métier, son harcèlement. Elle lui déclara froidement qu'elle ne l'aimait plus. Nur se tut. Il est des phrases qui séparent, sans espoir. Alors, Nur décida de retourner au Caire, de retrouver dans sa ville son emploi de libraire. Elle renonça à emmener avec elle Melody Centauresse. Le climat ne conviendrait pas à sa jument fragile. Elle la vendit à Malina à laquelle Marc donna l'argent.

C'était un beau soir doré. Je la perdis.

Mon ostéopathe me donna une information. Elle voulait bien continuer de s'occuper de moi. Mais elle avait une adresse précise et sérieuse sur le traitement des crampes d'écrivain. Incrédule, je la dévisageai. Je savais qu'elle était enceinte. Peut-être préparait-elle déjà un allègement de sa clientèle. J'étais secrètement blessé de son infidélité. Elle devina mes soupçons, ma frustration. Aussi, elle me répéta, avec force, que, oui, pour de bon ! une équipe spécialisée travaillait sur mon problème. Elle me donna l'adresse du Centre de rééducation des musiciens. Mais j'étais écrivain ! Elle m'affirma que la crampe était la même dans les deux cas.

C'est ainsi que je suis allé rue de l'Ourcq, dans un quartier de tours où vivaient beaucoup d'Africains et de Chinois. J'aimais l'atmosphère qui y régnait. On n'était plus tout à fait à Paris. Mais dans un ailleurs plus ouvert. Un ciel large précipitait le vent printanier entre les tours. J'avais l'impression de monter vers ce ciel. De marcher dans l'allée du ciel.

J'ai rencontré un membre de l'équipe spécialisée. Après quelques tests, la jeune femme m'a déclaré qu'il s'agissait bien d'une crampe d'écrivain, d'une déprogrammation de l'écriture par le cerveau, à la suite d'un traumatisme psychologique ou d'un excès physique. J'avais trop forcé. Tout avait basculé, s'était brouillé. Je lui avouai ma nature paroxystique. Elle correspondait au profil de ses patients. Elle ne me cacha nullement que la cure serait longue, difficile, aléatoire… Ce dernier adjectif me frappa. J'aurais préféré des délais plus précis, une garantie. Mais, justement, dans la vie profonde, les choses se jouaient autrement… « Aléatoire » m'obsédait, comme si j'allais définitivement perdre pied. La jeune femme, au bout de quelques séances, me prêta une cassette. C'était le témoignage d'un pianiste virtuose qui avait été frappé de plein fouet par la crampe. Sa main droite ne répondait plus. Bizarrement, il pouvait encore donner des concerts de la main gauche. Ce qui limitait le champ de ses prestations. Son traitement dura cinq ans. Un long chemin aléatoire… D'autres artistes témoignaient de leur cas… Je les écoutais, ému. Eux n'étaient pas encore sortis d'affaire.

Je me suis promené dans le parc. J'ai croisé « l'homme qui marche ». Il m'a regardé, il m'a souri. Puis j'ai rencontré Mélissa. Avec une tristesse malicieuse, elle m'a dit :

– Je vois clair ! C'est à devenir folle…

J'ai pris dans la mienne sa vieille main tremblante et malingre.

Alors, nous avons entendu leur martèlement. Nous avons reconnu le concert de leurs sabots familiers. Ils se sont approchés sous les ramures. Les robes, leur caravane, leur fresque sensuelle. La marée des chevaux. Leurs nuances chaudes et profondes baignaient notre regard. Soudain, j'ai vu le satin doux et doré de la jument. Malina chevauchait Melody Centauresse.

La Toison
Gallimard, 1972

La Lisière
Gallimard, 1973
et « Folio », n° 2124

L'Abîme
Gallimard, 1974

Les Flamboyants
prix Goncourt
Seuil, 1976
et « Points », n° P195

La Diane rousse
Seuil, 1978
et « Points », n° P838

Le Dernier Viking
Seuil, 1980
et « Points Roman », n° R58

Bertrand Louedin
Bibliothèque des arts, 1980

L'Ombre de la bête
Balland, 1981

Les Forteresses noires
Seuil, 1982
et « Points », n° P839

La Caverne céleste
Seuil, 1984
et « Points Roman », n° R246

Le Paradis des orages
Seuil, 1986
et « Points », n° P24

L'Atelier du peintre
Seuil, 1988
et « Points », n° P420

L'Orgie, la neige
Seuil, 1990
et « Points », n° P421

Colère
Seuil, 1992
et « Points Roman », n° R615

Egon Schiele
Éditions Flohic, 1992

Georges Mathieu
(en collaboration)
Nouvelles Éditions françaises, 1993

L'Arbre-Piège
Seuil, 1993
et « Petit Point », n° PPT57

Les Anges et les Faucons
Seuil, 1994
et « Points », n° P203

Richard Texier
La Différence, 1995

Le Secret de la pierre noire
Nathan, 1995

Le Lien
Seuil, 1996
et « Points », n° P338

L'Ardent Désir
Flohic, 1996

Le Tyran éternel
Seuil, 1998
et « Points », n° P620

Le jour de la fin du monde,
une femme me cache
Seuil, 2000
et « Points », n° P837

Les Singes voleurs
Fleurus, 2000

Le Rire du géant
Fleurus, 2000

New York 11206
(en collaboration avec Jean-Yves Le Dorlot
et Tony Soulié)
Éditions du Garde-Temps, 2001

L'Atlantique et les Amants
Seuil, 2002
et « Points », n° P1064

La Joie d'Aurélie
Seuil, 2004
et « Points », n° P1311

Le Nu foudroyé
(en collaboration avec Lucien Clergue
et Gérard Simon)
Actes Sud, 2004

Les Princes de l'Atlantique
(photogaphies de François Rousseau)
Fitway, « Passions », 2005

Tony Soulié : l'anagramme du Monde
Art Inprogress, 2006

Lumière du rat
Seuil, 2008

GROUPE CPI

Achevé d'imprimer en janvier 2008
par **BUSSIÈRE**
à Saint-Amand-Montrond (Cher)
N° d'édition : 96864-1. - N° d'impression : 72187.
Dépôt légal : janvier 2008.
Imprimé en France